ro
ro
ro

Renate Bergmann, geb. Strelemann, 82, lebt in Berlin-Spandau. Sie war Reichsbahnerin, kennt das Leben vor, während und nach der Berliner Mauer und hat vier Ehemänner überlebt. Renate Bergmann ist Haushalts-Profi und Online-Omi: Ihre riesige Fangemeinde freut sich täglich über ihre Posts und Lebensweisheiten im «Interweb» – und über jedes neue Buch in der analogen Welt.

Torsten Rohde, Jahrgang 1974, hat in Brandenburg/Havel Betriebswirtschaft studiert und als Controller gearbeitet. Sein Social-Media-Account @RenateBergmann entwickelte sich zum Internet-Phänomen. «Ich bin nicht süß, ich hab bloß Zucker» unter dem Pseudonym Renate Bergmann war seine erste Buch-Veröffentlichung – und ein sensationeller Erfolg –, auf die zahlreiche weitere, nicht minder erfolgreiche Bände und ausverkaufte Tourneen folgten.

RENATE BERGMANN

Aber nach drei *Strophen* ist **SCHLUSS**!

Die **Online**-*Omi* rettet Weihnachten

Rowohlt Taschenbuch Verlag

2. Auflage November 2024
Originalausgabe
Veröffentlicht im Rowohlt Taschenbuch Verlag,
Hamburg, Oktober 2024

Covergestaltung Cordula Schmidt Design, Hamburg
Coverabbildung Rudi Hurzlmeier
Satz aus der Stempel Garamond
Gesamtherstellung CPI books GmbH, Leck
ISBN 978-3-499-01616-5

FSC
www.fsc.org
MIX
Papier | Fördert
gute Waldnutzung
FSC® C083411

Hier schreibt Renate Bergmann, guten Tag!

«Wer auch sonst?», werden Se sich jetzt denken. «Das steht doch auf dem Buch drauf!» Da haben Se recht. Das war nicht richtig überlegt. Aber nun bin ich schon mitten beim Schreiben, nun lasse ich das so. Wissen Se, mir kommt es so vor, als ob die Zeiten immer hektischer werden. Alles ändert sich ständig, was gestern noch ganz wichtig war, darüber spricht morgen schon keiner mehr. Jeden Tag wird eine andere Sau durchs Dorf getrieben, und die Meute stürzt sich gackernd drauf. Man kommt gar nicht mehr zur Ruhe! Wissen Se, noch vor ein paar Jahren haben se uns alten Menschen vorgeworfen, wir würden die Vergangenheit zur «guten alten Zeit» verklären und die Erinnerungen mit dem goldenen Pinsel malen. So ein Unsinn! Man kommt ja gar nicht mehr dazu, sich nach «früher» zu sehnen: Ich wäre schon zufrieden, wenn sich nicht jeden Tag alles ändern würde.

Verstehen Se mich nicht falsch. Ich bin keine, die vergangene Zeiten festhalten oder wiederhaben will. Bloß, weil wir alles lassen, wie es ist, wird es nicht bleiben, wie es ist. Nein, man muss sich anpassen und nach vorne gucken. Und wenn wir alten Leute schon nicht vorangehen, dann müssen wir doch wenigstens mitgehen. Dabei sollten wir aber ein bisschen sachte machen, meine ich, und immer mal wieder gucken, ob wir auf dem richtigen Weg sind und ob auch alle mitkommen. Der Mensch braucht schließlich Halt im Leben und ein paar Dinge, an denen er sich orientieren kann, erst recht in so überreizten Zeiten, in denen immer weniger miteinander geredet, sondern nur noch gebrüllt wird. Ein paar Pfeiler, die unveränderlich sind, Sachen, die man immer so macht und die sich nicht ändern. Verstehen Se, was ich meine?

Die Tage, Wochen und Monate rasen nur so dahin, erst recht, wenn man älter wird. Irgendwann versteht man, dass man nicht mehr so viele Kilometer Reststrecke auf dem Weg des Lebens vor sich hat, und dann scheint einem die Zeit noch schneller zu verstreichen als in jüngeren Jahren. Gerade in all dieser Hektik und Aufgeregtheit freut man sich über alles, was sich nicht verändert. Über die Traditionen, die feststehen und die wir schon immer so gemacht haben – auch wenn die Jungschen daran rütteln und fragen: «Warum müssen wir Buttercremetorte essen, nur weil Weihnachten ist?» Ja, weil es eben ein Rezept von Oma Strelemann ist und eine Familientradition! Diese jungen Leute! Und dann piksen sie mit der Kuchengabel drin rum und tun so, als ob sie mir einen Gefallen tun, wenn sie ein schmales Stückchen essen. Dabei begreifen sie gar nicht, dass diese Buttercremetorte der Anker ist, der uns seit Jahrzehnten zusammenhält, der auch ihnen Halt geben und sie mal zur Ruhe kommen lassen könnte.

Gerade die Advents- und Weihnachtszeit ist für mich eine Zeit der Besinnung. In diesen Wochen versuche ich, alles ein bisschen langsamer zu machen und schöne weihnachtliche Rituale ganz bewusst zu zelebrieren. Da lasse ich dann auch mal alle viere gerade sein und die Wassergymnastik mit Fräulein Tanja sausen. Nee, warten Se. Viere sind ja gerade! Es muss «alle fünfe» heißen. Wie dem auch sei, im Advent bleibt jedenfalls mein Platz im Becken auch mal leer, und ich backe mit Ilse Christstollen und Plätzchen. Das gehört dazu wie das Fensterputzen, dass die Betten frisch bezogen werden, dass wir die Gänse vom Bauern holen und den Weihnachtsbaum kaufen, dass das Lametta aufgebügelt wird und wir die Geschenke liebevoll verpacken, dass man zur Christmesse geht und dass Konfekt gegessen wird, bis einem schlecht wird. Und natürlich dürfen «Traumschiff», «Sissi», «Michel aus Lönneberga», «Die Feuerzangenbowle», «Der kleine Lord» und Helene Fischer nicht fehlen. Früher wurde an den Feiertagen oft auch Zirkusfestival oder «Die Nacht der Prominenten» übertragen, aber da nun keine Tiger mehr mitmachen dürfen wegen Tierschutz beim Zirkus und Herr Kerkeling kein Trapezturnen kann, haben se das irgendwann gelassen. Viele gucken ja auch gerne «Drei Haselnüsse für Aschenbrödel», aber ich sage Ihnen ganz offen: Das habe ich über. Das kommt jede Saison ab Anfang November so oft, das kann ich nicht mehr sehen. Letztes Jahr habe ich die Fernsehzeitung kontrolliert, und tatsächlich: In einer Nacht am 17. November gab es zwischen halb drei und sechs Uhr morgens einmal eine Lücke, in der der Film mal nicht auf mindestens einem Sender lief.

Ja, schmunzeln Se ruhig über mich, aber für mich gehört das alles dazu. Ich habe mich von D-Mark auf Euro umgewöhnt, von Mauer auf keine Mauer und daran, dass meine Männer jetzt zwei Meter tiefer schlafen, aber an

Weihnachten wird nicht gerüttelt. Da kommt die Familie zusammen, wir essen Kartoffelsalat und Würstchen, ich mache Pökelbraten und Gans, und wir gucken alte Fotos an. Das sind die Traditionen, die gehören dazu, und bei allem Trubel das ganze Jahr über und auch wenn die Leute ein bisschen mit den Augen rollen, freut sich im Grunde seines Herzens doch jeder auf all diese Dinge, die sich nicht ändern. An Weihnachten macht auch Ariane eine Ausnahme. Da dürfen die Kinder naschen, ohne dass es abgezählt ist, da krabbelt Stefan trotz Rückenschmerzen unter den Weihnachtsbaum und sucht das kleine Waschpulverpäckchen für den Kaufmannsladen, und da drückt meine Tochter sogar mal ihr weganes Auge zu und tunkt ihren Grünkernklops in einen Löffel Soße vom Gänsebraten.

Aber bei einer Sache mache ich nicht mit: Mir braucht keiner was zu schenken zu Weihnachten. Ob sie mir eine Flasche Doppelherz aus der Apotheke holen (am Ende sogar noch das alkoholfreie, überlegen Se mal den unsinnigen Quatsch!) oder nicht, ist mir egal, ganz ehrlich. Was mich glücklich macht, das sind die strahlenden Gesichter meiner Lieben. Wenn sich das Licht der Kerzen in den Augen meiner Familie und Freunde spiegelt, wenn der eine oder andere ein lobendes «Mmmmh!» ausstößt, wenn er meinen Kuchen kostet, wenn wir einfach alle beisammen sind und über alte und neue Zeiten reden – das macht mich froh. Und allerspätestens, wenn die Ersten den obersten Hosenknopf aufmachen, dann ist es ein schönes Weihnachten!

Spätsommer

Auf so ein schönes Fest freute ich mich schon im letzten Sommer. Es war ein merkwürdiges Jahr gewesen bis dahin. Wissen Se, es gibt ja immer mal wieder Zeiten, in denen alles schiefläuft, und dieses Jahr hätte man fast denken können, es wäre ein Schaltjahr, so schief lief vieles. Im Schaltjahr schimmeln auch mir manchmal trotz penibelster Hygiene die eingeweckten Erdbeeren, da kann man gar nichts machen. Kurt hat da auch oft Pech mit den Karnickeln. Sie werfen nur läppische zwei oder drei Jungen und setzen kaum Fleisch an. Und im Garten wachsen zwar die Einlegegurken wie verrückt, aber der Dill mickert. Das gibt es oft. Aber gut, das ist eigentlich unabhängig vom Schaltjahr so, dass es nie Dill gibt, wenn die Gurken reichlich tragen. Und wenn der Dill prächtig in den Reihen steht, wollen die Gurken nicht recht gedeihen. Na, wie auch immer, wir hatten kein Schaltjahr, und trotzdem war es ein komisches Jahr. Die räumten die Lebkuchen erst in der ersten Septemberwoche in die Kaufhalle statt Ende August, denken Se sich das mal, und auf dem Friedhof ist mir die Gießkanne durchgerostet, die eigentlich verzinnt ist angeblich und gar nicht rosten kann. Zu allem Überfluss wurde auch noch Ilses Schwägerin beim Melken von der Kuh getreten, und Ilse musste im Herbst für zwei Wochen runter nach Thüringen und ihrem Bruder den Haushalt führen. Es war irgendwie der Wurm drin.

Sogar unser Urlaub war voller Pannen! Ich verreiste wie jedes Jahr mit meiner Freundin Gertrud mit dem Bus. Das wird auch immer teurer, aber das gönnen wir uns, nur wir beide. Gertrud besteht darauf, ohne ihren Gatten Gunter in die Sommerfrische zu fahren. Verheiratet hin oder her, wissen Se, Gertrud ist so eine, die festhält, um weiter zu suchen, wenn Se verstehen, was ich meine. Gertrud sagt immer: «Man ist verheiratet, aber nicht erblindet. Gucken darf man!» Im Klartext heißt das, sie hat ein eher loses Verhältnis zu Treue und Anstand. Die Gute hat Gunter zwar geehelicht, aber sie lässt sich gerne weiter von Herren einladen und poussiert rum. Natürlich würde sie gewisse Grenzen nie überschreiten, so was dürfen Se nicht glauben. Obwohl, letzthin gab es mächtigen Ärger mit der Schornsteinfegerinnung. Gleich im Januar kam der Essenkehrer zur Inspektion von Gertruds Öfen, und weil es Glück bringen soll, einen Schornsteinfeger anzufassen, ihm ein Küsschen zu geben oder seinen Knopf zu reiben, ergriff Gertrud die Gelegenheit und auch den jungschen Schornsteinfeger beim Schopfe. Was genau vorgefallen ist, weiß ich nicht, und auch nicht, wo sie hingelangt hat und welchen Knopf sie sich ausgesucht hat zum Reiben. Und ob sie die Zähne schon drinhatte, weiß ich auch nicht. Jedenfalls gab es mächtig Ärger, es kamen Briefe vom Schornsteinfegermeister und von der Innung, und im nächsten Jahr schicken sie eine junge Frau, weil sich alle Männer weigern, bei Gertrud die Esse zu kehren.

Gertrud hatte für uns eine Busfahrt ins Münsterland ausgesucht. Wir wollten nicht zu weit weg, wissen Se, die Sitzerei im Reisebus wird nicht angenehmer, je älter man wird. Die Knie werden einem dick, und der Rücken meldet sich auch. Und Deutschland hat doch so viele schöne Ecken, die wir gar nicht kennen! Wie heißt es so schön? «Warum in die Ferne schweifen, wenn das Gute liegt so nah!» Also, ich gebe zu, dass Gertrud keinen Fehler gemacht hat beim Aussuchen – ich habe die Panne auch nicht bemerkt.

Das Hotel war an sich prima. Man muss ja immer darauf achten, dass da nicht «familienfreundlich» dransteht. Das ist ganz gefährlich, dann pullern da die Blagen in den Swimmingspool, und zum Abendbrot gibt es Grießbrei mit Erdbeeren. Nee, das passte schon alles, die Unterkunft war ruhig und gediegen.

Was jedoch schiefgegangen war, fiel uns erst am Abend auf: Wir hatten mit dem Termin nicht aufgepasst und waren ausgerechnet an dem Wochenende dort eingekehrt, als großes Schützenfest war. Ach du heiliger Bimbam! Wissen Se, wir sind beide gesellige Menschen. Aber das ganze Brauchtum der Schützenbrüder ist uns Berlinern fremd. Wir haben es ja auch nicht so mit Fasching, Hellau und Alaaf. Dabei bin ich kein Karnevalsmuffel, denken Se das nicht! Nur ist das eben hier in Berlin nicht so verbreitet wie im Rheinland. Damals in Karlshorst, wo ich lebte, als ich noch mit Wilhelm verheiratet war, hatten wir eine Truppe, die zusammen Karneval gefeiert hat. Ich habe sogar bis in die Siebzigerjahre rein das Funkenmariechen gemacht, stellen Se sich das mal vor! Es fand sich einfach keine, die den Posten übernehmen wollte, und mir hat das viel Spaß gemacht. Ich habe erst aufgehört, als ich dann Franz geheiratet habe und nach Staaken zog.

Jetzt gehe ich jedes Jahr zweimal mit Gertrud zum Seniorenfasching, einmal im November, um den 11.11. herum, und dann noch mal am Rosenmontag. Wir machen da aber kein großes Kostüm, wir ziehen nur ein Hütchen auf und werfen ein paar Luftschlangen. Es geht ja mehr um die Geselligkeit und um den Tanz. Und für Gertrud ist es eh nur eine weitere Gelegenheit, sich den Männern an den Hals zu werfen. Bei der Polonaise können Sie sicher sein, dass sie spätestens bei der zweiten Strophe ihre Hände an fremden Männerhüften hat.

Ja, der Seniorenfasching fühlt sich immer an wie ein kleiner Ausflug in eine andere Kultur, mir gefällt das gut, mal rauszukommen aus dem Trott. Aber in Uniform über die Straße marschieren mit Musik … nee, das machen wir seit den Zeiten des Hauptmanns von Köpenick nicht mehr. Schützenfest und Berlin – das passt nicht recht zusammen, da muss man schon ehrlich sein. Dafür feiern wir Frauentag und «Grüne Woche», das ist doch auch was, nicht?

Wie auch immer. Die angereisten Schützen aus allen möglichen Teilen des Landkreises – als hätte das Städtchen, in dem wir waren, nicht genug junge Männer in Bierlaune zu bieten – machten großes Tamtam und brachten das Fachwerk tüchtig zum Beben. Die waren unglaublich kreativ darin, immer wieder neue Namen für «Bier trinken» zu erfinden: Am Freitag hieß es «Festabend», am Sonnabend nannten sie es «Schützenball» und am Sonntag zunächst «Frühschoppen» und später «Gemütlicher Ausklang auf dem Festplatz». Aus vielen der unzähligen Fachwerkhäuser kamen Schläuche, meistens aus den Kellern: Bierschläuche! Man konnte kaum treten und musste aufpassen, dass man nicht böse stolpert. Die hatten überall Schankanlagen auf der Straße stehen, und während auf dem Marktplatz der Schützenkönig ermittelt wurde, man die Majestäten proklamierte, auch noch Wettbewerbe im Fahnenschwenken stattfanden und ganz viele Platzkonzerte von Blaskapellen über die Häuser plärrten, wurden wohl Hunderte Fässer «Hopfensmufie», wie Kurt immer sagt, in Biertulpen gezapft und geleert. Aber, das muss ich doch sagen, alles geschah ohne große Ausfälle und im Rahmen der Geselligkeit und Gemütlichkeit. Es war nicht so, dass wie beim Oktoberfest die Bierleichen am Straßenrand lagen, bei den Bierschläuchen. Nein, die Männer waren gerade so angeschickert, dass der ein oder andere sogar mit seiner Frau tanzte. Für Gertrud war es das Paradies: «Jajaja, Kokojambo, jajajaja!», sang sie untergehakt mit einem ergrauten Herren in Schützenuniform und wackelte mit dem Steiß. Er hieß Herr Immelmann, und glauben Se mir, niemals hat jemand Späße mit seinem Namen gemacht und gedacht, was Sie jetzt denken! Außer Gertrud. Auf Gertrud war wie immer in solchen Fällen Verlass.

Als sie sich die Knie dick getanzt und ich mein sehr angenehmes Gespräch mit einem jungen Mann beendet hatte, der mir, nun doch etwas lallend, von seiner verstorbenen Großmutter Renate erzählte, konnten wir endlich zurück in unser Hotel. Ich war heilfroh. Für mich war das nicht die Art Urlaub, die mir vorgeschwebt hatte.

Wissen Se, mal neue Ecken zu entdecken, ist ja gut und schön, aber richtige Ferien sind es doch nur, wenn man am Meer entlangspaziert und einem die Wellen die Fußknöchel umtanzen. Vitamin C mag wichtig sein, aber für mein Gemüt ist Vitamin See noch viel wichtiger. Das macht mich glücklich, da tanke ich richtig auf und zehre noch lange Zeit von dem schönen Gefühl. Wenn man die Weite des Horizonts sieht, die Möwen hört, die krakeelen wie die Frau Berber, wenn das Pizzaauto zu spät kommt – DAS ist doch erst richtiger Urlaub. Nicht so was, das Gertrud hier zusammengebucht hat. Nächstes Jahr passe ich besser auf!

Als wir dann endlich wieder zu Hause waren, gab es noch ein paar sonnige Wochen, bis der Sommer sich dem Ende neigte und die drückende Hitze, die wochenlang über der Stadt gelegen hatte, langsam wich. Jetzt konnte man den Advent schon am Horizont erahnen. Wie ich sagte, für mich ist die Vorweihnachtszeit die schönste im ganzen Jahr. Aber erst mal kamen nun die Wochen, in denen ich auf den Friedhöfen noch mal gut düngen musste, damit ich die Eisbegonien halbwegs anständig in den Herbst bekam. Wenn man denen nicht noch mal ordentlich Stickstoff gibt, werden die ganz schnell mäkelig und gehen ein, und dann hat man die Ödnis auf den Gräbern und muss extra Herbstbepflanzung machen mit Erika. Also, mit Heidekraut, nicht mit Erika Puschert. Die würde mir auch helfen, wenn ich fragen würde, aber ich hab das schon so oft gemacht, ich brauche keine Hilfe. Nicht, wenn ich die Eisbegonien bis zum ersten Frost hin gerettet kriege, und ob ich das schaffe, steht gar nicht zur Debatte. Wissen Se, ich habe vier Gräber mit vier Männern drin, und die noch mal neu zu bepflanzen, das geht ganz schön ins Geld! So üppig ist die Rente einer alten Eisenbahnerin nun auch nicht.

Trotz all der Arbeit freute ich mich auf die langsam einziehende Gemütlichkeit. Ich bin keine, die erst auf den letzten Drücker anfängt, die Weihnachtsgeschenke zu kaufen oder zu planen. Wer mich kennt, weiß das: Ich habe meist im Mai die Geschenke beisammen und gucke auch im Sommer schon die Lichterkette durch, ob nicht ein Lämpchen kaputt ist. Man kennt das doch, Ersatzteile sind heutzutage kaum zu beschaffen. Es ist alles so produziert, dass es schnell kaputtgeht, und dann sagen se einem: «Die Reparatur lohnt nicht.» Aber ich kenne noch Zeiten, in denen wir nicht alles im Überfluss hatten und in denen wir wertschätzten, dass sich die Dinge reparieren ließen. Wenn ich das sehe, dass die Leute heute jedes Jahr ein neues Händitelefon brauchen, kann ich nur mit dem Kopf schütteln. Ich hatte meinen Apparat aus Bakelit noch bis vor wenigen Jahren im Flur stehen, und der tat prima seine Dienste. Es ist ja mit dem Telefon wie mit dem Fernseher: Die Nachrichten und das Programm werden nicht besser, nur weil das Gerät neu ist! Deshalb gucke ich bis heute, ob man nicht noch heile kriegt, was andere wegschmeißen. So was dauert ein bisschen und macht etwas Mühe, lohnt sich aber oft. Die Herren vom Reparatur-Café im Nachbarschaftstreff helfen gerne. Die sind zweimal im Monat nachmittags mit ihren Lötkolben zugange und haben sogar Gertruds Plattenspieler wieder auf Vordermann gebracht. Der hat ein bisschen geeiert, und die «Schützenliesel» jaulte etwas. Es passte im Grunde genommen ganz gut, weil Gunter Herbst, ihr Ehegatte, beim Tanzen das Bein ein bisschen nachzieht – aber trotzdem ist es schön, dass wir die Aufnahmen von Marika Rökk und die Weinlieder von Willy Schneider nun wieder abspielen können, ohne dass die Platten eiern.

Die Herren im Reparaturcafé haben uns schon oft geholfen, das muss man sagen. Meist reichen der Lötkolben, das Ölkännchen oder ein paar Schräubchen, nur manchmal müssen besondere Teile beschafft werden. Da hilft das Interweb, aber bis die Post die Ersatzbirnen aus Taiwan dann auch bringt, vergeht seine Zeit.

Also, es schadet nicht, rechtzeitig mit den Weihnachtsvorbereitungen anzufangen. Es ist doch nett, wenn man entspannt und ohne große Hektik in die schönste Zeit des Jahres gehen kann, nicht wahr? Und spätestens Ende August, wenn in den Kaufhallen die Marzipankartoffeln und die Lebkuchen in die Gänge geschoben werden, kann es dann richtig losgehen mit der Gemütlichkeit.

Doch daraus sollte nichts werden, und Schuld daran war die Hausverwaltung.

Ich ahnte nichts Schlimmes, als ich an einem lauen Spätsommermorgen die Treppe runterstieg und die Zeitung reinholen wollte. Nachdem wir wochenlang tropische Nächte gehabt hatten, war es jetzt morgens angenehm frisch, und man konnte schön durchlüften. Die Zeitung war mal wieder sehr dünn an diesem Tag. Wenn nicht noch die Hälfte Reklame gewesen wäre, hätte das Ganze auch auf einen Doppelbogen Pergament gepasst. Schon mein Opa Strelemann hat immer gestaunt, dass am Tag zuvor genau so viel in der Welt passiert war, dass es am nächsten Tag in eine Zeitung passt. Das stimmte natürlich nicht, denn obwohl im Moment sehr viel auf der Welt passierte, beim Russen, beim Ami oder mit Prinzessin Kät, wurde die Zeitung immer dünner.

Während ich darüber nachsann, fiel mein Blick auf was anderes: Es hing ein Zettel an der Haustür. Von innen, mit vier Streifen durchsichtigem Klebeband an die Scheibe gedatscht. Da würde ich tüchtig mit Fenstersprüh rubbeln müssen, um das wieder rückstandsfrei wegzukriegen. Der Schrieb war mit dem Computer verfasst, und ohne Stempel und Datum stand darauf sinngemäß, dass wir Bewohner uns nicht wundern sollten, wenn es in den nächsten Wochen etwas lauter würde, und dass hier und da ein bisschen Dreck durch Bauarbeiten entstehen könnte. Es wäre an der Zeit, das Haus auf einen modernen Stand zu bringen, und sie würden verschiedene Firmen beauftragen, die dies und das herrichten sollten. Das Treppenhaus würde schick gemacht, eine neue Heizung käme rein, so mit Bio und Solar auf dem Dach und allem Pipapo. Außerdem würde die Fassade neu gedämmt und bepinselt, und wir bekämen alle neue Fenster und neue Fliesen in der Badestube. Wir, die Mieter, sollten doch bitte schön Verständnis haben und schon mal die Abbuchung für die Mietzerhöhung … Mieterhöhung, meine ich natürlich … vorbereiten. Man versprach, dass alles mit so wenig Dreck wie möglich ablaufen würde. Genaue Termine würden durch die Bauleitung mit den einzelnen Mietern abgestimmt, und man verblieb mit freundlichen Grüßen und ohne Unterschrift.

Ach du liebes bisschen!

Ich rückte erst mal die Brille zurecht und las das noch mal. Das war ein Problem, und kein kleines, das wusste ich in dem Moment, als ich den Wisch noch vor mir hatte.

Sofort dachte ich an unsere Hausgemeinschaft. Man hat ja oft welche dabei, die sich aufregen über den Solar und den Öko, weil sie einfach immer gegen alles sind, was neu ist. Meist wissen die selber, dass es einfältig ist, sich dem zu verweigern, aber sie bleiben stur dabei, dass so ein Windrad angeblich Vögel tothäckselt. Denen brauchen Se auch nicht mit Argumenten kommen, nämlich, dass der Hähnchenwagen auf dem Parkplatz vom Baumarkt für mehr tote Vögel verantwortlich ist als alle Windräder im ganzen Land zusammen. Die sind bockig und aus Prinzip dagegen. Das war jedoch gar nicht meine Sorge. Bei uns im Haus gehen eigentlich alle mit der Zeit und denken vernünftig.

Nein, als ich das las, zog ich wegen anderer Sachen die Brauen hoch. Obacht, Renate!, dachte ich bei mir. Wenn die schon von ein bisschen Dreck und geringfügigen Beeinträchtigungen schrieben, konnte man sich ja denken, was da auf uns zukam!

Meine Nachbarinnen stört so was nicht. Die Frau Berber nimmt höchstens einen Putzlappen in die Hand, wenn ihr der Sekt überschäumt, und die Frau Meiser ... na, den Abwasch macht sie schon. Da will ich gar nichts sagen. Aber sie nimmt den gleichen Lappen für Küche und Bad, denken Se sich das mal! Da lief es mir gleich heiß und kalt den Rücken runter. Man weiß doch, was «ein bisschen Dreck und ab und an Beeinträchtigungen» wirklich bedeutet, wenn solche Hausverwaltungsleute das sagten. Was die alles aufzählten, war mehr, als am Haus gemacht wurde, nachdem wir im Krieg ausgebombt worden waren. Da sollten die mir doch nicht weismachen, dass das in ein paar Wochen erledigt wäre! Ich kenne mich doch aus, ich weiß doch, wie es auf dem Bau läuft. Die haben keine Leute, kein Material und oft auch keine Lust und keine Ahnung.

Zum Glück kam der Herr Alex dazu, als ich gerade den

Aushang studierte. Das ist der Student, der oben in der WC wohnt, wissen Se?

Huch, da wollten die Finger wohl nicht. WC … hihihi!

WG meine ich natürlich. Selbstredend haben die oben in ihrer Wohngemeinschaft – das heißt WG nämlich, die kürzen ja heute alles ab! – auch ein WC, und zwar in der Wohnung und nicht auf der halben Treppe. Wie auch immer, der Herr Alex aus der WG also. Ein ganz höflicher, charmanter und zuvorkommender junger Mann ist das. Einer mit Manieren und Anstand, so etwas hat man selten heutzutage. Er studiert auf Rechtsanwalt.

Herr Alex überflog den Zettel, zog die Stirn kraus und sagte: «Oh, oh, da steht uns aber was ins Haus, Frau Bergmann.»

Er knipste das Pamphlet mit seinem Händi – man muss ja immer wieder staunen, was die Dinger alles können! – und sagte, er würde sich kümmern. So ist er, der Herr Alex, ein sehr höflicher junger Mann mit Umgangsformen und Charakter. Das Gegenteil von dem Bild, das viele von den jungen Leuten heutzutage haben. Wenn ich Herrn Alex sehe, macht mir das immer Mut, dass unsere Jugend doch nicht komplett verdorben ist und dass es um unsere Zukunft gar nicht so schlecht bestellt ist. Auch wenn es meine Zukunft nicht mehr sein wird, das ist mir schon bewusst, aber man will ja dennoch beruhigt sein.

Jedenfalls bin ich erst mal wieder hoch mit meiner Zeitung, habe aber gar nicht reingeguckt. Meist steht ja sowieso nichts drin von Belang. Mehr als die Hälfte ist Werbung, und sie berichten viel über Fußball und wer die größte Sonnenblume im Garten hat. Wenn die Todesanzeigen nicht wären, gäbe es für mich an manchen Tagen nicht viel Neues. Ich versorgte schnell Katerle, der schon wieder herzzerreißend maunzte, als würde er verhungern. Dabei hat der Schlawiner immer was im Napf! Dann bin ich ans Telefon und habe versucht, jemand Kompetentes bei der Hausverwaltung an die Strippe zu kriegen – wobei das mit dem Telefon heute ja meist ohne Strippe funktioniert. Ach, ich habe das noch so drin, ich kann mich da gar nicht umgewöhnen. Ich sage auch immer noch Sprechmuschel, Wählscheibe und dass es geläutet hat. Dabei läutet es heute gar nicht mehr, sondern piepst nur, oder es spielt eine Melodie. Leute wie mein Neffe Stefan, die sich auskennen, können da sogar Wunschmusik einstellen. Jedenfalls bin ich rein in die Leitung und wählte.

Auf dem ausgehängten Zettel stand natürlich keine Durchwahlnummer, aber die hatte ich im kleinen schwarzen Telefonbüchlein notiert. Stattdessen hatten sie nur eine Adresse mit diesem Kringel angegeben, wissen Se, diesem Affenschwänzchen «@». Da sollte ich hinschreiben, falls noch Fragen sind.

Pah!

Und ob ich Fragen hatte! Erst mal kann ja da jeder kommen und so einen Wisch in den Flur kleben. Vor ein paar Wochen habe ich einen erwischt, der wollte uns einreden, wir müssen alle neues Interweb bestellen für an die 100 €. Ja, es purzelt einem so mancher Betrüger ins Haus, wenn man nicht genau aufpasst und die Türe geschlossen hält. Und da ist der Fahrer vom Bofrost noch das geringste Übel. Ewald Püschke klebt auch manchmal seine Einladungen zur Karnickelschau an jeden Hauseingang, und wenn sie im Gasthof «Zum schwarzen Keiler» wieder Lederjacken verkaufen oder der Zirkus kommt, haben Se das auch ständig an der Tür hängen, wenn man dem nicht Einhalt gebietet.

Ich habe also versucht, die Hausverwaltung anzurufen. Versucht, schreibe ich, denn das ist gar nicht so einfach. Es hat ja heute keiner mehr einfach so ein Telefon, das auf dem Schreibtisch neben einem steht und wo ein Kunde die Durchwahl anbimmelt. Da ging dann Herr Hoppe oder Frau Reiter dran, und wenn die nicht da waren, eine Kollegin, und die sagte dann, dass der Hoppe oder die Reiter in der Pause sind oder in einer Besprechung (was meist das Gleiche war), und dann fragte sie, ob Frau Reiter oder Herr Hoppe zurückrufen sollen oder ob man sich in einer halben Stunde noch mal melde. In der halben Stunde hoffte man inständig, dass die beiden kein Techtelmechtel anfangen und womöglich bald einen Doppelnamen tragen, und so verging die Zeit. Bestenfalls rief nach ein paar Minuten einer zurück, und man besprach das Problem, im schlimmsten Fall wiederholte sich das Ganze zwei-, dreimal. So kannte man es, und so hat das auch jahrzehntelang prima funktioniert.

Aber wenn etwas funktioniert, ist es ja heutzutage zu teuer und muss unbedingt geändert werden. Da rechnen dann überstudierte Zahlenmenschen aus, dass es soundso viel kostet, wenn die Hoppe-Reiters angerufen werden, die Kollegin drangeht oder sogar jemand zurückruft. Da sehen sie dann Potenzial, dass was gespart werden kann, und deshalb haben sie bei unserer Hausverwaltung jetzt eine Computermaschine angeschafft, die «Tüddeltüdü» macht und einem sagt, dass noch 34 Anrufer vor einem in der Leitung sind. Ich kenne das schon von der Krankenkasse, von der Post, von der Sparkasse und sogar vom

Grünflächenamt, wo ich immer die Liegezeiten meiner Männer auf den Friedhöfen verlängern lassen muss. Der Apparat der Hausverwaltung machte jetzt alle paar Sekunden die Musik immer ein bisschen leiser, sodass ich jedes Mal erschrak und dachte, es ginge nun los, und schon zum Sprechen ansetzte. Aber dann kam nur eine Stimme, die mich mahnte, ich solle erst auf der Interwebseite gucken, ob meine Fragen da nicht beantwortet würden, und fragte, ob ich schon wüsste, dass die Wohnungsbaugesellschaft nun auch Penthäuser verkauft und dass ich die Vier drücken und mich informieren soll. So ging das wohl zwanzig Minuten lang. Ab und an wurde ich wieder für meine Geduld gelobt, und die Sprechmaschine sagte, dass nun bloß noch 20, 15 oder 10 Anrufer vor mir in der Leitung wäre. Irgendwann wurde ein gewisser nächster freier Mitarbeiter, der gleich für mich da wäre und der sich persönlich um mein Anliegen kümmern wurde, ins Spiel gebracht. Diesen ominösen Mitarbeiter, ob der nun Hoppe hieß oder wie auch immer, hielten sie mir vor die Nase wie eine Möhre dem Kaninchen. Genau wie bei der Sparkasse und bei der Post! Mir treibt das ja regelmäßig den Blutdruck hoch. Wenn der mal zu niedrig sein sollte, muss ich keine Tabletten einnehmen, sondern mich nur ein paar Minuten ans Telefon setzen und eine beliebige Firma mit Warteschleife anrufen.

Irgendwann hatte ich dann also tatsächlich einen echten Menschen dran, nach nicht mal einer Viertelstunde. Das ging schneller als gedacht. Aber was soll ich Ihnen sagen: Dass man eine wirkliche, echte Person erreicht, ist ja bestenfalls ein Zwischenerfolg. Das heißt nämlich noch lange nicht, dass die einem auch helfen kann oder will. Meine hieß Evelyn oder Beverly oder so, es ist auch ganz egal, denn sie war völlig inkompetent. Das hörte ich schon, als sie fragte, wo in München ich denn genau wohnte! Ich las ihr mehrfach meine Adresse vor, meine Kundennummer und meinen halben Mietvertrag, und offenbar tippte die das alles in ihren Computer. Der war jedoch auch nicht schlauer als Evelyn-Beverly: Beide fanden nichts. Sie wollte dann einen Kollegen fragen, denn sie stieß in ihrem Computer auf den Hinweis, dass ein gewisser Herr Borchert aus unserem Haus auch schon angerufen hatte. Borchert ... Borchert ... das sagte mir was.

Ach, die Frau meinte Herrn Alex!

Der hatte sich seinerzeit, als er hier einzog, sehr freundlich vorgestellt: «Ich bin der Alexander Borchert, Sie dürfen gern Alex zu mir sagen.» Die Duzerei ist meine Sache nicht, aber ich wollte das wirklich nette Angebot nicht zurückweisen und ihn nicht vor den Kopf stoßen. Das wirkt manchmal sehr frostig, wenn man stur «Lassen Sie uns bei ‹Herr Borchert› bleiben» sagt. Wir einigten uns auf «Herr Alex», und ich finde das bis heute sehr angemessen. Und deshalb konnte ich mit «Herr Borchert» auch erst gar nichts anfangen, als die Dame den Namen erwähnte.

Der Herr Alex hatte also offenbar ebenfalls bereits angeläutet, und auch wenn der Computer nichts wusste und mich in München wähnte, merkte Evelyn-Belinda, dass irgendwas faul war, und versprach, sich zu kümmern und zurückzurufen.

Das ist nun eine ganz gefährliche Situation, das muss ich zwischendurch unbedingt anmerken. Wenn die sagen, dass sie zurückrufen, seien Se vorsichtig. Das heißt übersetzt nichts anderes als: «Jetzt reicht es mir mit Ihnen, ich lege auf.» Und dann legen die auf, rollen mit den Augen, und man hört nie wieder was von denen. Da muss man ganz vorsichtig sein, sonst fällt man zurück *vor* die Stufe Evelyn-Beverly und muss wieder Werbung für Penthäuser vom Computerband hören. Lassen Se sich deshalb vor dem Auflegen unbedingt die Durchwahlnummer geben, den Namen, den Vornamen, die Zimmernummer vom Büro, und das alles auch von dem, der angeblich zurückruft. Wenn man sich mal anguckt, was die alles von einem abfragen, darf man das ja wohl ebenfalls erbitten, denk ich mir.

Die Evelyn hieß Frau Ranstätter. Aber nicht verwandt mit der Ranstätter aus der Kirchgasse, ich habe das gleich gefragt. Das hätte mich auch gewundert, wissen Se, ich kenne die Ranstätters gut und wüsste doch, wenn die Verwandtschaft in der Hausverwaltung sitzen hätten!

Ich ließ mir also ihre Durchwahl und Büroadresse geben, sicher ist sicher, falls sie sich doch nicht wieder meldete. Das ist meist keine Bosheit, sondern eine Folge von vielen Missständen, mit denen wir uns dieser Tage rumschlagen: Personalmangel, ~~Doofheit~~ mangelnde Qualifikation, die eine Kollegin ist im Home-Offiss, der andere arbeitet Teilzeit, der erste hat dem nächsten einen I-Mehl geschickt, aber die ist nicht angekommen … na, man kennt das. Es ist ja überall dasselbe! Wegen Work-Leif-Ballänz arbeiten sie alle nur noch ein paar Stunden, damit noch genug Zeit bleibt für Hatschi-Joga und Netzfix gucken. Vier-Tage-Woche hier und freitags frei da, und am Ende kriegen Se niemanden mehr ans Telefon und schon gar nicht auf die Matte.

Es dauerte jedenfalls fast zwei Wochen, bis ich den

Herrn Hoppe am Hörer hatte, der für unser Haus zuständig war. Jawoll, murmelte er, es stimmte. Das Gebäude würde gründlich renoviert, saniert und umgebaut. Wir müssten aber eigentlich schon vor längerer Zeit ein Schreiben bekommen haben. Müssten, pah! Natürlich hatten wir nicht! Außer dem Wisch im Treppenhaus war da gar nichts gewesen, nicht die Spur eines Schreibens. Bestimmt geht bei der Post mal was verloren, aber wenn niemand aus dem Haus was weiß, gehe ich mal davon aus, dass die ihr Schreiben gar nicht rausgeschickt hatten. So machen die das nämlich, um dem Konflikt aus dem Weg zu gehen.

Es nützte jedoch nichts, sich aufzuregen, und ich war ja auch gar nicht dagegen, dass hier alles schick gemacht wird. Nur wüsste man eben gern vorher, was auf einen zukommt, was die überhaupt machen und mit welchen Einschränkungen und Kosten man zu rechnen hat.

Der Hoppe sagte fest zu, der zuständigen Kollegin Frau Hufreiter, die allerdings gerade auf Bildungsurlaub war und naturverbunden und achtsam durch das Bergische Land wanderte, noch mal Bescheid zu sagen, dass die eine Kopie des Schriebs rausschickt.

Nach ein paar Wochen, als die Hufreiterin genug gewandert hatte und an den Schreibtisch zurückgekehrt war, kam tatsächlich ein Brief mit genauen Informationen an alle Mieter im Haus.

Da waren die Bauarbeiten jedoch schon im vollen Gange.

Ich muss sagen, das Ganze war sehr merkwürdig organisiert. Im Grunde ist das Wort «organisiert» schon nicht richtig, denn eben das war es nicht. Immerhin waren in all dem Durcheinander drei Konstanten auszumachen.

Nummer eins:
Jeden Tag im Morgengrauen fuhr ein Baufahrzeug vor, aus dem manchmal zwei, seltener vier, fast nie mehr Männer stiegen. Das spielte sich immer so gegen sechs Uhr in der Früh ab, und der Tag begann damit, dass sie für eine knappe Stunde irgendeine Tätigkeit verrichteten, die Krach machte. Mal kloppten sie ein Fenster aus den Angeln, mal mit einem Hammer gegen die Wand und mal mit einer Rohrzange gegen die Heizung. Sehr gern wurde auch ein Winkelschleifer eingesetzt, für welche Arbeiten auch immer. Und wenn ihnen gar nichts einfiel, nahmen sie den Laubbläser und pusteten damit auf dem Gehweg irgendwas von links nach rechts und umgekehrt. Das machte keinerlei Sinn, nur Krach, und darauf kam es offenbar an. Es dauerte nie sonderlich lange, aber sie nahmen sich immer gerade so viel Zeit mit dem Krachmachen, bis alle Mieter wach waren. Mich konnten die damit nicht ärgern, ich bin eher der Typ Lerche, keine Nachteule. Eine Renate Bergmann ist meist um fünf auf den Beinen. Das steckt so drin. Ich denke mir immer: «Renate, liegen kannst noch lange genug, wenn du auf den Gottesacker kommst, also raus aus den Federn!»

Zudem habe ich ja ein Katerle, und jeder Katzenbesitzer weiß, was für ein herzerweichendes Geschrei die Viecher machen. Katerle steht wirklich gut im Futter und kriegt reichlich, meist hat er sogar ein paar Brösel Trockenfutter-Rest in seinem Napf, aber trotzdem veranstaltet der im Morgengrauen ein so wehklagendes Gemaunz, dass es einem durch Mark und Bein geht. Ich habe schon manchmal gedacht, dass das hoffentlich nicht der Tierschutz hört, die glauben sonst noch, ich würde Katerle regelmäßig auf die Herdplatte setzen.

Wie auch immer, ich bin morgens beizeiten am Frühstückstisch, mich kann kein Handwerker überraschen. Im Nachthemd und unfrisiert, man stelle sich das mal vor! Die Berber und die Meiser dagegen ... hihi! Manchmal glaube ich, die Bauarbeiter machten den Krach am frühen Morgen nur, um die Damen im Negligee zu sehen, denn nicht selten stürmte eine der beiden schimpfend auf den Balkon und guckte böse. Nicht zurechtgemacht und vor der Morgentoilette sind Frauen aus dem wirklichen Leben nun auch kein verlockender Anblick, wissen Se. Von den jederzeit geschminkten und frisch geföhnten Damen aus dem Fernsehen sind wir alle weit entfernt, das ist sicher. Aber den Bauarbeitern war das wohl nicht so wichtig.

Nummer zwei:
Jeden Donnerstag wurde das Toilettenhäuschen gewechselt. Na, das war immer ein Schauspiel!

Man hatte gleich zu Beginn der Arbeiten eine Art Örtlichkeit eingerichtet, denn die Männer mussten ja Gelegenheit haben, ihre Notdurft ... nun, also, jedenfalls stellte man denen so ein Plastik-Häuschen hin. Direkt bei uns in den Vorgarten! Ich dachte erst, ich sehe nicht recht. Wissen Se, ich habe Narzissen gesetzt vor der Hecke, und auch Schneeglöckchen und Kroküsschen. Die sieht man zwar nicht im Sommer, weil da die Knollen in der Erde Kraft sammeln, damit sie im Frühling wieder sprießen und blühen können – trotzdem kann man doch nicht einfach einen Lokus da hinstellen! Es war wirklich ärgerlich, wissen Se, den ganzen heißen und trockenen Sommer über hatte ich mir Mühe gegeben, den Rasen halbwegs in Schuss zu halten, und dann stellen die einfach ein Austret-Häuschen da ab.

Aber es war nötig, das musste man einsehen. Die Männer konnten es ja nicht hochziehen und ausspucken, nicht wahr? Und die Örtlichkeit wurde ausgiebig benutzt, das bekam ich mit. Ich wohne im zweiten Stock, und trotzdem musste ich die Fenster zumachen, um die indiskreten Geräusche ... Sie verstehen schon. Da tat mir Frau Meiser, die die Geschäfte direkt von ihrem Balkon vor der Wohnstube mitverfolgen konnte, wirklich ein bisschen leid. Die Männer studierten während der Sitzungen auch gern den Sportteil und riefen vom Thron aus die Fußballergebnisse hoch auf die Baurüstung. Es war alles genau so, wie man es sich in den schlimmsten Klischees vorstellt.

Das Häuschen wurde, wie gesagt, jeden Donnerstag getauscht. Dazu kam ein Lkw angefahren, mit einem kleinen Kran auf dem Dach, und mit dem wurde das Ding an einem Haken hochgehoben. Wissen Se, nee! Das konnte man sich kaum mit angucken. Ich hatte immer Angst, dass sich bei dem Gewackel entweder der Haken löst und die ganze Klambasche runterfällt, oder dass beim Schwenken des Krans vielleicht doch was überplempert. Das will man ja nicht. Bei uns in der Straße ist es außerdem recht eng, und es wird an beiden Straßenrändern geparkt. Es passt also nur ein Auto in eine Richtung durch, und wenn nun der Lkw kam und das Häusl tauschte, ging für ein gewisses Weilchen gar nichts, nicht nach vorn und nicht nach hinten. Es wurde gehupt und geflucht, und dazu der laufende Motor, das Geknatter vom Kran ... aber was muss, das muss, nicht wahr? Dieser aufwendige Tausch des Lokus war unverzichtbar. Und er war die zweite Konstante, die unser Leben fortan mit verlässlicher Regelmäßigkeit belasten sollte.

Nummer drei:
Ich habe beobachtet, wie jede Woche mehrere Säcke mit Zement angeliefert wurden. Die legte man einfach an den Straßenrand und gab sich der Hoffnung hin, es würde schon nichts passieren. Und es hat tatsächlich niemand was geklaut. Was soll ein Berliner auch mit Zement, frage ich Sie? Gut, beim Marmorkuchen von Frau Meiser könnte man denken, dass da ein paar Esslöffel drin sind, aber wahrscheinlich nimmt die einfach nur zu wenig gute Butter.

Als ich fragte, ob sie den Zement nicht abdecken oder in den trockenen Keller bringen wollten, zuckten die Handwerker nur mit den Schultern, ob aus Ratlosigkeit oder Ignoranz, war mir nicht ersichtlich. Hören Se, ich bin nun weiß Gott keine Frau vom Fach, wenn es um Bauarbeiten geht, aber dass Zement nicht ungeplant nass werden soll, das weiß ich auch.

Der Bauleiter erklärte mir, die Baustofffirma, die das Zeug gebracht hat, hätte es «frei Baustelle» liefern sollen. Sie haben es aber nur an den Straßenrand gelegt, was ja nicht die Baustelle wäre. Die Baustoff-Fritzen hingegen hatten in ihren Papieren stehen, dass sie den Zement «frei Bordstein» liefern sollten und taten das auch. Das wären wohl alles Versicherungs- und Haftungsfragen. Ich hab mich ja genau erkundigt, aber da steht man dann als einfache alte Frau und versteht die Welt nicht mehr. Die verstecken sich hinter einem falschen Wort in ihren Papieren und lassen sehenden Auges das Unglück zu. Die machen keinen Handschlag mehr, als sie unbedingt müssen, und hinterher will es keiner gewesen sein. Das ist ein Grundübel in unserer Zeit, das sage ich Ihnen.

Es kam also, wie es kommen musste: Am Abend kriegten wir Regen. Gott sei Dank kein Gewitter, das hätte mir noch gefehlt! Ich habe doch immer solche Angst, wenn es donnert. Meine Kassette mit den Sparbüchern und den Versicherungsunterlagen steht stets griffbereit im zweiten Fach der Anbauwand, falls mal was ist. Man weiß nie, ob der Blitz nicht doch einschlägt und man schnell rausmuss. Diesmal blitzte nichts, es war aber auch ohne Gewitter genug Aufregung, denn natürlich regnete unser Zement am Straßenrand nass und war nicht mehr zu gebrauchen. Es ist ja nicht so, dass ich das nicht hatte kommen sehen. Deshalb ärgerte es mich umso mehr, dass die Bauleute ihr Malheur am nächsten Morgen nur schulterzuckend zur Kenntnis nahmen und sich sonst nicht groß aufregten. Es wurde laut telefoniert, mit Schimpfworten und Drohungen, und dann zogen sie sich zum Zeitvertreib in ihren Bauwagen zurück. Sie konnten schließlich nichts machen, sie hatten ja keinen Zement. Erst gegen Mittag beorderte der Scheff sie auf eine andere Baustelle, woraufhin sie gemächlich abzogen.

Anschließend war erst mal Ruhe für ein paar Tage, denn die Baustofffirma, die Hausverwaltung und die Baufirma stritten sich ausgiebig, wer nun schuld war an dem Dilemma. Eine Freveltat war das! Wahrscheinlich war Frau Hufreiter von der Hausverwaltung wieder wandern oder waldbaden und turnte einen Kolibri oder den gebückten Hund oder was weiß ich. Mir hätte das ja alles ganz egal sein können, aber man weiß doch, wie es ist: Einer muss das Ganze am Ende bezahlen, und mir schwante, wer das sein würde. Es war schon immer so, dass es auf den kleinen Mann oder die kleine Frau zurückfällt, wenn sich zwei Firmen mit ihren Rechtsverdrehern streiten.

Ich machte zur Sicherheit Bilder mit dem Telefon und gab bei Herrn Alex zu Protokoll, dass ich vorher darauf hingewiesen hatte, dass der Zement nass werden könnte. Herr Alex meinte, er wäre nur Jurastudent und kein Staatsanwalt, er könne da auch nichts machen, aber es wäre gut, dass ich ein Auge darauf hätte. Fast hatte ich das Gefühl, dass er mich nicht ernst nahm und mich abwimmeln wollte.

Aber sollen Se mal nicht denken, dass die Spielchen erledigt waren, als wir frischen Zement hatten! Es war ein regnerischer Spätsommer, und bis so eine Änderung der Lieferbedingungen im Computer durch ist, dauert es seine Zeit. Sie werden es nicht glauben, aber es wurde vier Mal frischer Zement angeliefert.

VIER MAL.

Mittlerweile gingen wir in den September, und mir schwante schon, dass das mit den Terminen knapp wird. Wenn die mir hier bis in den Advent rein mit ihrem Krach Sand in den Flur und ins Getriebe meiner Weihnachtsvorbereitungen bringen würden, na, dann sollten die mich aber kennenlernen!

Unabhängig von der Betriebsamkeit um die Renovierung ging das Leben natürlich weiter, und ich tat die Dinge, die ältere Damen eben so tun: F-D-H. Friedhof, Doktor, Handarbeiten. Und dazu musste ich ja noch einen Blick auf das Weltgeschehen und das Treiben hier im Haus haben und die Bauarbeiten ein bisschen beaufsichtigen. Wenn ich mir vorstelle, als Geheimagentin zu arbeiten und ein Doppelleben zu führen – nee, das könnte ich nicht. Ich habe mit dem einen Leben schon genug zu tun!

Handarbeiten sind mein Lebenselixier. Das entspannt mich. Wenn ich die jungen Frauen immer höre, die für die Entspannung extra zum Jogamachen hetzen, denke ich mir: Für mich ist Häkeln Joga, nur mit Maschen. Ich merke dabei keine Arthritis in den Fingern und habe auch keinen Karpaten-Tunnel im Ärmel, wie die Frauen, die den lieben langen Tag lang auf den Computertasten rumtippsen. Stricken ist genauso beruhigend wie Häkeln, ja, das sind schöne Hobbys. Man kann nebenher wunderbar fernsehen und Katerle beim Schnurren zuhören. Deshalb sind bei mir eigentlich jeden Abend die Nadeln am Klappern. Ich stricke und häkele warme Strümpfe, Mützen, Pullover, Westover und auf die Schnelle immer mal wieder auch Topflappen. Da hat man immer was zum Verschenken im Schrank, wenn man spontan ein hübsches Mitbringsel braucht. Über Topflappen freut sich ja jeder! Und über Bücher, Bücher sind auch immer gut. Gut für die Fantasie, gut für das Hirn, und selbst, wenn man sie gar nicht liest: Gut gefüllte Bücherregale sind eine erstklassige Dämmung für die Außenwände. Das spart Heizkosten.

Aber ich war ja dabei, über meine Handarbeiten zu berichten. Dieses Jahr war das Häkeln tatsächlich etwas in den Hintergrund getreten, stattdessen hatte ich ein größeres Strick-Projekt in Angriff genommen und an Pullovern für die ganze Familie und meinen Freundeskreis gearbeitet. Das kam so:

Letztes Weihnachten stolperte Stefan mit einem so schrill-bunten Weihnachtspullover zu mir in die Stube, dass mir fast die Luft wegblieb. So mit Rentieren und Sternen drauf, und alles in Blau, Rot und Grün. Kennen Se die Dinger? Das ist ja in Mode, die jungen Leute laufen an den Feiertagen alle so rum. Sie finden das selber übertrieben und hässlich, aber das macht es schon wieder witzig. Na, so sind se eben!

(Übrigens, damit Se nicht ins Fettnäpfchen treten: Das gilt nur für die Pullover, über die darf man lachen. Wenn Frau Berber im Advent in ihren Rentier-Leckings durch den Flur stolziert, muss man sich jeden Kommentar und das Grinsen verkneifen, sonst wird se böse. Diese hässliche Klamotte soll nämlich so und ist ernst gemeint!)

Ich jedenfalls musste mich an die Weihnachtspullover erst gewöhnen. Ariane hat sogar einen mit eingenähter Lichterkette, überlegen Se mal den Quatsch. Angeblich soll man den Pullover trotzdem waschen können, aber das würde ich nicht machen. Nachher geht die Waschmaschine noch in die Luft. Nee, und Handwäsche ist mir da auch zu gefährlich. Wie schnell kriegt man einen Schlag! Wasser und Strom, das geht doch nicht gut zusammen. Die Pullover sind allesamt aus ganz billigem Polyester gearbeitet, die dürfen Se nicht mal schief angucken, und schon kratzen die und laden sich auf. Man schwitzt auch schrecklich in den Dingern, und gerade an den Feiertagen ist die Stube doch gut geheizt, und man hat noch den Adventskranz an … Kurzum: Diese Weihnachtstrikotagen sind von vorn bis hinten unpraktisch und gefährlich. Und deshalb hatte ich mir überlegt, als Überraschung für die ganze Familie und natürlich auch für Gertrud, Gunter, Ilse und Kurt richtige Weihnachtspullover zu stricken, aus echter, guter Schurwolle. Da hat man wenigstens was davon und kriegt nicht gleich Hautjucken, Schwitzausbrüche und einen elektrischen Schlag. Und die Größen kenne ich ja von jedem. Wenn man seit so vielen Jahren – ach, was sage ich, Jahrzehnten! – Handarbeiten macht, hat man einen Blick dafür, welche Weite jemand braucht und wie viele Maschen ich am Bund, am Halsausschnitt und am Ärmel rechnen muss. Ilse, die für ihr Leben gern schneidert, sieht das auch. Wir müssen nicht Maß nehmen. Wer vom Fach ist, hat das im Gefühl. Genau wie Buxen-Willy. Wenn man zu Buxen-Willy ins Geschäft kommt, mustert der einen mit einem prüfenden Blick, und noch ehe man «Guten Tag» gesagt hat, drückt er einem Hosen oder Röcke in die Hand, die passen. So ein Geeier wie «Eigentlich trage ich eine 38, aber die Röcke fallen ja oft so klein aus, und die spanischen Größen … ich hatte neulich schon den Fall, dass auf dem Schnippel 40 stand und der gepasst hat, aber eigentlich trage ich eine 38 …» gibt es bei Buxen-Willy nicht. Der reicht einem einen Rock in 42, und der passt dann auch, und Pasta.

Basta, meine ich. Pasta ist meist der wirkliche Grund, dass der Bund kneift, und nicht die spanischen Größen.

Jedenfalls hatte ich die Maße all meiner Lieben im Kopf und strickte schon seit dem Frühjahr immer so vor mich hin an meiner Weihnachtsüberraschung. Ich hatte erst überlegt, die Pullover für die Kinder zum Schluss zu stricken, weil die ja so schnell wachsen, die kleinen Racker. Aber ich stricke eh so, dass es bequem und locker sitzt, ich gebe lieber noch zehn Maschen drauf, als dass es zu knapp wird. Deshalb entschied ich mich lieber dafür, nach dem Alter sortiert zu stricken. Wissen Se, Kurt ist 87, Gunter Herbst 84, Ilse, Gertrud und ich sind 82. Da muss man schon schauen, dass man nicht umsonst … also, kurzum, Kurts Pullover kam als letzter dran. Ja, auch eine Renate Bergmann muss praktisch denken und möchte sich so viel Arbeit nicht umsonst gemacht haben, im Fall des hoffentlich nicht eintretenden Falles.

Ich fing also mit den Kindern an, und so ging der Sommer dahin. Das Jahr verflog, und nach den Lenzmonaten verabschiedeten sich nun auch die letzten Aufbegehren des Sommers in Form alter Weiber, und der Herbst begann.

Herbst

Der Herbst ist für viele die schönste Jahreszeit. Morgens liegt der Nebel über der Stadt, und in den Vorgärten blühen die Astern. Die Natur grüßt zum Ende des Jahres nochmal prächtig bunt, und die herrlichen Farben trösten über den Verlust des Sommers hinweg. Auch ich genieße es, durch das raschelnde Laub zu gehen und die Sonnenstrahlen durch die bunten Blätter der Bäume schillern zu sehen. In Berlin muss man dabei gut aufpassen, denn viele Hundebesitzer nehmen kein Tütchen mit: Wenn man da zu unvorsichtig durch die Blätter spaziert, erwischt man schlimmstenfalls eine Tretmine, und es stinkt ganz fürchterlich.

Früher war der Herbst die arbeitsreichste Saison des Jahres. Auf dem Land hatten wir keine Zeit, im Wald herumzurennen und wie die Wildschweine ein «Laubbad» zu nehmen, wie meine Tochter Kirsten das jetzt sogar in ihren Kursen anbietet. Die nimmt Geld dafür, dass sie erwachsene Menschen ermuntert, sich in Buchenblättern zu suhlen und dabei ihre Sorgen zu vergessen, denken Se sich diesen Blödsinn mal! Nee, damals mussten wir zusehen, dass die Ernte in die Tenne kam. Dabei mussten auch wir Kinder mit ran. Wer eine Reihe fehlerfrei lesen konnte, galt als ausgeschult, bekam vom Lehrer frei und durfte helfen. Die Sommerferien waren um eine Woche verkürzt, dafür waren die Herbstferien acht Tage länger, weil die Kinder in der Erntezeit gebraucht wurden. Es ging raus aufs Feld zum Kartoffelnstoppeln und in den Wald zum Sammeln von Eicheln und Kastanien. Die haben wir für unser Vieh zusammengetragen, für den Fall, dass die Kartoffeln knapp waren, und auch um sie zum Förster zu bringen, der sie an die Hirsche und Wildschweine verfüttert hat. Die dicksten Eicheln, das weiß ich noch, die gab es auf dem Friedhof. Man will gar nicht so genau wissen warum.

Am schlimmsten war die Pflaumenzeit. Wir hatten so viele Bäume, dass wir der Pflaumen manchmal gar nicht Herr wurden. Wochenlang hingen wir in den Ästen! Wenn Gertrud mich vorstellt, sagt sie bis heute oft: «Das ist Renate, meine Freundin seit Kindertagen. Sie hat große Teile ihre Jugend im Pflaumenbaum verbracht.» Aber mit dem Pflücken allein war es nicht getan, denn die Pflaumen mussten alle entsteint werden, bevor sie zu Mus gekocht, gedörrt oder eingeweckt werden konnten. Das ging auf die Daumen und tat weh. Ich hatte jedes Jahr vom Herbst bis in den Advent hinein wunde Stellen an den Händen, die heilten nur ganz schlecht ab.

Trotzdem war die Pflaumenzeit auch was Schönes, vor allem später in der Backfischzeit, als wir erwachsen wurden. In einem Jahr war ich sogar Zweite bei der Wahl zur Zwetschgenkönigin. Erste wurde Ilse. Das habe ich ihr gegönnt. Wirklich! Es machte mir gar nichts aus. Was sagte das denn schon aus? Zwetschgenkönigin von Finkenau, pah! Wie viele Leute wohnen da schon! Und wenn die eine Miss wählen, haben sie Bier getrunken.

Gar nichts machte mir das aus, können Se ruhig glauben.

Ilse, die Zwetschgenkönigin, bekam ein Krönchen auf den Kopf und wurde beim Erntedankfest auf den ersten Wagen gesetzt. Von dort oben durfte sie huldvoll winken. Kurt, mit dem sie seinerzeit schon verlobt war, ging vorn am rechten Wagenrad und passte auf, dass niemand seiner Ilse zu nah kam. Er war damals schon sehr eifersüchtig und schlug alle Männer, die sie auch nur ein bisschen zu lange anguckten, mit einer Forke in die Flucht.

Eigentlich war die Zwetschgenkönigin für eine zweijährige Amtszeit gewählt, aber weil Kurt so eifersüchtig war, ist Ilse nach nur einem Jahr zurückgetreten. Gut, da war ja dann auch schon der kleine Wolfgang unterwegs, und für eine Zwetschgenkönigin ziemte es sich zu dieser Zeit einfach nicht, mit Schwangerschaftsbauch auf dem Festwagen zu fahren. Heute wäre das ja kein Thema mehr, aber damals war die Zeit eben so. Ich glaube ja bis heute, Kurt hat sich extra ... also, wie sagt man ... sich extra besonders ins Zeug gelegt, damit es mit dem Nachwuchs klappt und unsere Ilse als Königin abdanken muss. Er war so eifersüchtig, dass ich ihm das zutraue.

Obwohl ich bei der Wahl Zweite geworden war, hat Ilse das Zepter an Hedi Schuster, die olle Zibbe, übergeben, weil deren Vater den Festwagen bezahlt hatte. Der habe ich das nicht gegönnt, da stehe ich zu. Und wenn ich so zurückdenke, machte die auch keine besonders gute Figur. Na ja, sie war ja auch nicht lange im Amt.

Wir nutzten damals alles, was der Garten im Herbst hergab. Wir haben auch viel getrocknet, das kommt ja jetzt wieder in Mode. Ariane macht das aber nicht im Herd, die hat eine extra Maschine dafür. So was steht alles nur rum und nimmt Platz weg, wenn Se mich fragen, aber das Mädel hat seine Freude daran und dörrt Apfelringe, Backpflaumen und sogar Trockenfleisch.

«Die Mädchen kriegen damit was Gesundes ohne Zucker, das ist gut für die Zähne», sagt sie immer. Und auch für die Hüften, füge ich im Stillen hinzu, auch wenn das erst später wichtig wird. Man darf sich an das Zuckerzeug gar nicht erst gewöhnen, das stimmt schon.

Norbert und Stefan lieben beide das gedörrte Fleisch. Norbert ist der Hund von Gertrud, ich glaube, das habe ich noch gar nicht erwähnt. Eine Doberdogge mit ständig großem Appetit. Norbert ist ein gesundes, lebhaftes Tier ohne Stammbaum. Gut, einen Lieblingsbaum, an dem er das Beinchen hebt, hat er schon. Aber keinen Stammbaum im Sinne von nobler Herkunft. Während andere Hunde «Arkus vom Rosenthaler Eck» oder «Hannah von der Rüdesberger Tann» heißen, heißt Norbert einfach «Norbert runter vom Sofa».

Wenn ich an früher zurückdenke, war der Herbst auch die Zeit der Sorge: Würde die Ernte so reichlich sein, dass wir über den Winter kommen? Es wurde ja alles zur gleichen Zeit reif, die Birnen, die Pflaumen, die Äpfel ... was nicht gegessen wurde, musste haltbar gemacht werden.

Wir weckten viel ein, schon den ganzen Sommer über. Die Gläser kamen in den Keller, wo sie kühl und trocken standen. Oma Strelemann wachte mit Argusaugen darüber. Sie wusste immer genau, wie viele Gläser noch von jeder Sorte Eingewecktem auf Vorrat waren, und wehe, es fehlte eins!

Einmal hatte Mutter dem Doktor ein Glas Birnen mitgegeben, ohne es mit Oma abzusprechen. Da gab es wochenlang kein Kompott, um den Verlust wieder einzusparen. Dabei war das Glas Birnen sicher nicht schlecht investiert gewesen, schließlich war er der einzige Doktor weit und breit, und für den Fall, dass doch mal was war, wollte man gut mit ihm stehen.

Ja, früher war es mit der ärztlichen Versorgung auf dem Lande nicht weit her. Der Doktor kam nur, wenn man verunfallte, oder bei der Pockenimpfung. Wegen ein bisschen Erkältung, Rückenschmerzen oder Bauchweh wurde der nicht geholt, das ging von alleine weg.

Deshalb bekamen wir den Arzt nur selten zu sehen. Der kostete schließlich auch! Kasse war zwar schon, aber trotzdem sah man sich immer in der Pflicht, dem Doktor Petich noch was beizugeben: ein geschlachtetes Huhn, zwei Dutzend Eier oder wenigstens ein Glas Kompott aus dem Keller, manchmal auch was vom Hausgeschlachteten. Das gehörte sich einfach so. Da überlegte man es sich zweimal, ob man den Arzt rief oder ob man bei Kreuzschmerzen nicht doch mal die Salbe probierte, die der Viehdoktor für das Pferd verordnet hatte. Die hatte schließlich auch Geld gekostet und half meist prima.

Dem Herrn Doktor war es auch gar nicht zuzumuten, wegen ein bisschen Schnupfen das Pferd anzuspannen. Er hatte schließlich viel zu tun, denn er musste mit dem Bürgermeister, dem Pfarrer und dem Apotheker an fast jeder Hochzeit, Silberhochzeit, Taufe oder bei runden Geburtstagen ab 70 mit an der Festtafel sitzen. Da schmierte man eben die Salbe vom Tierarzt auf oder rief Trude, die bei Geburten und beim Hausschlachten half und auch die Leichen wusch und die sich mit allem, was blutete, gut auskannte.

Ab November ist es meist vorbei mit den schönen Farben, das ist heute so in Spandau, und es war damals auch schon so auf dem Land. Wenn es regnete, wurde es ganz schnell auch hundekalt, und man bekam steife Finger, wenn man draußen Walnüsse aufsammelte oder das Vieh versorgte. War die Kartoffelernte reichlich gewesen, strahlte Opa Strelemann, denn er wusste, wir würden ohne Hunger über den Winter kommen.

Auch Holz haben wir aus dem Wald geholt, nicht nur Eicheln und Kastanien. Das Totholz musste raus, und dann musste es einen Winter trocknen, bevor es gehackt und verheizt werden konnte. Wissen Se, wenn man feuchtes Holz verbrennt, quiemt die Bude so zu, dass einem die Tränen in die Augen schießen, und zwar nicht vor Rührung.

Ein Jahr lang trockneten die Stämme, erst dann wurden sie zersägt, gespalten und die Scheite zu Holzmieten gestapelt. Sicher, man kann getrocknetes Holz auch gleich verbrennen. Manche lebten damals von der Hand in den Mund, oder eben vom Scheit in den Ofen, aber wer was auf sich hielt, hatte Reserve. Opa Strelemann war immer stolz darauf, dass hinterm Haus sechs große Holzmieten standen. Das war ein Zeichen von Wohlstand, und es war auch ein Puffer für besonders strenge Winter und den Fall, dass er mal auf dem Kreuz nicht so konnte.

Ja, die Wälder gaben viel her. Neben Eicheln, Kastanien und Holz sammelten wir auch Pilze. Die wurden entweder frisch gegessen, getrocknet oder auch eingekocht, je nachdem, wie viele wir fanden. Das war immer ein Festschmaus. Ich kannte mich schon als kleines Mädchen prima aus mit Maronen, Pfifferlingen, fetten Hennen und auch Steinpilzen. Alles, was komisch aussah, ließen wir natürlich stehen. Oma Strelemann hätte es eh aussortiert, da war sie sehr streng. Was sie nicht kannte, kam ihr nicht in die Pfanne, und das ist wohl auch richtig so. Seit die Witwe Bollich ihren Mann … also, er hatte die Pilze wohl nicht so gut vertragen. Seitdem mahnte der Doktor Petich, genau hinzugucken bei Pilzen.

Hier auf unserer Baustelle ging es nur stockend voran. Manche Tage ließ sich kein Handwerker blicken, dann wieder fiel ein ganzer Trupp mit Radau und Kalkeimern ein. Ab und an wurde Zement abgeladen und nach ein paar Tagen nass geregnet wieder abgeholt.

Einer der Handwerker, die seit einiger Zeit hier auf dem Bordstein herumsprangen, kam mir irgendwie bekannt vor. Also, ehrlich gesagt vor allem sein … nun ja, seine Rückseite. Auf dem Bau ist es ja so, dass man häufig nicht die Gesichter der Leute zu sehen kriegt, sondern nur Hintern mit halb runtergerutschten Hosen. Das sogenannte Maurer-Dekolleté. Und dieses Schlüpfergummi und dieses Muttermal auf der rechten Pobacke – «Das hast du schon mal gesehen, Renate!», grübelte ich mehrere Tage lang. War das nicht … ob das wohl? Ja, es war der Herr Bogdan! Der nette Maurer, der seinerzeit schon auf dem Bau von Stefan und Ariane die Kelle geschwungen hatte. Nee, die Welt ist doch ein Dorf. Zufälle gibt's! Aber so ist es oft im Leben: Wenn man gar nicht damit rechnet, trifft man Bekannte. Die Frau Hupe zum Beispiel hat erzählt, dass sie im Urlaub in Spanien auf der Liege neben sich auf einmal Frau Nüchterling liegen sah, die nur zwei Straßen weiter wohnt. Und Frau Berber hat beim Judoturnier von

Jemie-Dieter einen abgelegten Lebensabschnittsgefährten wiedergetroffen, nach über zehn Jahren! Wobei das nun nicht wirklich vergleichbar ist, weil die Berber die Lebensabschnitte sehr kurz hält und sich immer wieder neue Gefährten dafür sucht. Da ist die Wahrscheinlichkeit gar nicht so klein, dass sie mal einen wieder trifft.

Wie auch immer, die Hupe und die Nüchterling hatten Spaß an der Bar mit Schirmchencocktails, und ich freute mich, Herrn Bogdan zu sehen. Wissen Se, es ist ja so eine Sache mit fremden Leuten am und im Haus. Da ist man doch froh, wenn man ein bekanntes Gesicht dabeihat und weiß, dass man jemandem vertrauen kann.

Schraders, die in Spreeweide gleich neben Stefan und Ariane ihr Häuschen haben, hatten ja so einen Ärger mit den Handwerkern! Da kann viel schiefgehen, sage ich Ihnen, und da sind harter Zement und überlaufende Kloháuschen lange nicht das Schlimmste. Es geht hin bis zu … na, nennen wir es zwischenmenschliche Techtelmechteleien. Stellen Se sich das mal vor! Erst ging es ganz harmlos los, jedenfalls bis der Klempner was mit Frau Schrader anfing und die beiden sich miteinander im Bett vergnügten. Während der Arbeitszeit und während Herr Schrader im Büro war. Weil deshalb auf der Baustelle nichts voranging und Herr Schrader eines Tages früher als geplant Feierabend machte, flog das aber auf, und als Nächstes zog Herr Schrader aus und der Klempner ein. Das ging ebenfalls nicht lange, dann war der Klempner wieder weg und die Schradersche alleine. Auch das war nicht von Dauer, nur ein paar Wochen, dann half ein Bekannter beim Rohrverlegen und … nun ja. Auch er blieb über Nacht, man fand sich interessant, aber eben wieder nur ein paar Wochen lang. Dann ward er nicht mehr gesehen, und Ariane bekam eine Nachricht von der Schraderschen auf ihr Händi: «Hallo, Ariane, dein Mann ist doch handwerklich begabt. Meinst du, er könnte bei mir im Haus …»

Weiter hat Ariane nicht gelesen, sondern ist rüber und hat geklingelt. Die Schrader fragt nie wieder was, das kann ich Ihnen sagen.

Zum Herrn Bogdan hatte ich schon ein gewisses Vertrauen. Obwohl man ihn eng ins Geschirr nehmen muss, er neigt nämlich zur Oberflächlichkeit und schludert gern. «Das passt schon irgendwie, ganz glatt machen wir es beim Verputzen» ist einer seiner Lieblingssätze, und er mauert eher nach Pi mal Fensterkreuz als mit der Wasserwaage. Die sei viel zu teuer, als dass man sie mit Kalk beschmaddert, sagt er immer. Und dann kommt sein zweiter Lieblingssatz: «Das sieht man nachher gar nicht, wenn das erst mal gestrichen ist.» Ja, man muss sehr genau aufpassen bei dem. Aber was freute ich mich, ihn wiederzusehen. Wir begrüßten uns herzlich, und er behauptete, ich wäre keinen Tag älter geworden. So ein oller Charmeur!

Wissen Se, so ein kleiner netter Plausch am Rande tut manchmal richtig gut. In den letzten Jahren leben wir ja alle immer mehr aneinander vorbei. Wir achten nicht mehr aufeinander, sondern rennen nur noch mit Sorge um uns selbst durch die Welt. Das sieht man daran, dass fast jeder mit dem Blick auf sein Händi durch die Straßen spaziert und nicht nach links oder rechts guckt, und man hört es daran, dass fast alle Sätze mit «ich» oder «mein» beginnen. Die Leute telefonieren beim Gehen, oder, noch schlimmer, sie schicken sich Monologe, in denen sie ganz viele Ich-Sätze sagen, die der Empfänger dann mit anderthalbfacher

Geschwindigkeit auf seinem Telefon anhört. Ich weiß Bescheid, Ariane schickt mir so was auch manchmal. Was für ein Segen dieser Knopf mit dem erhöhten Tempo doch ist! Er hilft beim Einsparen von Lebenszeit, das kann man wirklich so sagen. Ariane weiß bis heute nicht, dass ich die Taste aus Versehen beim Abwischen gefunden habe, und ich werde den Teufel tun und es ihr erzählen. Sie verraten mich doch nicht?

Nee, diese hektischen jungen Leute! Ich komme allein mit der Sprache nicht mehr mit. Wenn sie in den Giebel ihres Telefons sprechen und «Isch bin Bus» oder solche Dinge sagen, wissen Se, da könnte ich mit dem Stock dazwischengehen! Der Schmuck, den unsere Sprache trägt, wird immer seltener sichtbar. Eher sieht man die hässlichen Fratzen, die Sprache auch haben kann. Und dann diese langen Monologe! Überhaupt waren wir mit unseren Telefonen früher schon weiter. Da konnte man direkt reinsprechen, und der Gesprächsteilnehmer hat auch gleich geantwortet. Heute murmeln die, wie gesagt, was vorne in den Schlitz, dann müssen sie ein Weilchen warten, und nach ein paar Minuten kommt dann die Antwort. Das hören sie sich an, halten sich dann wieder die kleine Giebelfront vor die Schnute und sagen ihren Teil rein … so geht das die ganze Busfahrt über. Nach sechs oder acht Haltestationen wissen Se da unfreiwillig mehr über deren Privatleben als über das Ihrer besten Freundin – wenn Se denn die Worte alle verstehen.

Das war früher anders. Da hatte nicht jeder Telefon, schon gar nicht ohne Strippe. Was es Neues gab, erfuhren wir aus der Zeitung, in der Sonntagspredigt des Herrn Pfarrer oder aus dem Radio. Wir hatten einen Volksempfänger, den Opa Strelemann gegen einen großen Hinterschinken von unserer Sau Gunda ertauscht hatte. Oma hat vielleicht geschimpft, das kann ich Ihnen sagen! Aber Opas Neugier auf das technische Wunderding Radio war größer als die Angst vor Omas Gekeife, und am Ende war sie jeden Sonnabend die Erste, die vor dem Gerät saß und «Eine Stunde Tanzmusik» hörte. Das Radio hatte keine Batterie, die man aufladen musste. Es funktionierte einfach so mit Magnet. Ein Wunderding, fast wie Kirstens Heilsteine. Wobei beim Radio bewiesen ist, dass es funktioniert. Alle halbe Jahr, wenn Opa in die Kreisstadt gefahren ist und während er auf der Bauernbank und beim Apotheker Besorgungen machte, guckte der Elektriker unser Detektorradio durch.

Später bekamen wir auch Telefon, aber nicht bei uns auf dem Hof. Das Telefon kam ins Gasthaus «Zur Tanne». Die «Tanne» war ein weithin bekanntes und beliebtes Ausflugslokal, und auch unsere Familie feierte da viele große Familienfeste. Es gab drei gute Gründe, weshalb die Leute immer wieder gern zur «Tanne» kamen: Das Essen schmeckte, die Kellnerin konnte rechnen, und die Toiletten waren sauber. In der «Tanne» gab es auch Fremdenzimmer, und im schönsten weilte oft ein Professor aus Berlin zur Sommerfrische. Er war in den ersten Jahren der Einzige, der auf dem neuen Telefonapparat angerufen wurde.

Wir Kinder lungerten den lieben langen Tag lang auf dem Spielplatz rum, der zum Gasthaus dazugehörte. Die hatten da eine Wippe, eine Schaukel und ein Klettergerüst. Das war im Grunde für die Kinder der Gäste gedacht, aber die Tannenwirtin Minna hatte nichts dagegen, dass wir Bauernkinder auch dort spielten. Deshalb hörten wir immer, wenn das Telefon klingelte. Minna ging dran und brüllte «Gasthof zur Tanne» in die Sprechmuschel. Dann musste der Professor herbeigerufen werden, der meist auf der Veranda dicke Bücher las. Er wurde fernmündlich konsultiert, wenn in seiner Klinik in Berlin dringende und schwierige Fälle auftraten, und auch wenn er nur knapp antwortete und Sachen wie «Dann sofort amputieren» sagte, hatten wir Kinder genug aufgeschnappt, dass an jeder Abendbrottafel in Finkenau über den Notfall im Berliner Krankenhaus gesprochen wurde. Das war lange Jahre vor der «Schwarzwaldklinik», aber wir erlebten dank unserer Fantasie damals schon die dollsten Geschichten von Chirurgen, Krankenschwestern und ihren Schicksalen.

Abgesehen vom Professor wurde im Gasthaus nur selten jemand am Telefon verlangt. Was sollte denn von uns auch einer wollen? Nur einmal kam der Tannenwirt und rief nach Oma Strelemann, es wäre für sie antelefoniert worden. Oma regte sich so auf, dass sie sofort ihre Kreislauftropfen brauchte, und legte die Trauerkleider an, weil sicher war, Tante Meta wäre gestorben. Dann lief sie mit zum Tannenwirt und wartete bis zum Abend, aber der Anrufer meldete sich nicht noch mal. Wer es gewesen war, hatte der Wirt nicht verstanden. Wir erfuhren es nie, und Tante Meta lebte noch fünfzehn Jahre lang. Glauben Se mir, noch heute grübele ich manche Nacht, wenn ich nicht einschlafen kann, wer da wohl damals angerufen hat.

Heute geht es ja gar nicht mehr ohne Händi. Jedenfalls denken das alle. Wenn man mal ganz genau überlegt, sind viele Sachen, die man damit macht, auch überflüssig. Ob es Regen gibt, zum Beispiel, sieht man auch mit einem Blick in den Himmel. Da braucht man keine Wetter-Äppse! Während wir uns mit uns selbst und unseren Wischtelefonen beschäftigen, verpassen wir es, einen Blick auf die Menschen um uns herum zu werfen. Wir kriegen gar nicht mehr mit, was passiert. Denken Se, die Händigucker merken es, dass Heidemanns neue Gardinen haben in der Wohnstube oder dass bei Herrn Eberzahn die Zeitung schon seit ein paar Tagen nicht aus dem Kasten genommen wurde? Er war nur verreist, das habe ich beim Fleischer erfahren, Gott sei Dank, sag ich Ihnen. Es hätte ja auch sein können, dass dem was passiert ist und er hilflos auf dem Flokati liegt! So was kriegt keiner mehr mit heutzutage. Immer nur: «Ich, ich, ich; mein Lattenkaffee, mein Händi, meine Bestellung, meine innere Mitte.»

Hier bei uns im Haus kennt und grüßt man sich natürlich. Aber als Herr Bogdan auftauchte und über Wochen jeden Tag wiederkam, hat keiner vom Händi aufgesehen und sich mal Gedanken gemacht, was der wohl für einer ist. Die meisten wussten nicht mal seinen Namen, wette ich, und schon gar nicht, woher er kam. Er war für die nur ein Handwerker, einer, der Krach macht. Aber was für ein Mensch das ist, was er kann, was er denkt, wie es ihm geht und warum er hier ist – das scherte die Leute nicht. Ich dagegen kannte den Bogdan wie gesagt schon ein bisschen, wissen Se, der hat vor einiger Zeit bei uns auf dem Bau geschuftet, als Stefan und Ariane in Spreeweide ihr Häuschen gebaut haben. Und dass er nun hier bei der Baubrigade dabei war, freute mich. Er entsann sich natürlich gleich wieder auf mich und leckte sich die Lippen, als er mich sah.

Na, nicht was Sie nun denken!

Ich habe die Handwerker seinerzeit in Spreeweide natürlich gut verköstigt und ihnen jeden Tag Mittagbrot gekocht. Wir wollten ja, dass alles fix fertig wird und zügig läuft. Da muss man sich die Handwerker bei Laune halten. Deshalb gab es jeden Morgen um halb zehn frische Schusterjungen mit Hackepeter und Bohnenkaffee, und mittags gegen halb eins kellte ich kräftige Hausmannskost auf die Teller. Eintopf, Kotelett – «Schnitzel mit Griff» hat mein Wilhelm das immer genannt – und auch mal eine Gemüsesuppe – na, was Männer eben gern essen und was Kraft gibt.

Die waren froh, dass ich sie verköstigte und nicht Ariane. Bei einer Renate Bergmann kommt noch richtiges Essen auf den Tisch! Die jungen Leute kochen, wenn sie denn überhaupt kochen, Eintopf heutzutage ja ohne Topf. Ja, da staunen Se. Es heißt jetzt «One Pott». Falsch geschrieben auch noch, ohne h. Ich will gar nicht wissen, wie das geht.

Bei mir gibt es nach wie vor Eintopf mit Topf, und gut isses. Ich koche den, wie ich es gelernt und immer gemacht habe. Dann schmeckt er wenigstens. Daran erinnerte sich Herr Bogdan gleich, als er mich sah, und winkte mir freudig zu. Wir plauderten nett miteinander und erinnerten uns an die Zeit auf dem Bau in Spreeweide.

Aber wissen Se, ich war mir doch unschlüssig, ob ich nun verpflichtet war, den Männern jeden Tag das Mittagessen zu kredenzen. Ich war ja nicht die Auftraggeberin, nicht die Bauherrin. Oder sagt man Baufrau? Ich weiß gar nicht. Schimpfen Se nicht mit mir, mit dem Schendern kenne ich mich nicht so gut aus. Man will ja keine Gefühle verletzen und beim Schreiben jemanden ausschließen, aber man will sich auch nicht lächerlich machen.

Musste ich wirklich jeden Tag die Pfanne auf den Herd stellen und die Bauarbeiter verköstigen? Eigentlich nicht. Wissen Se, es war nicht absehbar, wie lange das alles dauerte, und es ging ja auch nicht nur um meine Wohnung, sondern um das ganze Haus. Und wenn es nur Herr Bogdan gewesen wäre, den ich kannte! Aber er hatte mal diesen Kollegen dabei und mal jenen. Jeden Tag schraubten, hämmerten und bohrten hier andere Kerle an unseren Rohren, Wänden und Fliesen rum. Mal waren nur zwei da, mal sechs und oft gar keiner. Das machte mich ganz verrückt. Weihnachten rückte immer näher, und die kamen und gingen, wann sie wollten. Das alles war unvorhersehbar und überhaupt nicht planbar. Und mir sagte ja auch keiner was! So kann man doch gar nicht kochen, selbst wenn man wollte. Ich konnte schließlich keinen Essensplan in den Flur hängen, in den sie sich eintragen. Schon deshalb nicht, weil sich sonst Frau Berber mit angemeldet hätte, und sei es unter falschem Namen. Damit muss man bei der Dame immer rechnen. Wenn es was zu essen gibt, vergisst die ihre eh schon fragwürdige Kinderstube und erschummelt sich, was sie kriegen kann. Sie isst eben einfach sehr gern. Neulich hat sie ihre Freundin im Hausflur flötend mit «Auf Wienerschnitzel» verabschiedet, denken Se sich das mal. Und die Futterfreundin rief, als sie schon unten an der Haustür war, winkend «Wirsing!» nach oben.

Wirsing statt Wiedersehen. Nee, wie albern! Wirsing nehme ich ja immer, wenn ich Kohlrouladen mache. Die meisten wickeln die ja mit Weißkohl, aber ich nehme lieber Wirsing. Bei Kohlrouladen gibt es, am Rande bemerkt, wo wir schonmal dabei sind, zwei wichtige Regeln: Solange es in der Küche nach Dorf riecht, sind sie noch nicht gar, und wenn es wieder nach Dorf riecht, haben Se den Kümmel vergessen. Aber das wie gesagt nur am Rande.

Gut, eine Erbsensuppe oder eine Linsensuppe hätte ich noch für die Bauarbeiter kochen können, ohne die genaue Zahl zu kennen. Da ist es nicht so schlimm, wenn was übrig bleibt, dann macht man die eben am nächsten Tag noch mal warm. Eintopf schmeckt aufgewärmt ja sowieso am besten. Und wenn es knapp ist, streckt man ihn mit einem Schuss Brühe. Aber wenn Se nicht wissen, wie viele Esser kommen, wie wollen Se da Koteletts in die Pfanne hauen oder passend Kartoffeln schälen? Nee. Und das ginge ja auch ins Geld. Das bezahlt einer armen Rentnerin doch niemand. Ich will zwar nicht jammern, mir geht es gut, und ich komme zurecht. Bei mir ist jeden Monat der Friseur drin im Büdschee, und es langt auch immer für eine schöne Busfahrt mit Gertrud im Sommer, und sei es zu den Schützenbrüdern. Aber ich kann nicht einfach monatelang für eine ganze Baubrigade Mittagbrot auf den Tisch bringen, zumal bei den Preisen heutzutage. Beim Gemüsemann auf dem Markt kommt das Kilo Kartoffeln fast auf den gleichen Preis wie das Kilo Spargel, überlegen Se mal! Und Handwerker langen tüchtig zu, das sind ja nicht so mäkelige Bürozicken, die nur in den Salatblättern rumpiken. Die wollen was Kräftiges auf die Teller haben. Da müssen Se tüchtige Portionen servieren, um die satt zu kriegen. Und wenn es Suppe gibt, muss auch ein Würstchen dazu und ein Brötchen. Rechnen Se mal mit, das geht ins Geld!

Nee, den Gedanken verwarf ich, es gab kein Essen mehr bei mir, höchstens mal ausnahmsweise.

Der Herr Bogdan, das ist ein Guter, auch wenn er es faustdick hinter den Ohren hat. Er ist ein Schlitzohr. Das sind übrigens die gleichen Worte, die ich auch immer wieder von Kirsten höre, wenn sie über mich spricht. Vielleicht kam ich deshalb mit dem Maurer so gut zurecht. Wir betrachteten uns beide gegenseitig immer mit einem Augenzwinkern, wenn wir uns über den Weg liefen, und waren auf der Hut, weil wir beide ahnten, dass uns der andere über den Tisch ziehen will. Als ich ihn einmal fragte, ob er mir das Wasser wieder anstellt, damit ich wenigstens den Abwasch machen kann, guckte er schon so schelmisch und sagte erst dreimal: «Nein, das geht nicht.» Natürlich ging das! Als ich sagte, dass ich ohne Wasser auch keine Kartoffeln aufsetzen könne, von denen ich eh ein paar zu viel geschält hätte, und ob er und seine Kollegen vielleicht Kotelett mit Rosenkohl mitessen wollen, da ging das auf einmal ohne Probleme. Genau um halb zwölf, sodass die Kartoffeln pünktlich um zwölf gar waren und wir essen konnten. Da saßen wir dann bei mir am Küchentisch, und wir beide guckten uns schelmisch an und wussten beide nicht, wer jetzt wen ausgetrickst hatte. Das war auch ganz egal, denn wir hatten bekommen, was wir wollten, hihi!

Herr Bogdan hat einen kräftigen Akzent. Ich schreibe aber hier so, als würde er fließendes Deutsch sprechen. Wissen Se, das wäre sonst ungerecht, wenn ich die Fehler mit aufschreiben würde. So was tut man nicht, Späße auf anderer Leute Kosten machen. Er konnte unsere Sprache prima sprechen, viel besser, als fast alle von uns Polnisch können. Er sprach auch viel besser Deutsch als zum Beispiel das Fräulein Ming, das aus Vietnam kommt und im Rathauskaffee kellnert. Die kann nur wenige deutsche

Worte wie «Bitte», «Danke», «Heute schönes Wetter» und «Bayern zwei null!». Das ist das, was sie für die Arbeit braucht, und es wird bestimmt auch noch mehr, wenn sie weiter fleißig lernt. Das mit den Bayern hat ihr übrigens Kurt beigebracht, und damit hat er sie an den Tisch von Richard Tube geschickt, der aus Dortmund zugezogen ist, um ihn zu ärgern. Kurt hatte seinen Spaß und Fräulein Ming ihren Wortschatz fast verdoppelt.

Ich kann mich mit Herrn Bogdan jedenfalls prima unterhalten, auch wenn er «mir» und «mich» verwechselt und «Schuss» statt «Tschüss» sagt. Bei Letzterem erschrak ich die ersten paar Male fast ein bisschen. Aber trotzdem spricht er klarer als so mancher Bayer. Neulich erst, nach dem Skifahren im Fernsehen, wurde so ein junger Alpen-Raser befragt, der mit zwei Zehntelsekunden Rückstand ins Ziel kam, was die zu einem großen Desaster hochspielten. Die wissen eben nicht, was wichtig ist im Leben. Auf jeden Fall hat er ins Mikrofon gesprochen: «Da bin i obigfahrn, un da kam ä Wiendbö, da hatts mia dhingweht, un doa hatts fias Trepperl nimma glongt.» Da verstehe ich Herrn Bogdan besser, das sage ich Ihnen ganz offen!

Ab und an plauschten wir, wenn er eine kleine Pause machte. Nichts liegt mir ferner, als die Leute neugierig auszufragen, aber man muss schließlich wissen, wer hier im Haus ein und aus geht, nicht wahr?

Er wohnte in der Nähe von Posen. Das ist ungefähr 400 Kilometer von Berlin weg, und die Fahrt dauert fünf Stunden. Meist machte er am Freitagmittag Feierabend, jedenfalls wenn sie nicht gerade frischen Zement angerührt hatten, der erst weggemauert werden musste. Ich biss mir auf die Lippen und verkniff mir jede Bemerkung zum verregneten Zement am Straßenrand, sondern ließ ihn weitersprechen. Der Bogdan fuhr immer übers Wochenende nach Hause zu seiner Familie. Er hatte spät geheiratet und war Vater zweier kleiner Kinder, von denen er mir stolz Bilder auf dem Händi zeigte. Ich kenne das vom Altennachmittag im Nachbarschaftstreff. Da werden im Grunde zwei Stunden am Stück nur Enkelkinder gezeigt, die mit dem Laufrad umherrasen. Hübsche Kinder waren es, jawohl. Na, wie Kinder eben so aussehen. Die Woche über wohnte er vor den Toren Berlins, wie es der Zufall wollte tatsächlich in Spreeweide, in einer kleinen, billigen Pension. Er war zufrieden und verdiente gut. Sehr gut sogar, sagte er und ließ schelmisch seinen Goldzahn blitzen. Ich fragte da gar nicht groß nach und dachte nur daran, dass Kurt seine Silvesterböller ja auch immer heimlich von einem Landsmann namens Pjotr bezog und dass da vielleicht zum Gehalt noch ein paar Mark dazukamen.

Ein paar Wochen später, als sich die Bauerei wie ein Kaugummi immer zäher in die Länge zog, bin ich am Wochenende, als die Handwerker nicht da waren, unauffällig an den Bauwagen gegangen, habe mich auf ein Höckerchen gestellt und mir das durch das Fenster erst mal aus der Nähe angesehen, wie es innen so aussah. Natürlich hatte ich immer mal aus der Ferne reingelinst, wenn die Tür aufstand, aber mit einem schnellen, flüchtigen Blick ist ja nicht viel zu erkennen. Jetzt sah ich klarer, und es war genau, wie ich es mir gedacht hatte: nicht gründlich sauber gemacht! Irgendwie war der Tisch wohl abgewischt worden, ja. Man konnte es vergleichen mit unserem Hausflur, wenn die Meiser Treppenwoche hat: Es ist zwar gefeudelt, aber nicht richtig sauber, da würde niemand vom Boden essen wollen.

Na, da ließ ich mir gleich am Montag den Schlüssel geben vom Herrn Bogdan und schrubbte das Büdchen ordentlich durch. Ich hatte auch noch diese reizende kleine Gardine, die Ilse seinerzeit für den Campingwagen genäht hatte. Die machte sich hier wunderbar und passte, als wäre sie extra für das Fensterchen geschneidert. Eine kleine Lichterkette hängte ich auch auf, und so war der Bauwagen doch gleich viel wohnlicher und gemütlicher. Der Polier schimpfte zwar, was das sollte und dass er ja wohl kein Bordell betreiben würde, aber dem erzählte ich was. Mein Verweis auf die fünfte Runde verregneter Zementsäcke am Straßenrand ließ den gleich stille werden.

Natürlich habe ich auch ein Stück fein duftende Seife spendiert und die Waschschüssel, die lange Jahre auf Oma Strelemanns Frisierkommode stand. So konnten sich die Männer wenigstens die Hände waschen, wenn sie auf dem Häuschen waren. Ein schönes Handtuch mit Rosenborte hängte ich ebenfalls dazu und wechselte es jede Woche – das war ja nun eine meiner leichtesten Übungen. Ich habe doch sowieso regelmäßig große Wäsche!

Deshalb bot ich Herrn Bogdan auch an, seine Bettwäsche mitzuwaschen. Wissen Se, ob seine Pensionsmutter das so regelmäßig erledigte, da hatte ich meine Zweifel, und es musste doch nicht sein, dass er die Dreckwäsche am Wochenende mit nach Polen nahm. Wenn er seine Frau nur zwei Tage die Woche zu sehen kriegte, hatten die bestimmt Besseres zu tun, als gemeinsam Laken auszukochen. Und ich mache ohnehin regelmäßig Weißwäsche, da ist es gar keine große Mühe für mich, eine Garnitur Kopfkissen und Deckenbezug mitzuwaschen.

Er wand sich erst ein bisschen, aber letztlich willigte er ein. Männer sind doch alle gleich, die haben sich erst dumm und zieren sich wie die Zick am Strick, aber schlussendlich setzen wir Frauen uns doch durch!

Ganz komische Bettwäsche brachte der dann an, so neumodischer Kram mit Reißverschluss und ohne Knöpfe. Na, was meinen Se, wie er schwärmte von meinem Weichspüler und mir hinterher dankend vorschwärmte, er hätte noch nie so einen feinen Duft geschnuppert. Das kommt davon, dass ich immer zwei, drei großzügige Spritzer Kölnisch Wasser ins letzte Spülwasser gebe. Da war es dann keine Frage mehr, ob die Bettwäsche zukünftig immer bei mir gewaschen wurde. Die anderen Bauarbeiter guckten ihn manchmal komisch an und schnupperten irritiert, aber daraus machte er sich gar nichts.

Sie fragen sich bestimmt, wie es in der Zwischenzeit mit unserer Baustelle voranging. Langsam hätte man nach all dem Krach, dem Dreck und der Betriebsamkeit ja mal was sehen müssen, aber die wurden mit nichts so recht fertig. Es ist heute einfach nicht mehr so, dass man eine Sache zu Ende bringt, bevor man etwas Neues anfängt, stattdessen werkelten sie an tausend Stellen gleichzeitig. Das nennt man «Projektarbeit». In einer Woche bauten sie bei mir die Fenster aus und schraubten bei Frau Berber die Heizkörper ab, und wer nun glaubt, danach kamen gleich neue Wärmespender an die Berber'sche Wand, der wurde eines Besseren belehrt, denn die Handwerker turnten als Nächstes auf dem Dach herum und schraubten erst mal am Solar.

Die Berber hatte bald drei Wochen keine Heizung, überlegen Se sich das mal! Und es wird abends schon empfindlich frisch im Herbst. Ich bot an, dass sie meine Heizdecke haben könnte, so tat sie mir leid. Sie dankte herzlich, wollte aber nicht, denn sie hatte einen Beistell-Puster, so eine Art Föhn, den sie sich vor die Bettstelle platzierte. Außerdem war auch der Pizzafahrer regelmäßig vor Ort, um ihr die Füße zu wärmen. Trotzdem sagte sie drei- oder viermal, wie nett sie es von mir fand, dass ich das angeboten hatte.

Zum Glück gab es bei mir zwischen Aus- und Einbau der Fenster keine Lücke von ein paar Wochen, das erledigten die zügig an einem Vormittag. Dass man eine alte Frau im Oktober nicht mit Löchern von der Größe eines Fußballtores in der Wand sitzen lassen konnte, war wohl selbst dem schusseligen Polier klar.

Am Abend, bevor die Fenster rausgerissen wurden, putzte ich die natürlich noch mal. Ich weiß, dass das eigentlich Quatsch war, aber es hätte doch einen schlechten Eindruck gemacht, wenn die Handwerker schmuddelige Fenster auf die Straße gestellt hätten. Was sollen denn die Leute denken? Ich hörte das schon: «Guckt mal, die Bergmann hat bestimmt schon wochenlang nicht mehr Fenster geputzt, weil sie dachte, es lohnt sich nicht mehr. Nun seht euch das an, ganz dick der Staub, und da, am Rahmen, sogar eine tote Fliege! Und die Scheiben schlierig. Die schafft den Haushalt eben nicht mehr alleine, da muss jetzt bald ein Vormund zur Betreuung zugeteilt werden und eine Haushaltshilfe. Wenn sie mal nicht ins Heim muss …» Ich weiß doch, wie geredet wird!

Nee, so was wollte ich mir nicht nachsagen lassen. Und

es ist ja nun wirklich keine Mühe, noch mal mit dem Lappen drüberzugehen. Die Fensterbretter muss man jeden Tag abwischen, ganz egal bei welchem Wetter und zu welcher Jahreszeit. Mal liegt da Staub, mal Blütenpollen, mal Schmadder vom Kater. Ja, wenn man da nicht hinterher ist, verdreckt einem die Wohnung schneller, als die Polizei erlaubt. Ich habe immer zwei Lappen in der Schürzentasche – links nebelfeucht, rechts trocken –, und wenn ich was sehe, wird schnell drübergewischt, und dann ist alles reine. Das ist doch keine Mühe! Was passiert, wenn man da nachlässig ist, sieht man ja bei der Berber. Bei ihr kann man kaum durch die Scheibe gucken. Da richten sich die Zimmerpflanzen nach dem Fernseher, weil da mehr Licht ist. Mehr muss ich ja wohl nicht sagen, Sie sind im Bilde.

Als die neuen Fenster in meiner Stube eingesetzt waren, war das natürlich eine große Freude. So schön hell und klar, es pfiff kein Wind mehr durch die Ritzen, und mit Eisblumen im Winter war es auch vorbei. Ilse kam gleich und half mir, sie gründlich zu putzen. Auch wenn die Maler noch die Ränder streichen mussten, ließen wir es uns nicht nehmen, direkt am ersten Abend alles abzuschrubben, und zwar genau so, wie wir es auf der Bräuteschule gelernt hatten: Erst mit einem Handfeger den groben Schmutz und den Staub entfernen, dann mit handwarmem Wasser mit einem Spritzer Spiritus die Scheiben von innen und außen – auch die Rahmen! – gründlich abreiben. Ich sage immer, und sind Se mir nicht böse, wenn ich mich wiederhole, aber das ist wichtig: «Wer die Rahmen nicht mitputzt, wäscht sich auch nicht an Stellen, die man nicht sieht.»

Wir wienerten die Scheiben blank und hängten auch

gleich noch die frisch gewaschenen Stores auf. Selbstverständlich hatte ich die in der Badewanne mit Backpulver eingeweicht und im Schongang in der Waschmaschine mit Spezialmittel gewaschen. Wie sie da strahlend blütenweiß hingen, ach, da ging mir das Herz auf. Das sind Glücksgefühle, die kennen Menschen gar nicht, die keinen Sinn für Reinlichkeit und einen ordentlichen Haushalt haben!

Derweil die Bauarbeiter sich also an verschiedenen Stellen im Haus redlich mühten, das will ich zumindest zugestehen, hatte ich jetzt das Gefühl, dass immerhin schon eine erste Etappe geschafft war. Und während ich jeden Morgen wieder einen frischen Scheuerlappen vor die Haustür legte, in der Hoffnung, dass sich der eine oder andere vielleicht doch mal die Füße abstreift, bevor er ins Haus trampelt, hegte ich die leise Hoffnung, dass wir Weihnachten alle in unseren fertig renovierten Wohnungen würden feiern können.

Unser Kurt probte derweil mit dem Männerchor schon für das Weihnachtsprogramm. Das geht bei denen ja das ganze Jahr durch, dass sie singen, beerdigt wird schließlich immer. Drei Strophen Männerchorgesang zum Sargablassen werden stets gern genommen. Aber nach drei Strophen ist auch Schluss! Niemand muss die Bässe noch brummen hören, wenn die Kiste unten angekommen ist. Dann kommen rasch drei Handvoll Erde drauf, und wir wollen an den Kuchen, sonst wird ja der Kaffee kalt! Wenn Frau Schlode beim Dirigieren nicht merkt, wann es genug ist, verhagelt einem das die schönste Beerdigung.

Noch schlimmer kann es allerdings kommen, wenn Günter Habicht auf Inspektionsspaziergang ist und während einer Trauerfeier am Friedhof vorbeikommt. Der Mann kennt keine Grenzen, wenn es um Recht und Ordnung geht. Frührentner, die keine richtige Beschäftigung haben, sind eine ganz besondere Gattung Mensch. Denken Se nur, er hat den Leichenwagen vor dem Friedhofstor abschleppen lassen, weil der im Parkverbot stand mit dem Vorderrad! Wir saßen in der Aussegnungshalle, Frau Schlode dirigierte voller Leidenschaft, und die Chorbrüder gingen in die fünfte Strophe. Alles war schon wieder so in die Länge gezogen, dass wir es gar nicht mitbekamen, als der Abschleppwagen vorfuhr. Sie hätten das Gesicht vom Bestatter Rachmeier sehen sollen, als die Tür der Halle aufging und wir den Leichenwagen auf der Ladefläche um die Ecke verschwinden sahen: Der hätte fast die Contenance verloren und den Habicht selbst in die frisch ausgehobene Grube geschubst. Nur die Pietät hielt ihn zurück, und wahrscheinlich besann er sich im letzten Moment darauf, dass er in dritter Generation das erste Bestattungsinstitut am Platze führt. Alle meine vier Männer hat Rachmeier begraben, meinen Otto noch der Großvater, Wilhelm und Franz der Vater und Walter der Junior. Eine Aufregung war das! Die Leute haben später so reichlich vom Streuselkuchen gegessen, um den Schreck zu verdauen, dass kaum etwas für meine Tupperbüchse übrig blieb. Mit Krumen bin ich nach Hause gegangen, pah! Und dafür hatte ich extra mein schwarzes Kostüm aus der Reinigung geholt.

Die Weihnachtszeit ist jedoch der Höhepunkt für den Männerchor. Da singen sie beinahe jeden Tag irgendwo.

Offiziell heißt der Chor ja «Spandauer Liedertafel 1894», das ist so im Vereinsregister eingetragen, und so firmieren die auch seit gut 130 Jahren. Frau Schlode ist aber pfiffig und geht mit der Zeit. Sie hat die Horde alter Herren jetzt umgetauft und sie «Die acht Tenöre» genannt. Es sind zwar an die zwanzig olle Rochen, die alle ungefähr in Kurts Alter sind – so plus, minus zehn Jahre –, und es sind auch Bässe dabei. Ganz genau lässt sich das alles nicht sagen, Herbert Feiler zum Beispiel ist von Hause aus Bass, aber wenn er zwei Bier hatte, wechselt er zu den Tenören. So genau kommt es auch nicht drauf an, wichtig ist nur, dass die Männer zweimal die Woche abends unter Leute kommen und nicht nur dem Rasen beim Wachsen zugucken und den Frauen vor den Füßen rumstehen. Deshalb hat Ilse Kurt vor ein paar Jahren ja auch da angemeldet. Sie sagt, die frisch bezogene Couch hält viel länger, wenn Kurt zwei Abende die Woche mal nicht die Polster durchsitzt. Na ja.

Was wollte ich? Ach ja, «Die acht Tenöre». Wissen Se, kein Mensch hat sich groß für den Männerchor interessiert, als er einfach «Spandauer Liedertafel 1894» hieß. Aber es ist in unseren oberflächlichen Zeiten wie bei vielem nur eine Sache der «Verkaufe»: Oft reicht ein knackiger Name, und die Leute sind begeistert. Wie viele Jahre wuchs zum Beispiel die Senfrauke friedlich und ungestört vor sich hin, bis jemand «Rucola» dazu sagte und süßen Essig drüberträufelte? Seither sind die Leute ganz wild darauf, und die Rauke ist jetzt der Knüller auf allen Salattellern. Ähnlich ist es mit Graupen, die musste man erst «Superfutt» nennen, und nun sind alle ganz verrückt danach.

Was meinen Se, was die Schlode für Buchungsanfragen hatte, als sie den trällernden Opas auch noch eine Interwebseite verpasst hat und «Die acht Tenöre» dazuschrieb! Für beinahe jeden Abend im Advent waren sie gebucht worden, und sie sollten sogar Honorare dafür bekommen. Natürlich war das Geld für die Vereinskasse geplant und würde für Grillfleisch und Bier ausgegeben. Ilse liebäugelte damit, von einem Teil des Honorars ein paar Meter Stoff für neue Westen zu beschaffen und die Herren mithilfe ihrer Nähmaschine schick einzukleiden, aber das wollte die Schlode noch nicht freigeben.

«Das Fell des Bären wollen wir erst verteilen, wenn er erlegt ist, Frau Gläser», wies sie Ilses Ansinnen ab und vertröstete sie auf nach Weihnachten. «Vor den Erfolg haben die Götter den Schweiß gesetzt!», fuhr sie fort. Sie hatte offenbar einen Zitate-Kalender in diesem Jahr, auf dem jeden Tag ein bedeutungsschwerer Spruch stand.

Wenn sie gerade keine Weisheiten aufsagte, nahm sie die ganze Angelegenheit wieder mal sehr ernst, sie ließ die Männer ständig Tonleitern üben und schon seit Sommer Weihnachtslieder proben. Als Hausaufgabe sollte Kurt jeden Tag beim Gemüsegießen singen. Ilse hat das jedoch verboten.

«Wenn jemand hört, dass Kurt im Hochsommer beim Tomaten-Ausknipsen ‹Stille Nacht, heilige Nacht› singt, ruft der doch den Doktor an, und er kriegt einen Vormund!», empörte sie sich.

Ich konnte sie gut verstehen. Dann haben Se dann so eine Betreuerin vom Rechtsanwaltsbüro, die Kurt vorschreibt, wie viel Taschengeld er kriegt, und ihm das Rauchen untersagt. Also im Grunde wie Ilse, nur dass die andere Geld dafür kriegt. Nee, nee, Ilse unterband das. Zweimal die Woche Probe mit dem Chor mussten reichen.

So langsam wurde es Zeit, abzustimmen, wer Weihnachten mit wem bei wem feiert. Meine Tochter Kirsten war seit Ostern nicht mehr in Berlin gewesen, wollte aber über die Weihnachtsfeiertage wiederkommen. So eine lange Fahrt muss sich ja lohnen, und sie hat ja auch ihr Tun da im Sauerland mit ihren Katzen und Heilpilzen und dem ganzen Klangschalenkram. Ich muss sagen, obwohl sie nicht jeden Monat hier ist, weiß sie doch immer bestens über alles Bescheid. Man kann ihr nicht vorwerfen, dass sie sich nicht um mich kümmert. Wir telefonieren regelmäßig, und in der Baustellenzeit ließ sie sich mehrmals in der Woche von mir Bericht erstatten, wie es mit den Arbeiten im Haus voranging. Ständig mahnte Kirsten, dass ich mich nicht übernehmen soll.

«Denk an deinen Zucker, Mama, denk an deine Hüfte, denk an deinen Blutdruck», so ging das in einer Tour.

Pff! Als hätte ich Zeit, ständig an Krankheiten zu denken. Wenn man das tut, kriegt man sie auch. Mit dem Blutdruck hatte ich noch nie Probleme, der Zucker ist fast nicht der Rede wert, und die Hüfte sitzt dank Professor Waldriebe fest im Zementbett und knarzt nur manchmal bei feuchtem Wetter. Meine Tochter tat gerade so, als müsste ich in Watte gepackt werden! Was glaubte die eigentlich? Dass ich die Wände hier persönlich aufstemmte?

Nee, das machten die Handwerker. Also, wenn sie denn mal zum Arbeiten kamen. Sie waren jeden Tag zum Zeitunglesen da und um ihren Bauwagen zu lüften, und das Plastikklosett wurde auch regelmäßig aufgesucht. Aber oft ergab die Planung, dass sie, nachdem die wichtigsten Verrichtungen erledigt waren, auf eine andere Baustelle mussten.

Bestimmt wartet da eine alte Dame auf sie, die sie doch bekocht, dachte ich so manches Mal bei mir. Aber vielleicht war es auch nur so, dass der Scheff sie dahin beorderte, wo der Zement am Straßenrand gerade mal nicht vom Regen hart geworden war. Wirklich voran ging es jedenfalls nicht.

Also schnappte ich mir dann und wann schon mal ein Eimerchen und trug Schutt runter. Ja, will man den denn im Haus liegen haben? Und ich machte den Eimer auch nur halb voll. Das ist nicht schwerer gewesen als die Gießkannen auf dem Friedhof. Da fragt auch keiner, ob es wohl nicht zu beschwerlich ist für eine alte Frau!

Trotzdem erzählte ich Kirsten lieber nichts davon, das hätte nur wieder ein Gezeter gegeben und lange Vorträge. Sie hätte Stefan und Ariane angerufen und mich unter strengere Beobachtung gestellt. Dabei haben die jungen Leute doch auch genug um die Ohren und können sich nicht den ganzen Tag um mich kümmern. Kirsten denkt da nicht richtig mit, und deshalb erkannte sie auch nicht, dass jeder Handgriff zählte. Schließlich sollte das hier bald mal fertig werden. Der Advent rückte immer näher, und von der neuen Badestube, die sie mir versprochen hatten, war noch nichts zu sehen.

Einmal habe ich mir das Schienbein aufgestoßen am Schutteimer. Au, das das weh! Ich musste ein Pflaster aufkleben und, damit es nicht auffällt, eine blickdichte Strumpfhose anziehen. Ich trage immer feste Strumpfhosen, wie es sich für eine Dame, die etwas auf sich hält, gehört. So dünne Dinger, die sich elektrisch aufladen, taugen doch nichts! DEN 60, darunter müssen Se mir gar nicht kommen. Da sieht man die Besenreiser nicht durch, und man kann auch ein Pflaster verbergen, ohne dass man ständig gefragt wird: «Ach, was hast du denn gemacht?» Außerdem hat man bei dem stärkeren Material nicht solche Probleme mit Laufmaschen. Bei den dünnen Dirnenstrümpfen reicht es ja, dass Katerle nur einmal mit dem Pfötchen dranlangt, und schon räufelt sich alles hoch bis übers Knie.

Ganz früher, nach dem Krieg, trugen die Frauen warme gestrickte Strümpfe. Nylons waren unerschwinglich und auch ein bisschen verwegen. Die konnte man nur von den Amis bekommen, auf dem Schwarzmarkt. Wer auf dem Land Nylons trug, kam gleich ins Gerede. «Die fährt bestimmt in die Stadt zum Anschaffen», munkelte man über Lotte Kopetzki.

Ich erinnere mich noch, wie Mutter mal versehentlich eine Flasche «flüssige Nylons» ertauscht hat, da hatte sie nicht aufgepasst und sich das Zeug für ein geschlachtetes Kaninchen eingehandelt. Sie dachte, das wären Dreierleitropfen, die Oma Strelemann gegen ihr Wanstdremmeln haben musste, aber es entpuppte sich als Tinktur, mit der sich die Frauen aus der Stadt die Waden vornehm bestrumpft erscheinen lassen wollten. Das Zeug wurde auf die Beine geschmiert und mit viel Geschick zum Schluss eine Naht von der Ferse bis zur Kniekehle gemalt. Das war zwar kalt, aber schick.

Oma Strelemann hat geschimpft, kann ich Ihnen sagen, ich weiß das noch bis heute. Sie hat sauer aufstoßen müssen von dem flüssigen Nylon! Mutter hat das Fläschchen dann wieder zurückgetauscht, als die nächsten Hamsterer kamen, und gute vier Meter festen Stoff dafür bekommen. Daraus machte sie warme Mäntel für meinen kleinen Bruder Fritz und mich. So wurde es doch noch ein gutes Geschäft, denn so schönen Stoff hätte sie nie für ein mickriges Karnickel bekommen.

Später kamen dann ja die Nylons ohne Naht, ach, das war was! Ich war aber warme Strümpfe gewohnt und wollte mich nie so recht an die Feinstrumpfhosen gewöhnen. Wir Frauen haben ja immer kalte Füße. Das weiß jeder Mann, der die Mauken abends im Bett zum Anwärmen rübergeschoben kriegt. Mir waren warme Füße immer wichtiger, als dass mir die Männer nachstiegen. Die liefen mir auch so nach, dafür musste ich nicht frieren! Eine Frau, die gut kochen kann, hat noch nie unter Männermangel gelitten. Deshalb guckte ich bei Strumpfhosen immer schon auf Qualität, auf gute Ware, die nicht gleich Laufmaschen zieht und die man auch mal stopfen kann.

Jetzt schreibe ich hier was über Strumpfhosen, meine Güte, wie bin ich bloß darauf gekommen? Ich wollte Ihnen doch berichten, dass meine Tochter Kirsten … ach, ich weiß wieder. Kirsten, Bauarbeiten, Schutt, Eimerchen, Schienbein aufgestoßen, Strumpfhose. Ja. Nee.

Also, Kirsten würde kommen. Das ist im Grunde jedes Jahr so, es steht nur nie so genau fest, wann. Das hängt bei ihr immer ein bisschen davon ab, wie sie mit ihren Kursen auf die Zielgerade kommt, ob sie Weihnachtsgeschäft hat oder welches Tier gerade bei ihr in Therapie ist. Eigentlich spielt es letztlich auch gar keine Rolle, wann genau sie auftaucht. Ich richte das Gästezimmer für sie her, trinke einen Korn zur Entspannung und gucke, was passiert. Mehr kann man sowieso nicht machen, wenn Kirsten kommt.

Weihnachten ist bei uns recht unkompliziert und immer sehr schön. Kirsten reist an, mit welchem Haustier auch immer im Schlepptau, und dann feiern wir mit Ariane, Stefan und den Mädchen und allen, die sonst noch so vorbeikommen. Obwohl ich durch die ganze angeheiratete Meute von Abkömmlingen und Anhang von vier Ehemännern nun auch reichlich Pätschwörk habe, sind das trotzdem geordnete Familienverhältnisse mit Leuten, die keinen Ärger machen. Wissen Se, ich mache auch schon seit Jahren nicht mehr viel Heckmeck zu den Feiertagen. Wer kommt, der kommt, und wem mein Essen nicht schmeckt, der soll sich eine Stulle schmieren. Bei mir liegen immer ein Kanten Brot und eine gute Salami bereit.

Wenn ich sehe, wie das bei Arianes Familie geregelt ist … ach du meine Güte! Bei mir ist das Schwierigste, dass Kirsten kein Fleisch isst. Die von Fürstenbergs – Ariane ist eine geborene von Fürstenberg, aber verarmter Adel, keine Grafen mit Schloss oder so und auch keine Verbindungen zum englischen Hof – fangen im Sommer schon an zu planen. Ich kriege das über Ariane immer nur am Rande mit, mich geht das ja nichts an. Aber amüsant mit anzugucken ist es, wenn die ihre Diagramme malen. Da wird erst mal der ganze Familienstammbaum aufgezeichnet auf einem Meter Küchentapete, von der sie extra drei Restrollen aufgehoben haben. Und das Bild ist groß, denn die sind da bei den Fürstenbergs alle verpätschwörkt. Das ist im Grunde nichts Schlimmes, das ist heute eben so, dass alle einmal geschieden sind, Kinder mit der ersten Frau, Kinder mit dem zweiten Mann und Nachkömmlinge haben, von denen keiner so genau weiß, wo die überhaupt herkommen. Die Familien sind so bunt wie das Leben und wild zusammengeklöppelt wie eine große, farbenfrohe Häkeldecke aus Wollresten. Bei uns ist das alles friedlich, es gibt keine Fehden quer durch die Sippschaft. Das ist bei den Fürstenbergs jedoch ganz schlimm, fast wie bei den arabischen Großfamilien mit ihren Dönerständen in Berlin. Die ganze Mischpoke ist ein sensibles Geflecht von Interessen, Feindschaften und Themen, die man nicht ansprechen darf.

Wenn Arianes Bruder Till zum Beispiel mit seiner neuen Freundin Amelie kommt, ist klar, dass seine geschiedene Frau Gunda mit den Kindern nicht auftauchen darf. Da Oma Fürstenberg, also Monika, die Mutter von Ariane, die Kinder aber gern sehen will, geht es da schon los mit dem Theater. Die Kinder wollen mit dem Papa feiern, allein schon wegen der Geschenke, aber Amelie will die fremden Kleinen am Heiligabend nicht bei sich haben, sondern mit Till alleine sein. Also wird angefragt, ob man nicht am zweiten Feiertag kommen und die Kinder dann bei Oma Fürstenberg beschenken könne, was aber nicht geht, weil die Kleinen da bei Gundas Eltern angemeldet sind. Das wird dann umgeplant und auf den vierten Advent und auf das Wochenende nach Weihnachten ausgewichen, weil nämlich die ehemaligen Schwiegereltern vom Till auch frisch geschieden sind und sich nicht sehen können, ohne dass laut gebrüllt wird.

Letztes Jahr haben die Fürstenbergs die Feierlichkeiten am ersten Weihnachtstag nicht nur zeitlich aufgespalten, sondern auch räumlich. Ein Teil der Familie kam zum Mittag und blieb bis zum Kaffee, der andere Teil kam zum Kaffee und blieb zum Abendbrot. Damit es zu keinen unschönen Überschneidungen kommt, fand die eine Kaffeetafel in der Wohnstube statt und die zweite in der Veranda. Manfred und Monika, die Gastgeber, teilten sich auf, pendelten zwischen den Gästeparteien hin und her und sprachen über diese Wechselspielchen nur mit den jeweiligen Scheffdiplomaten der Sippenteile. Sie hatten sogar zwei Weihnachtsbäume aufgestellt, überlegen Se sich den Quatsch mal! So was gibt es bei mir nicht. Wer nicht kommt, bleibt weg. An Weihnachten müssen sich eben alle mal zusammenreißen.

Ariane kriegt jedenfalls den ganzen Sommer über Informationen auf ihr Händi zugestellt und versucht das alles auf der Tapete nachzuhalten, damit sie immer auf dem Laufenden ist. Und selbst wenn die Keramikdynastie – hatte ich erwähnt, dass Arianes Eltern einen Sanitärgroßhandel haben? – irgendwann den Besuchsplan stehen hat, ist damit noch lange nicht das Ende der Fahnenstange erreicht. Dann geht es nämlich los mit den Essenswünschen. Die Kinder mögen keinen Fisch, also ist Karpfen schon mal gestrichen. Till hat Laktose, die neue Freundin ernährt sich salzlos und ohne Gluten, die Kinder dürfen keinen Zucker, einer ist immer dabei, der einen Kollaps kriegt, wenn er eine Nuss isst, und dann gibt es natürlich noch den üblichen Streit mit den Weganern. Ich bin nun wirklich keine Freundin von Monika, die Frau ist überdreht und hat einen Knall. Aber in dem Punkt tut sie mir leid. So was hat niemand verdient. Ich hatte schon erwogen, Monika meinen Smufiemacher über die Feiertage zu leihen, aber Kirsten kontrolliert immer, ob ich den auch fleißig benutze, und ich wollte keinen Ärger mit ihr. Und bei Keksen ohne Zucker aus grob geschrotetem Dinkel, wie sie Amelie von Monika verlangt hat, hätten auch weder der Thermalmischer noch der Smufieapparat helfen können.

Wissen Se, ich bin ja nicht neugierig, aber durchaus interessiert am Leben meiner Mitmenschen, und deshalb erkundigte ich mich letztes Jahr bei Ariane, wie die das denn mit den Geschenken handhaben. Hätte ich bloß nicht gefragt! Da taten sich Abgründe auf, sage ich Ihnen. Abgründe!

Ariane atmete tief durch und berichtete, dass dafür eine zusätzliche halbe Rolle Tapete nötig ist. Im Spätsommer werden die Wünsche abgefragt und was jeder bereit ist zu geben, und dann tagt ein Vermittlungsausschuss mit Vertretern jedes Familienzweigs und legt fest, wer was schenkt, wer was bekommt und wer was zu bezahlen hat. Die Abrechnung und Bezahlung selbst ist wiederum Aufgabe des Finanzausschusses, und was die da hin und her verwursteln, soll wohl an den Länderfinanzausgleich erinnern. Es gibt Geschenke-Richtwerte für Blutsverwandte und Angeheiratete, von denen möglichst nicht um mehr als 20 % abgewichen werden soll. Genaues entscheiden aber, wie gesagt, die abgesandten Vertrauenspersonen der Familienzweige. Da werden dann 47,60 € für das Geschenk an Vater Fürstenberg mit dem Unterhalt für die kleine Wenke verrechnet, da wird das Erbe gegengerechnet und die Kosten für die Reinigung der fürstenbergschen Hose, weil der Augustin zu Ostern mit dem Sahnesyphon gespritzt hat, und zum Schluss schicken sie sich alle böse eingeschriebene Briefe und drohen mit Rechtsanwälten. Man möchte nicht dabei sein!

Nee, da bin ich froh, dass das bei uns alles in gesitteten Bahnen abläuft. Pätschwörk ist eine mollige Decke bunter Verwandtschaft, aber auch anstrengend und kostet Zeit, Geld und Nerven.

Erster Frost

Wenn der erste Frost kommt, gibt es ja immer nur ein Thema unter den Autofahrern: «Musstest du auch kratzen?», fragen die sich gegenseitig, wenn sie sich treffen. Meine Güte. Wer sich regelmäßig mit dem Seiflappen wäscht, muss auch nicht kratzen!

Wenn es das erste Mal knackig kalt wird, ändern sich auch die Ratschläge an uns Alte. Im Sommer, wenn es warm ist, werden wir ständig gemahnt, ausreichend zu trinken. Wie ein Gänsegössel sollen wir ständig Wasser schlabbern, und jeder sagt einem das alle paar Stunden. Sobald es draußen friert und die Gefahr besteht, dass es glatt wird, schlagen die Sorgen der Jungschen um, und es heißt ständig: «Pass bloß auf, es könnte glatt sein! So ein Oberschenkelhalsbruch ist kein Spaß!».

Ich brauche diese Ermahnung nicht, denn seit ich die Panne an der Hüfte hatte, weiß ich, dass das nicht vergnügungssteuerpflichtig ist. Vorsicht ist geboten! Ich nehme von mir aus den Rollator oder einen Stock, wenn es glatt ist. Lieber den Stock als den Rollator, wenn ich ehrlich bin. Ja, ein Rollator ist praktischer, weil man ein Körbchen für die Einkäufe dran hat und auch einen kleinen Sitz, auf dem man mal kurz Rast machen und verpusten kann.

Allerdings ist man mit dem Stock unabhängiger und hat auch gleich was zum Verscheuchen, wenn ein Kerl zudringlich wird oder so ein Rüpelgesicht einem nach der Handtasche schielt. Zudem bauen die die Gehwege auch viel zu schmal. Wenn sich da zwei mit einem Rollator auf dem Trottoir begegnen, wird es so eng, dass man anhakelt bei Gegenverkehr, sobald man nicht aufpasst. Und wer kommt dann auf für den Lackschaden am Gestell? Gitti Achenbacher jedenfalls nicht. Eine ganz bösartige Person ist das, ich grüße die nicht mehr seit dem Vorfall. Von wegen: «Du hättest ja ausweichen können, Renate» und «Ich habe nur eine schmale Rente, ich bezahle das nicht». So schmal kann die Apanage nicht sein, immerhin lungert sie mindestens zweimal die Woche beim Bio-Bäcker rum und trinkt Kaffee. Wo die Tasse da auf drei neunzich kommt! Nee, mit dem Stock ist man wendig und trotzdem sicher unterwegs, wenn es vielleicht schon glatt ist.

Als ich an diesem Morgen beim Bäcker ankam, war es schon spät. Die Uhr ging bereits auf halb neun. Das ist sonst nicht meine Zeit, da bin ich schon längst fertig mit dem Frühstück und dem Zeitungsstudium und habe Kartoffeln fürs Mittagessen geschält. Aber ich ging vorsichtig und gab Acht, da dauerte es eben ein bisschen länger. Wenn man so spät kommt, trifft man auch mal andere Kunden, die die Gewohnheit haben, etwas länger auf der Bettstelle zu liegen – an diesem Tag die Frau Bach. Sie hatte am frühen Morgen schon eine Melissengeistfahne. So was rieche ich, da bin ich sensibel. Neulich bei der Aquagymnastik hat sie mich an die Hüfte geboxt und sich danach lang und breit, aber nicht wirklich ernst gemeint entschuldigt, und da kam auch so eine Wolke rüber … aber durch das Chlor im Wasser habe ich nicht genau erkennen können, ob es Melissengeist war oder Rohrreiniger. Im Wasser hatte sie ihre Schwimmnudel zwischen den Beinen und hier beim Bäcker den Rollator dabei – dadurch hatte sie einen guten Halt, da musste man sich keine Sorgen machen, selbst wenn sie ein bisschen schwankte.

Jede und jeder von uns hat ja ein Lieblingsgetränk, von dem man sich hier und da mal einen kleinen Schluck genehmigt. Nicht so wie Frau Bach natürlich, sondern gesittet und in Maßen. Gertrud nimmt ihren Klosterkorn Melissengeist zum Einschlafen. Was für eine Verschwendung, sage ich Ihnen. Wenn man den vorm Zubettgehen trinkt, nickt man doch gleich ein, und man kann die Wirkung gar nicht genießen! So ein Korn fördert schließlich die Geselligkeit. Man kommt ins Gespräch mit den Leuten, und man hat auch bessere Laune und sieht nicht alles so eng und verbissen. Wenn man jünger ist, mag das auch zu späterer Abendstunde noch eine Rolle spielen, aber ich bitte Sie, in unserem Alter ... Wenn die Uhr neun zeigt, mache ich mich ja schon bettfertig, packe die Zähne ins Glas und gehe in die Falle. Da will ich nur noch Schäfchen zählen und schlafen. Dafür brauche ich keinen Korn. Nee, den trinke ich lieber nachmittags zum Tee, im Winter auch gern im Tee.

Mit Frau Bach wechselte ich an diesem Morgen nicht viele Worte, wir begrüßten uns nur kurz und beklagten das Wetter, dann war ich auch schon dran. Bei Bäcker Knapp bedient seit ein paar Jahren ein junges Fräulein, die Martina. Sie ist Mitte sechzig und ungelernt. Ja, lachen Se nich, ich weiß, «junges Fräulein» ist für eine Frau gesetzteren Alters eine komische Bezeichnung. Aber aus meinem Blickwinkel ist sie eben ein junges Fräulein, auch wenn man sie im Grunde wohl eine gemütliche Matrone nennen darf. Sie war zweimal verheiratet und galt deshalb früher als eine Art Kurtisane von Spandau. Eine Frau von zweifelhaftem Ruf. Bei der standen die Männer zeitlebens Schlange, sogar noch jetzt im Alter, jedenfalls wenn sie frische Franzbrötchen in der Verkaufsauslage hat. Ich kaufte mein Milchbrötchen und machte mich auf den Weg retour nach Hause.

Als ich dort ankam, war rege Betriebsamkeit am Haus. Denken Se nur, plötzlich bauten die uns hier ein Gerüst vor die Fassade! Aus Eisenstangen und Brettern. Das war über Tage hinweg ein einziges Geklapper und Geklopfe.

Gleich mittags kam obendrein eine Fuhre neuer Männer, die hier rumwuselten. Ich versuchte mir die Gesichter zu merken, damit sich nicht noch Gängster und Betrüger ins Haus schlichen, aber das war gar nicht so leicht. Die sehen doch alle gleich aus! Sie tragen blaue Hosen, oft mit Latz. Die gehen bis über den Rücken, und die Männer zeigen beim Bücken nicht mal den halben Hintern. Wie soll man die da auseinanderhalten?

Sie machten jedenfalls drei Tage lang ausdauernd Krach, und dann stand das Gerüst da. Ich fragte mich, warum die das nicht aufgestellt hatten, als sie die riesigen Teile für den Solar aufs Dach gehievt haben? Oder als sie die Fenster ausgetauscht haben? Es machte alles überhaupt keinen Sinn. Ich hielt jedoch den Mund und dachte mir meinen Teil. Hätte ich was gesagt oder vielleicht sogar noch angerufen bei der Wohnungsverwaltung, wer weiß, dann hätten die noch alles gestoppt, und die ganze Geschichte hätte nur noch länger gedauert. Nee, das hatte bestimmt seine Richtigkeit so. Was versteht eine alte Frau schon davon?

Wahrscheinlich war es billiger, die Fenster durch das Treppenhaus zu schleppen. Praktischer kann es auf keinen Fall gewesen sein, denn was meinen Se, wie eng das war! So ein Doppelfenster, wie es in meine Wohnstube gebaut wurde, ist größer als ein Klavier.

Wie auch immer, nun hatten wir jedenfalls ein Gerüst. Es stand da so rum und war stabil und gut begehbar, auch Diebe, Räuber und noch schlimmere Gesellen hätten ein Leichtes gehabt, einfach so hochzuklettern und in meine Wohnung einzubrechen. Ich kam am Abend gar nicht in den Schlaf. Es ging ja nicht nur um mich, es betraf uns alle im Haus. Bei mir ist nicht viel Bares zu holen, wissen Se, ich bin eine einfache, bescheiden lebende alte Dame mit überschaubarem Vermögen. Aber auch wenn ich mich nicht als reich bezeichnen möchte, habe ich ja doch ein paar Sachen, an denen ich hänge und die einen gewissen Wert haben. Oma Strelemanns Tafelsilber, zum Beispiel, und meine Sammeltassen. Auch die Pokale, die mein Walter auf der Karnickelausstellung gewonnen hat. Das sind doch Werte!

Frau Meiser, die wie ich ein bisschen nervös war wegen des Gerüsts, riet uns dazu, die Versicherung in Kenntnis zu setzen. Schließlich war das ein erhöhtes Einbruchrisiko, und wir müssten das melden, damit der Versicherungsschutz nicht gefährdet wird. Da hatte sie recht! Man musste ihr dankbar sein, dass die so mitdachte und uns alle im Haus auch informierte. Die kennt das vom Büro, wissen Se, die hat da auch den Aktenordner mit den Versicherungen unter ihrer Fuchtel. Und das war jetzt unser

Glück. Es ist gut, wenn man jemanden im Haus wohnen hat, der sich auskennt.

Herrn Alex, der ja Gesetze und Gerechtigkeit studierte, musste die Meiser das mit der Versicherung nicht sagen, der wusste das natürlich. Allerdings meinte er, er hätte gar keine Hausratsversicherung. Mir blieb erst fast die Luft weg, weil ich mir so was gar nicht vorstellen konnte, aber er beruhigte mich und meinte, er als Student könne sich gar keine Wohnungseinrichtung leisten, die von Wert wäre, und deshalb spare er auch die Versicherung ganz bewusst ein. Da hatte er in gewisser Weise schon recht. Schließlich bestand die ganze Einrichtung der Studentenbude da oben aus Holzbrettern und gespendeten Möbeln vom Straßenrand. Junge Leute, so sind se eben!

Es war natürlich gar nicht so einfach, die Versicherung zu erreichen. Im Grunde deckte sich das mit den Erfahrungen, die ich mit der Hausverwaltung schon gemacht hatte. Da sind se alle gleich, sie verstecken sich hinter Anrufbeantwortern und vermeiden jeden Kontakt mit uns Kunden. In den Unterlagen, die sie mir jedes Jahr schicken, um mir mitzuteilen, um wie viel es wieder teurer wird, und die ich natürlich immer ordentlich abhefte, stand eine Fernrufnummer. Na, das sage ich Ihnen, da anzuklingeln können Se sich gleich sparen. Da kriegt man nur die übliche Bandansage und muss ellenlange Zahlenkolonnen über die Wählscheibe eingeben und JA oder NEIN oder VIER brüllen, bis man letztlich falsch verbunden wird und einem Menschen, der gebrochen Deutsch spricht, erklären darf, dass nicht schon wieder ein Gatte verstorben ist und es *nicht* um die Lebensversicherung geht.

Aber so weit kam ich gar nicht. Ich habe es wohl sechs-

oder achtmal probiert, immer wieder hat mich der Computer falsch abbiegen lassen. Nach der Leben-Abteilung war ich bei den Kfz, bei der Altersvorsorge, bei Reiserücktritt und letztlich beim Hausmeister, der behauptete, man könne ihn gar nicht «von außen» anwählen, und ich müsste dort arbeiten, und ob wir wohl mal in der Kantine zusammen Kaffee trinken wollten. Das war mir dann zu dumm, und ich legte auf. So ein Schwerenöter. So macht vielleicht Gertrud ihre Männerbekanntschaften, aber doch nicht ich!

Was will man machen? Wahrscheinlich hätte es sowieso nichts gebracht. Man gerät in so einer großen Firma oder Behörde nur mit ganz viel Glück mal an einen kompetenten und freundlichen Menschen, und selbst wenn einem dieser Sechser im Lotto gelingt, kommt man nie an den drei eisernen Grundregeln vorbei: «Das haben wir schon immer so gemacht», «Das haben wir noch nie so gemacht» und «Da könnte ja jeder kommen»! Eines dieser drei ehernen Gesetze hätte sicher auch in meinem Fall gegriffen.

Deshalb änderte ich kurzum meinen Plan. Solche Institutionen muss man mit ihren eigenen Waffen schlagen. Als Werkzeug, um Menschen abzuwimmeln, nutzen sie gern ihre Computer und die Telefonanlage, aber wenn was Wichtiges ist, schicken sie bis heute Briefe. Also investierte auch ich 85 Zent in eine Briefmarke, schrieb denen alle Nummern, die auf dem Versicherungsschein standen, und waren sie noch so lang und noch so klein, auf einen Bogen Papier und teilte ihnen mit, dass hier ein Gerüst vor der Tür steht, über das unter Umständen Verbrecher in meine Wohnung gelangen und mich ausrauben könnten. Es dauerte gerade mal zwei Tage, da hatte ich einen Schriebs von denen, in dem sie herzlich dankten und mir bestätigten, dass sie das zu den Akten nähmen und dass der Versicherungsschutz für diese Ausnahmezeit selbstverständlich weiter bestehen würde. Und ob ich schon über Zahnvorsorge nachgedacht hätte. Ich ignorierte die unverschämte Anspielung auf meine Prothese, lochte das Schreiben und heftete es weg. Glauben Se mir, es lohnt sich bis heute, in solchen Fällen 85 Zent in eine Briefmarke zu investieren. Das spart Stunden in der Warteschleife!

Ruhig schlafen konnte ich deswegen trotzdem nicht. Seit fünfzig Jahren gucke ich jeden Monat «Aktendeckel XY» und bin über Verbrechen und darüber, was bei den Gängstern aktuell angesagt ist, immer bestens im Bilde. Wie sollte ich also in den Schlaf kommen, wenn unten vor der Tür quasi eine Einladung aus Stahl und Holz stand, die Schurken, Halunken und sonstige kriminelle Elemente geradezu aufforderte, hier die Vitrinen leer zu räumen? In solchen Fällen sind natürlich Hundebesitzer im Vorteil. Ich erwog sogar, mir Norbert von Gertrud auszuleihen, aber da der Hund nicht erzogen ist und den Einbrechern im Fall des Falles wahrscheinlich eher schwanzwedelnd die Hände lecken und ihnen meine Silberlöffel apportieren würde, als sie mit Radau anzubellen, hatte das gar keinen Sinn. Ich hätte da bloß die Futterkosten am Hals, Sie ahnen ja nicht, was so ein Doggenschnauzer verputzt! Morgens und abends jeweils eine riiiiiesige Büchse Nassfutter, dazu nebenher und als Zwischenmahlzeit Trockenbreckies und Leckerli in rauen Mengen. Der Hund frisst für an die acht Euro am Tag, denken Se sich das mal! Was Gertrud ihm vom Tisch füttert, ist noch nicht mal mit eingerechnet. Und das, wo sie doch eine so schmale Rente hat. Eine Unart ist das! Ich sage immer, der Hund frisst Gertrud noch mal die Haare vom Kopf. Bei Gunter hat er es schon fast geschafft, hihi, der hat nur noch einen weißen Haarkranz.

Mit dem Futter ist es ja nicht getan, Gertrud ist zudem auch sehr gebunden – allein das Gassigehen, bei Wind und Wetter! Wenn es draußen stürmt oder der Regen peitscht, ach, dann muggele ich mich in die Couchdecke und gucke zu meinem Kater rüber, wie er brav auf sein Katzenklo pullert. Gertrud muss raus mit Norbert, da beißt die Maus keinen Faden ab. Und auch sonst macht das Tier nur Ärger: Zwei Postboten haben Gertrud schon verklagt, und mit ihren Nachbarn hat sie auch nur Theater. Nee, ein Hund kommt mir nicht in die Wohnung.

Wir beratschlagten in der Hausgemeinschaft, was man tun könnte, damit die Gängster fernbleiben. Und lassen Se Frau Berber sein, wie sie will, sie hatte einen prima Vorschlag.

«Was ist denn, wenn die Baubrigade die unterste Leiter abends in den Bauwagen stellt und wegschließt? Dann müssten eventuelle Einbrecher erst mal einen Aufschwung an der Reckstange machen, bevor sie an Frau Bergmanns Sammeltassen kommen, und das Geklapper hören wir auf alle Fälle», sagte sie zwischen zwei Bissen von ihrem Brötchen, von dem Eiersalat quoll.

Auch wenn das mit «Frau Bergmanns Sammeltassen» einen ironischen Unterton hatte und ganz klar darauf hindeutete, dass sie mich nicht ganz ernst nahm, ging ich gar nicht auf den kleinen Seitenhieb ein, sondern lobte sie für die gute Idee und atmete erleichtert auf. Und so bekam Herr Bogdan die Aufgabe, jeden Tag, wann auch immer er die Baustelle verließ, als Letztes die Leiter wegzuschließen. Trotzdem rieb ich die unterste Gerüststange mit Kerzenwachs, Schweineschwarte und Schmierseife ein, damit Banditen auch mit Reckaufschwung keine Schangse hatten. Ich hatte noch eine andere Idee, aber das durfte nicht sein. Wegen Datenschutz. Mhhh.

Zu Weihnachten will man seinen Lieben eine Freude machen, und dabei gibt es jedes Jahr wieder das gleiche Problem: Es ist sehr schwierig, alten Leuten etwas Passendes zu schenken. Wir haben doch alles! Zumindest alles, was wir brauchen und was wir kennen. Irgendwann hat man seinen Hausstand zusammen, und ob der Griff von der Gabel nun angeschmort ist oder nicht, ist einem nicht so wichtig. Die Dinge tun ihren Zweck und gehören zu einem, auch wenn ein Sprung in der Zuckerdose ist. Man muss nicht ständig was Neues haben. Die kleinen Spuren und Schmarren sind wie die Falten im Gesicht, sie sind Zeugen eines gelebten Lebens und gehören zu einem, wenn man älter wird. Das macht es nicht leichter, uns «ollen Lüüd», wie Oma Strelemann immer sagte, eine Freude zu machen. Deshalb ist ein passendes Geschenk für uns Senioren am ehesten etwas, das wir noch gar nicht kennen.

Letztens haben die Kinder und Enkel von Gläsers zusammengelegt und einen Volltreffer gelandet: Sie haben Ilse und Kurt eine Wildkamera geschenkt. Das ist etwas, das man wahrlich nicht braucht und von dem zumindest ich vorher gar nicht wusste, dass es das gibt, aber es bringt den beiden eine Menge Spaß und Beschäftigung.

Eine Wildkamera ist ein Fotoapparat für draußen. Das Gerät wird im Garten in den Baum gehängt und macht des Nachts im Dustern automatisch Fotos von allem, was sich bewegt. Diese Bilder sendet es durch das Interweb auf Kurts Händi, und wenn er und Ilse beim Frühstück sitzen, gucken se nun immer auf dem Wischtelefon an, was letzte Nacht so los war.

Gläsers haben über 800 Bilder von ihrem Maulwurf, der sich einfach nicht fangen lassen will. Kurt wird immer fuchsteufelswild, wenn der wieder mit drauf ist auf den Fotos, weil er partout nicht in die Falle geht und sich auch von den Böllern, die Kurt von seinem Freund Pjotr kauft, nicht beeindrucken lässt. Den Birnbaum hat Kurt schon entwurzelt durch seine Sprengungen, denken Se sich das nur – aber der Maulwurf bleibt. Kurt hat sogar ein paar Fotos, auf denen das Viech hämisch in die Kamera grinst und winkt!

Aber nicht nur den kleinen Buddelfink knipst der Apparat, sondern auch alles andere, was nachts bei Gläsers im Garten kreucht und fleucht: Waschbären, Füchse, ein Igelchen und sogar die Zeitungszustellerin, die morgens um fünf den «Spandauer Boten» in den Kasten wirft. Einmal im Monat haben sie Erwin Heisecke auf dem Bild, der bei Mondschein nachtwandelt, und wer die Geliebte von Ralf Plusterbrumme ist, wissen sie auch. Ilse sagt, das fällt aber unter Diskretion, und spricht nicht darüber. Sie hat nur verschwörerisch geraunt, dass die Katja Hahnekämp ein schönes Nachthemd hat, und vielsagend-schelmisch gelächelt.

Ich habe überlegt, ob man so eine Kamera bei uns ans Baugerüst hängen könnte, falls jemand versuchte, daran hochzuklettern. Letztlich hätten die Bilder nicht als Beweis getaugt, denn es waren krisselige Schwarz-Weiß-

Aufnahmen in ganz schlechter Qualität. Kennen Se noch die Fahndungsfotos aus «Aktenstapel XY», als Eduard Zimmermann das noch moderiert hat? So in etwa müssen Se sich das vorstellen. Dass Kurt mit seinen vierzehn Dioptrien da überhaupt was erkennen kann, grenzt an ein Wunder. Aber sei's drum.

Ich erinnerte mich nun an dieses schöne Geschenk und habe Herrn Alex davon erzählt. Als ich andeutete, wie ich davon Gebrauch machen wollte, bekam er ganz große Augen, schluckte ein bisschen theatralisch und sprach dann mit ernster Stimme, ich solle nicht weiterreden, er wolle das gar nicht wissen, und ich sollte nicht mal auf den Gedanken kommen, eine Kamera auf den Balkon zu hängen. Nicht nur nicht auf den Balkon, nirgendwohin. Das ginge nicht wegen Datenschutz. Pah! Als ob es nicht wichtig wäre, sein Eigentum zu schützen. Und ganz nebenher einen Überblick über die nächtlichen Besuche bei den Damen Meiser und Berber zu bekommen, konnte ja wohl auch nicht schaden. Aber Herr Alex hat es verboten. Da konnte man wohl nichts machen, und ich wollte auch keinen Ärger.

Es kam, wie es kommen musste: Zack!, hatten die Handwerker ein paar Tage später mit ihrem Winkelschleifer die Leitung der Türklingel durchgetrennt. So was passiert eben, wo gehobelt wird, fallen Späne, und wo gesägt wird, leiden Kabel. Ausgerechnet Frau Berber konnte ab jetzt weder hören, wenn unten jemand schellte, noch den Öffner drücken und die Tür aufmachen. Das wurde ihrem heimlichen Besucher zum Verhängnis.

Eines Nachts, es war schon zehn durch, und ich hatte meine Abendtoilette beendet, mir die Füße, den Rücken und die Knie mit Kampfersalbe eingerieben, das Deckbett zurückgeschlagen, die Heizdecke eingeschaltet und die Nachthaube aufgesetzt – na, was man halt so macht, bevor man zu Bett geht! –, da schepperte es. Es war kein Donnern wie bei Gewitter, nein, es war Metall mit dabei. Ich wusste sofort: Das ist am Gerüst. Mir schlug das Herz bis zum Hals. Katerle lag eingerollt im Körbchen und schnarchte, der war keine Hilfe, und davon, mir Norbert auszuleihen, hatte ich ja abgesehen, was ich nun einen Augenblick lang bereute. Also griff ich zum Telefon und wollte gerade die Eins-Eins-Null rufen, als plötzlich draußen Licht anging und die Stimme von Frau Berber unverkennbar zu vernehmen war. Die Dame hat ja ein Organ, das man drei Straßen weiter hört. Wenn sie brüllt, bohren sich einem die Töne ins Ohr wie eine Kreissäge in den Baumstamm. Jetzt zeterte und schimpfte sie, dass die ganze Nachbarschaft es mitbekam.

Ich lief mit dem Telefon in der Hand zum Fenster und guckte ganz vorsichtig durch den Schlitz in der Übergardine. Auf den Balkon traute ich mich nicht, es war ja nicht nur kalt, sondern auch Gefahr in Verzug. Schließlich konnte der Einbrecher längst oben bei mir sein! Wer wusste schon, ob nicht eine ganze Bande am Werk war und schon ein weiterer Bandit hier oben auf dem Balkon lauerte?

Durch den Gardinenschlitz war nichts zu erkennen. Da hörte ich ein leises Wimmern, das offenbar von unten kam, und gleich darauf auch Frau Meiser, die auf jemanden einredete. Es nützte nichts, ich musste doch nachsehen.

Unter dem Gerüst lag Herr Nagler, der … also, der Bekannte von der Berber. Der Name war Programm. Die

Meiser hatte den Verbandskasten aus ihrem Auto geholt, stand mit Warnweste vor dem Nagler und versuchte, ihn in eine Decke aus Goldfolie zu wickeln, was dem aber gar nicht recht war. Er wehrte sich nach verbliebenen Kräften, brüllte, dass er kein Grillgemüse wäre, und versuchte aufzustehen. Ich fragte von der Brüstung runter, ob sie Hilfe brauchen, aber die Berber winkte nur ab und fluchte. Der Nagler war schon wieder auf den Beinen und versuchte sich die Goldfolie abzustreifen. Er sah sehr lustig aus, wie ein Weihnachtsengel im Hirtenstück, hihi! Ich hatte doch gewusst, dass das mit dem Kerzenwachs am Gerüst prima wirkte.

Von dem Tag an schlief ich besser. Frau Berber auch, denn der Nagler war erst mal ein paar Wochen nicht mehr in der Lage, sie von der Nachtruhe abzuhalten, bis seine Rippenprellungen ausgeheilt waren.

Erster Advent

In der Woche vor dem ersten Advent backen Ilse und ich gemeinsam Plätzchen. Das ist ein Ritual, das wir uns beide nicht nehmen lassen, es gehört seit Jahrzehnten zu unseren weihnachtlichen Traditionen. Wir freuen uns den ganzen Sommer über darauf. Spätestens im August fangen wir an, neue Ideen zu rescherschieren. Wir sind prima eingespielt, und die eine kennt die Rezepte genauso gut wie die andere. Bei uns sitzt jeder Handgriff.

Wissen Se, beim Teigkneten geht es einerseits um die pingeligst genaue Einhaltung des Rezeptes, andererseits aber auch um Gefühl und Erfahrung. Manchmal sind die Eier ein bisschen größer, oder das Mehl ist griffiger als üblich, manchmal ist die Butter nicht richtig weich – da braucht es eben noch ein «Müh» mehr vom Mehl oder einen Teelöffel Milch, dass der Teig die genau richtige Konsistenz kriegt, damit er ausgerollt werden kann. Da sind Ilse und ich gleichermaßen erfahren und wissen genau, was nötig ist. Wenn ich da erst sagen müsste: «Hol doch mal das Mehl! In der Speisekammer! Nein, links! Nicht das … das ist Zucker! Und nun schütte … na, noch ein bissch… NEIN! Nicht so viel! Komm, lass, ich mache es alleine!» – nee, das ginge nicht. Bei Ilse und mir genügt ein Blick, und die andere weiß, was zu tun ist. Wir sind uns auch einig, dass es beim Backen nur die besten Zutaten sein dürfen. Nur «arschfrische Eier» – entschuldigen Se den Ausdruck, aber seit die Helga Hahnemann das gesungen hat, ist das bei uns Berlinern Sprachgebrauch – von Gläsers Hühnern kommen infrage, und auch nur gute Butter. Margarine kommt bei uns nicht an den Teig. Gucken Se mal auf die Packung, wie viel Wasser die da mittlerweile mithilfe von ganz viel Chemie streichfähig fest gerührt kriegen! Da muss man sich nicht wundern, dass die Kekse nichts werden, wenn man Margarine in den Teig rührt.

Ilse und ich lassen uns zwei Tage vor dem Plätzchenbacken von Kurt mit dem Koyota zur Kaufhalle fahren, und dort holen wir ein, was wir zum Backen brauchen. Man kann ja hingucken, wo man will, es wird alles teurer. ALLES! Mir muss keiner was erzählen, ich gehe jeden Tag einkaufen, und auch Ilse kennt sich aus. Wir haben die Preise im Kopf, uns macht niemand so schnell was vor. Die erhöhen ständig und überall. Man muss so aufpassen!

Neuerdings muss man nicht nur auf die Preise achten, sondern auch auf die Menge, die im Päckchen ist, denn sie sind auf den Trichter gekommen, dass die Leute nicht blöde sind und sich den Preis für das Gebinde merken. Also schummeln se mit dem Inhalt. Beim Waschpulver zum Beispiel. Ich kaufe immer das gute, bei mir kommt nur der grüne Karton mit der roten Schleife an meine Wäsche. Da weiß man, was man hat. Lieber gebe ich ein paar Groschen mehr aus, aber dafür habe ich keine Flecken und auch länger was von meiner Kleidung. Nee, mit Billich-Chemie würde man am falschen Ende sparen. Ich habe jede Woche zwei Ladungen Wäsche, immer freitags, da ist Waschtag.

Eine Buntwäsche und eine Kochwäsche, wie es sich gehört. Dazu die Gardinen, die Tischwäsche und die Sofabezüge einmal im Monat, aber dafür habe ich extra Pulver für Feines.

Mit dem großen Persil-Paket bin ich immer vier Monate hingekommen. Ich hatte mir an den Kalender geschrieben, wenn es ungefähr ausgeht, damit ich auf die Angebote achte. Man muss ja gucken, wo man sparen kann, nich wahr? Zuzugeben haben wir alle nichts.

Zwei Pakete habe ich natürlich immer in Reserve, falls mal was ist. Es kann ja sein, dass man erkrankt und nicht selber einkaufen kann, und dann schreibe ich Stefan und Ariane einen Einkaufszettel, und die schleppen mir trotz genauester Regieanweisung das falsche Pulver an? Hat man alles schon erlebt!

Mehr als zwei große Schachteln zu bunkern, macht aber keinen Sinn, denn sonst wird es klumpig, und außerdem halten die Leute einen für blöde, wenn man zu viel hortet. Denken Se nur an die Toilettenpapiergeschichten zu Conorazeiten!

Trotzdem schaue ich dann gezielt nach Angeboten und bevorrate mich in Maßen. Ich hatte Glück, unsere Kaufhalle hatte mein Waschpulver vor ein paar Wochen im Sonderangebot – auch noch in so einer hübschen Weihnachtsverpackung –, und ich habe zugeschlagen: Drei Euro billiger, ich bitte Sie, das lässt man sich doch nicht entgehen! Nun stellen Se sich meine Überraschung vor, als ich nach Hause kam: Ich räumte das Paket gerade in die Vorratskammer, da sah ich, dass es zwar genauso groß war wie die anderen, dass aber unten recht klein andere Zahlen standen.

«Nanu», dachte ich, «habe ich mich im Regal vergriffen?»

Ich holte die Lesebrille und guckte ganz genau: Nee, ich hatte nichts verkehrt gemacht. Aber auf der neuen Dose stand «Für 32 Waschladungen» und auf der alten, die ich noch auf Vorrat hatte, «Für 36 Waschladungen».

Diese Halunken! Es kostet gleich viel, aber es ist viel weniger drin! Na, da bin ich aber ans Telefon. Ich habe im Interweb geschaut, da geben die ja immer eine Nummer an, wo Leute, die zu blöde sind, das Pulver richtig zu dosieren, oder sonst irgendwelche Fragen haben, anrufen können. Auf dem Karton stand die wohl auch, aber so klein, das konnte ich trotz Lesebrille nicht entziffern. Bei denen im Sörwiss lief komischerweise auch kein Band, sondern es war eine Person aus Fleisch und Blut dran. Der habe ich aber erzählt, was ich davon halte.

Der Herr am Hörer murmelte was von «optimierter Verpackungsgröße», «Verbraucherwünschen» und «Interessen des Handels». Der las das alles vom Blatt ab, das konnte man genau hören. Ich habe dem dann mal *meine* Interessen geschildert, und zwar in aller Deutlichkeit. Er hat sich dann sehr beeilt, mir «als kleine Entschädigung» und «zum Ausgleich eventuell versehentlich aufgetretener Nachteile» eine große Trommel Waschpulver umsonst zu schicken. So eine riiiiiesige Tonne, wie sie die Frau Klementine damals immer im Reklamefernsehen hatte, wissen Se noch?

Da wurde ich stutzig. Die war doch für Ariel … Oder?

Ich hatte wohl aus Versehen bei den falschen angerufen und mich beschwert, aber wie es scheint, sind die alle gleich und haben genauso ein schlechtes Gewissen, sonst hätten se mir nicht einen Jahresvorrat geschickt. Die nehmen ihre Kundschaft alle auf den Arm, die einen so frech wie die anderen, das können Se mir glauben!

Na, nun habe ich jedenfalls erst mal ausreichend Waschpulver. Ich habe gleich ein Pflaster unter die große Tonne geklebt und «Ariane» draufgeschrieben, damit im Falle meines Ablebens ... also, damit es keinen Streit gibt, sondern klar ist, wer erben soll.

Ariane soll aber nicht nur das Waschpulver erben, nicht, dass Sie jetzt einen falschen Eindruck von mir haben und mich für knauserig halten. Sie kriegt auch einen guten Anteil der Sammeltassen.

Wenn man seit so vielen Jahren zusammen backt wie Ilse und ich, ist das wie in einer Ehe. Ilse muss Kurt auch nicht jeden Vormittag fragen, wie viele Kartoffeln er essen will, sie rechnet einfach vier halbe für ihn, und gut ist es. Manchmal fragt sie trotzdem, wenn sie den Verdacht hat, dass Kurt wieder Dummheiten macht, um ihn ein bisschen abzulenken, aber das ist was anderes.

Ach, da muss ich Ihnen eine kleine Geschichte erzählen, die neulich passiert ist. Was haben wir gelacht! Also, Ilse und ich. Kurt nicht. Passen Se auf: Kurt saß in der Küche und las in der Zeitung. Dahinter ist er immer gar nicht zu sehen, wissen Se, so groß ist das Blatt. Es gibt den «Spandauer Boten» ja auch in der halben Größe, aber wegen Kurts Augen sind Gläsers bei der Ausgabe im großen Format geblieben. Kurt studiert jeden Morgen, wenn er mit den Maulwurfsfotos durch ist, nach dem Frühstück die Fußballnachrichten, von der ersten Bundesliga bis zur Kreisliga runter. Sonst steht ja kaum was drin in der Zeitung, aber Fußball und Todesanzeigen gibt es jeden Tag.

Nur wegen Letzterem habe ich das Abo bis heute behalten, Kurt wegen Ersterem. Wie dem auch sei, Kurt saß, hinter seiner Zeitung vergraben, am Küchentisch, während Ilse das Frühstücksgeschirr abwusch. Die Kaffeetassen spült sie immer nur aus und stellt sie auf das Schränkchen neben das Küchenradio. Die nehmen Gläsers nachmittags zum Kaffee noch mal. Das spart Abwasch!

Wir Hausfrauen sind ja immer schon mit den Gedanken ein bisschen im Voraus, und deshalb fragte Ilse, während sie die Stullenbretter abtrocknete: «Mein Schatz, was willst du denn heute Mittag essen? Herzhaftes Rind, feinen Lachs oder zarte Pute?»

Kurt blätterte raschelnd seine Zeitung um und sagte: «Lachs!»

Da lachte Ilse laut los. «Kurt, ich habe mit der Katze gesprochen!», sagte sie und kicherte noch bis zum Kartoffelschälen vor sich hin. Es gab nämlich Senfeier mit Quetschkartoffeln an dem Tag, das war lange besprochen. Wissen Se, Gläsers haben eigene Hühner laufen, da müssen die Eier regelmäßig weggegessen werden, sonst muss Ilse wieder staubtrockenen Sandkuchen backen, und auf den hat nun wirklich keiner Appetit.

Was haben wir uns amüsiert über diese köstliche Geschichte! Kurt brummt bis heute nur, wenn die Sprache darauf kommt, und erzählt dann immer sehr hässliche Sachen. Dass die Katze von Ilse besseres Essen kriegt als er und so was. Aber das ist natürlich Blödsinn. Es kann nicht jeden Tag Braten geben!

Wie dem auch sei. Ich habe natürlich auch schon mit Ariane und den Mädchen Plätzchen gebacken, damit die Erfahrungen und die Familientradition weitergegeben wird. Mit der Oma im Advent in der Küche Sterne und Herzchen ausstechen – ich bitte Sie, das sind Erlebnisse, die sich tief ins Herz eingraben und die einem niemand mehr nehmen kann, selbst wenn die Oma mal nicht mehr ist. Da kann man einem Kind noch so teures Spielzeug schenken, die Erinnerungen an solche Stunden kann man damit nicht aufwiegen. Ich bin nun schon so alt, aber wie Oma Strelemann die Zungenspitze beim Auswalken des Teiges hat rausgucken lassen, weil sie sich so konzentriert hat, das vergesse ich nie! Auch nicht, wie übel mir immer wurde nach dem Naschen von rohem Plätzchenteig. Man muss ja auch probieren, ob es schmeckt und man nichts vergessen hat. Bei mir kommt immer eine Prise Salz mit an den Teig. Alles Süße muss auch immer einen Hauch Salziges haben, das ist beim Backen wie im Leben.

Ach, das ist auch so eine Sache, dass man natürlich genau weiß, dass der Teig vom Backpulver einen unangenehmen Nachgeschmack hat, aber jedes Jahr doch wieder aufs Neue der Versuchung erliegt und probiert. Im ersten Moment schmeckt es aber auch zu köstlich! Seit ich sechzehn bin, habe ich für den Backpulvernachgeschmack immer einen Korn griffbereit stehen. Der macht wieder frischen Atem und bringt Ilse und mich auch in die richtige Stimmung beim Backen. Meist stelle ich uns dann noch das Radio an – «Spreewelle Spandau» spielt im Advent die schönsten Weihnachtslieder, ohne viel Englisch und Bumm-Bumm –, auch das ist Tradition und gehört dazu.

Wir fangen schon früh am Morgen an. Wir haben fünf feste Rezepte, die wir jedes Jahr backen und die noch von Ilses Mutter und meiner Oma Strelemann stammen. Die sind erprobt und aufeinander abgestimmt. Wissen Se, man will ja nicht am Ende mit 30 Eiweiß dastehen und sich am Kopf kratzen und überlegen, was man wohl damit anstellt, wie die jungschen Dinger, die dann beim Fäßbock nach Hilfe schreiben, weil sie überfordert sind und keine Ideen haben. Nein, unsere Zutatenlisten sind so ausgeklügelt, dass alles aufgeht und keine halbe Tüte Kakao übrig bleibt, der dann im nächsten Jahr ranzig ist, und auch kein angebrochenes Päckchen Kuvertüre.

Zusätzlich probieren wir jedes Jahr noch ein paar angesagte Rezepte, weil man ja auch mal was Neues kosten will. Ilse und ich sind für so was immer offen. Nur bei Mandeln und Marzipan, da sind wir empfindlich, aber aus bestimmten Gründen. Jeder, der getrennt von seinen Zähnen schläft, wird verstehen, was ich meine: Als Prothesenträger macht man um so was einen großen Bogen. Was meinen Se, wie wir älteren Herrschaften Schlange stehen vor dem Waschraum, wenn es im «Haus Abendsonne» Bienenstich gibt und eine der Bewohnertöchter wieder nicht nachgedacht hat und zum Neunzigsten vom Vater ein Blech Mandelsplitterkuchen anschleppt. Da muss alles gleich gespült und neu verklebt werden, sonst kriegt man ein Bläschen, und das drückt. Einen wund gescheuerten Gaumen wünscht man keinem! Ilse und ich versuchen deshalb, schon im eigenen Interesse, Mandeln und Marzipan zu vermeiden.

Es gibt ja immer Trends, nicht nur in der Mode, sondern auch in der Plätzchensaison. Letztes Jahr mussten es unbedingt Feenküsschen sein. Das ist im Grunde nur ein Fiffifee-Konfekt auf einer Oblate mit einem Klecks Baisermasse, aber sämtliche Frauen, ganz gleich ob im Nachbarschaftstreff, bei der Wassergymnastik und auch im Witwenclub, machten uns ganz verrückt mit den Dingern. So was steckt ja an, und da haben Ilse und ich es nicht lassen können und ebenfalls Feenküsschen gebacken. Erst war der Baiser ein bisschen zu weich, weil Ilse den Zucker zu früh hat einrieseln lassen. Deshalb sahen unsere ersten Versuche eher aus wie Hundehäufchen und nicht wie Küsse von Feen, aber geschmeckt haben sie prima. Der zweite Versuch gelang dann prächtig.

Zum Plätzchenbacken bringt Kurt Ilse und die frischen Eier immer schon am Vorabend zu mir. Mit frischen Kartoffeln von glücklichen Eiern schmeckt es doch am besten. Hühnern. Also, Kartoff… nee. Glückliche Eier von frischen Hühnern.

Ach, Sie wissen schon!

Die Zutaten müssen alle die gleiche Temperatur haben, deshalb stellen wir Butter, Zucker und was sonst so auf der Liste steht auf den kleinen Beistelltisch in der Küche und heizen gut ein. Also, früher, als Opa Strelemann die Kochmaschine in der Küche noch mit Holz und Kohle befeuerte, da sagten wir immer «einheizen». Heute drehe ich einfach nur die Heizung von ZWEI (das langt normalerweise in der Küche!) ausnahmsweise auf VIER. Dann ist es mollig genug, dass selbst Hefeteig aufgeht.

Den großen Küchentisch brauchen wir zum Teigausrollen. Ich habe zusätzlich einen kleinen «Katzentisch», wie Stefan immer sagt. Den holen wir auch mit ran, wenn wir an der Festtagstafel zu eng sitzen. Er passt von der Höhe her nicht richtig an den Esstisch, und niemand will gern da sitzen, weil man sich die Knie stößt, aber so ist es eben. Vielleicht werde ich mit über achtzig Jahren noch einen neuen Stubentisch kaufen, weil die Herrschaften die Beine nicht überschlagen können? Pah! Das kommt gar nicht infrage. Der kleine Tisch hat schon gute Dienste erwiesen, und gerade beim Backen ist er uns eine große Hilfe. Da braucht man nämlich viel Platz.

Am Vorabend probieren Ilse und ich traditionell das erste Mal von meinem Rumtopf. Das... Ilse verträgt ja nichts. Sie ist eher der Typ Frau, der sich mit Hochprozentigem einreibt, statt ihn zu trinken. Eine Verschwendung, wenn Se mich fragen! Meist kichert sie nach drei Stückchen Birne und Pfirsich noch ein bisschen, aber spätestens um neun sind wir beide in den Nachthemden, haben die Zähne im Glas und die Lockenwickler im Haar. Wir müssen gut ausgeschlafen sein, wenn wir am nächsten Tag mit dem Backen loslegen.

In Summe kommen wir auf gute fuffzich Bleche Plätzchen, und die zu backen, dauert seine Zeit. Kirsten, Stefan und auch Ariane schlagen immer die Hände über dem Kopf zusammen, wenn zur Sprache kommt, dass wir so viele Kekse backen. «Übertrieben», «maßlos», «Großbäckerei» und solche Worte fallen dann. Aber so viel sind fünfzig Bleche gar nicht!

Selbstredend esse ich die nicht alle selbst, das darf ich gar nicht, denn ich habe ein bisschen Zucker, wissen Se. Wir teilen das doch auf! Ilse nimmt die Hälfte mit. Dann sieht die Sache schon anders aus. Und dann verschenke ich natürlich Plätzchen. Ich habe sehr hübsche kleine Blechdosen dafür, die mit weihnachtlichen Servietten ausgelegt werden und die ich gern wieder zurücknehme. Da bin ich noch schärfer hinterher als bei den Tupperbüchsen, die muss ich wiederhaben. Na, und man will sich ja nicht lumpen lassen und da nur fünf Kekse reintun. Die Dosen müssen schon gut gefüllt sein. Sonst wird doch getuschelt! «Guck mal, die Bergmann wird knauserig. Gerade mal eine Handvoll Plätzchen hatte ich in der Büchse. Dabei hat die vier Männer beerbt und bestimmt auch eine gute Rente, die hat es doch nicht nötig, die Kekse abzuzählen!» Ich weiß doch, wie die Leute sind, mir muss keiner was sagen.

So kriegen die Nachbarinnen und Nachbarn ihre Keksdosen, ein Päckchen geht auf die Reise nach Brunsköngl zu Kirsten ins Sauerland, Stefan und Ariane bekommen selbstverständlich einen großen bunten Teller, Schwester Sabine bei Frau Doktor Bürgel, Schwester Sabine beim Zahnarzt, Schwester Sabine beim Lungendoktor. Und natürlich der Herr Notar, den vergesse ich auch nie. Dem schicke ich regelmäßig zu allen Feiertagen eine kleine Aufmerksamkeit. Schließlich müsste der meine Entmündigung unterschreiben, wenn Kirsten ihren Rappel kriegt und behauptet, ich komme nicht mehr alleine klar. Man muss sich gut stellen mit solchen Leuten, man weiß ja nie. Vielleicht erinnert er sich im Fall des Falles an mich und denkt sich: «Mensch, die Frau Bergmann, die schickt mir immer so leckere Plätzchen, die kann doch noch nicht lala im Oberstübchen sein? Das unterschreibe ich nicht, da soll sich die Tochter mal jemand anderen suchen!»

Die Schwestern und Ärzte kriegen natürlich Plätzchen mit Haferflocken, gesüßt mit Kokosblütenzucker, damit sie denken, ich backe nur so gesundes Zeug. Hihi, eine Renate Bergmann ist pfiffig und denkt mit! Das ist mir einmal passiert, dass ich denen Nusstaler und Lebkuchen gebracht habe, und dann meinte Schwester Sabine nach der formellen Bedankung scheinheilig: «Na, wenn Sie schon mal da sind, machen Sie mal gleich den Arm frei. Wir nehmen Blut ab und machen Labor, dann müssen Sie nicht noch mal kommen und warten!» So eine falsche Schlange! Die weiß genau, dass man im Advent hier und da sündigt und dass die Zuckerwerte da ausschlagen wie ein kitzeliges Pferd beim Hufschmied.

Gott sei Dank ist Frau Doktor nicht so streng und sieht das gelassen. Deshalb war es mir egal, dass ich zum Aderlass gebeten wurde. Ich legte den Mantel ab, nahm im Wartezimmer Platz und habe Schwester Sabine vorher gleich noch um ein neues Rezept gebeten. Saubere Unterwäsche hatte ich selbstredend an, und gewaschen war ich auch, deshalb war das gar kein Problem. Anders würde ich niemals das Haus verlassen!

Das Schlimmste beim Doktor ist gar nicht, dass man üblicherweise ewig wartet. Ach, ich sage Ihnen, als älterer Mensch hat man gern Gesellschaft, man trifft immer jemanden, den man lange nicht gesehen hat, und hat sich was zu erzählen. Nein, das Schlimmste ist der Berg von Mänteln an den zwei Garderobenhaken, aus dem man sich, wenn man fertig ist und mit Schipskarte und Überweisungsschein in der einen und der Handtasche in der anderen Hand dasteht, seinen eigenen Mantel wieder raussuchen muss. Natürlich hängt der dann ganz unten, und wenn man dann mit anderen Patienten in der Garderobe herumwühlt und nicht besonders Obacht gibt, purzeln einem entweder die Zettel oder die Mäntel der hustenden fremden Menschen vor die Füße. Es ist beides ärgerlich – stellen Se sich mal vor, wir vertauschen unsere Überweisungsscheine! Es ist mir schon mal passiert, dass die

Bürgel falsch auf ihrem Computer geklickst hat und mich wegen vergrößerter Prostata zum Urologen geschickt hat, das reicht als Panne, sage ich Ihnen. Was meinen Se, wie die mich da angeguckt haben!

Aber so weit waren wir ja noch nicht, ich musste ja erst mal zur Frau Doktor rein. Kaum hatte ich mich im Wartezimmer umgesehen und die Frau Krämer aus unserer Aqua-Gruppe entdeckt, rief Schwester Sabine mich schon auf und brachte mich in den Behandlungsraum. Ohne Schwimmnudel und Badehaube hätte ich die Krämersche fast nicht erkannt, und ich kam gar nicht dazu, mit ihr zu plaudern. So schnell kommt man sonst nie rein zur Doktorschen, nicht mal, wenn man es eilig hat! Die Frau Doktor Bürgel saß hinter ihrem Schreibtisch und tippte hektisch. Sie ist ein bisschen schusselig und kann mit ihrem Computer nicht richtig umgehen. Sie klopft immer wie wild und muss doch wieder nach Schwester Sabine rufen, weil sie Hilfe braucht. Oft verheddert die sich, wenn sie im Onlein nach Medikamenten sucht, oder was auch immer sie da macht – obwohl man mit der kleinen Taste ganz oben links eigentlich immer zurückkommt. Das weiß ich sogar, das hat Stefan mir als Erstes beigebracht, als er mir seinerzeit die Klapperkiste hingestellt hat.

Die Doktorsche staunt jedes Mal, wenn ich ihr helfen kann. Dann ist sie auch gar nicht mehr so streng wegen der Leberwerte, denn sie hat vernünftige Ansichten. Die krittelt nicht wegen eines einzelnen Wertes an einem rum, der mal aus der Reihe tanzt, sie sagt: «Frau Bergmann, der Mensch ist ein Gesamtkunstwerk. Wenn es hier oder da zwickt, erst recht in Ihrem Alter, ist das nicht schlimm. Es kommt immer vom Ganzen.»

Sie sieht den *ganzen* Menschen und nicht nur die Blutwerte, verstehen Se, was ich meine? Bevor die noch eine weitere Pille aufschreibt, redet sie eher mal mit einem und rät entweder zu mehr Ruhe oder zu mehr Geselligkeit, je nachdem, auf jeden Fall aber immer zu ausgedehnten Spaziergängen. Ich glaube fast, die hat einen Vertrag mit dem Förster, dass sie die Leute zum Wege-Festtrampeln schickt, hihi. Aber im Ernst, es gefällt mir an ihr, dass die Frau Doktor Bürgel einen Menschen ernst nimmt.

Trotzdem ist es eine Schande, dass so ein jungsches Ding nicht Computer kann. Was meinen Se, was für einen Odysseus ich noch laufen musste an dem Tag! Odyssee, meine ich.

Die Bürgel hat mir nach dem Blutabnehmen noch meine beiden Pillen verordnet, und wir wünschten uns schon mal frohe Festtage und einen guten Rutsch, davon ausgehend, dass wir uns dieses Jahr nicht noch mal sehen. Na, da hatten wir aber falsch gedacht!

Das mit dem Elektro-Rezept, was sie sich da überlegt haben, ist ja eine feine Sache, wenn die Doktorsche allerdings nicht Computer kann, wird es schwierig. Zwei Tabletten sollte sie mir aufschreiben, und ich fragte extra noch: «Sind auch beide Tabletten auf dem Rezept?» – «Ja, Frau Bergmann. Die Blutdrucker und die für den Magen». Man kann ja nicht mehr selber nachgucken, weil sie einem nichts mehr ausdrucken, sondern das nur über die Schipskarte ins Interweb pusten.

Aber von wegen, pusten … Pustekuchen! Als ich in der Apotheke stand, war nur eine Medizin auf dem Rezept. Ans Telefon geht in der Praxis auch keiner, wenn Schwester Sabine am Empfang Hektik hat. Wahrscheinlich war die gerade an meiner Plätzchenbüchse. Also musste ich noch mal hin und ordentlich Rabatz machen.

Wie ich dann das zweite Mal in die Apotheke komme, waren die Blutdrucker immer noch nicht auf dem Rezept. Da hat der Pillendreher aber persönlich zum Hörer gegriffen, wissen Se, der kennt die Doktorsche ja vom Segelclub und hat ihre Händinummer. Nach einem quälend langen Hin und Her hatte ich endlich meine Medizin beisammen, aber es hat den ganzen Vormittag gedauert. Den halben Tag hatte ich verplempert, nur weil die Bürgel nicht Computer kann! Die kriegt zu Ostern kein Päckchen Krönung, das habe ich gleich gestrichen. Als ob man in der Vorweihnachtszeit nicht eh schon genug zu tun hätte.

Das habe ich Schwester Sabine auch gesagt, als ich das nächste Mal wieder zur Kontrolle da war. Ganz falsch hat sie gelächelt und unschuldig mit den Schultern gezuckt. Jetzt, wo sie die Kekse weg hatte, war es wieder vorbei mit der Freundlichkeit. Nee, das wird nächstes Mal anders. Da lasse ich mir gleich Ende Oktober beim Grippeschutz-Piks so viele Tabletten aufschreiben, dass die bis Februar hinreichen, und dann gibt es keine Kekse. Sollen die mal sehen!

So groß unser Plätzchenberg für Außenstehende auch aussehen mag, so schnell sind die Plätzchen unters Volk gebracht. Und auch wenn alle immer sagen: «Sie sollen doch nicht, Frau Bergmann! Sie machen sich so viel Arbeit, und gucken Sie mal, der Rockbund kneift jetzt schon, und dabei geht der Advent erst los, hahahahaha» – wenn ich mal keine Kekse bringe oder eine Woche zu spät dran bin, dann gucken sie auch dumm. Und wenn diese koketten Sprüche kommen, sage ich immer: «Frauen achten auf ihre Linie, Männer auf die Kurven!» Dann kichern se und nehmen noch einen Keks.

Wir buken jedenfalls fleißig vor uns hin und kamen gut voran mit unseren Plätzchen. Ilse hatte bereits die Lesebrille aufgesetzt und war beim Verzieren. Da ist sie ganz akkurat, das lasse ich sie gern machen. Ich kriege eh nur auf die Finger von ihr, weil ich angeblich nicht genau genug arbeite. Das mag stimmen: Sicher, das Auge isst mit, aber ich bin doch eher praktisch veranlagt und mache einen Klecks Schokoladenguss mit dem Teelöffel drauf, während Ilse das ganz filigran mit dem Spritztütchen aufträgt und kleine Kunstwerke zaubert. Wir wissen aber um unsere Stärken und Schwächen, und so tut jede, was sie besser kann. Ilse hatte schon auf der Bräuteschule bessere Noten in Konditorei und Patisserie, ich hingegen war die Beste in Bodenpflege und Kochwäsche. Und auch beim Spülen machte mir keine was vor!

So widmete ich mich den Töpfen, Schüsseln und Backblechen und begann schon mal mit dem Abwasch. Wenn der klebrige Teig und vor allem der Zuckerguss erst mal festgetrocknet ist, kriegen Se die Bleche nur nach langem Einweichen wieder sauber, deshalb hatte ich nebenher immer schon grob vorgespült und wollte nun alles mit dampfend heißem Wasser und der guten Wurzelbürste hygienisch rein scheuern. Aber es kam kein Wasser aus dem Hahn! Na, da ging mir die Hutschnur hoch.

Ich bin gleich raus auf den Balkon und habe runtergeguckt zu den Bauarbeitern, ob man wohl was von einer Havarie sieht. Man weiß ja nie, ob sie vielleicht eine Leitung erwischt haben mit ihrem Bagger und wir nun einen

Geysir im Vorgarten sprudeln hatten. Es war aber nichts zu sehen, nur routinierte Betriebsamkeit mit dem Winkelschleifer. Gerade wollte ich runterrufen und fragen, was los ist, da läutete es an der Wohnungstür. Frau Berber stand mit zusammengepressten Schenkeln vor mir. So verkniffen hatte ich sie noch nie gesehen, und das will was heißen.

Sie stammelte los, und ich brauchte erst mal einen Moment, bis ich verstanden hatte, was ihr Problem war: Sie wollte austreten, weil Jemie-Dieter bei ihr die letzte Ölung … äh, die letzte Spülung für sein Geschäft verbraucht hatte und gestern wohl der Dosenfisch schlecht oder die Kaffeesahne sauer war und sie dringend musste.

Na, der habe ich aber was erzählt! Ich hatte selber gerade noch für einmal Abziehen Wasser im Spülkasten! Ich schickte sie runter auf den Dixi, woraufhin sie sich murrend und mit ganz kleinen Tippelschritten verdrückte. Nachbarschaft hin oder her, ich muss auch mal an mich denken und kann nicht immer selbstlos helfen!

Es klärte sich nach ein bisschen Aufregung alles dahingehend auf, dass mal wieder keine Information weitergegeben worden war von der Hausverwaltung. Das Wasser war nicht havariert, sondern abgestellt, weil nämlich die Badestube dran war bei der WG oben. Da hat man natürlich Verständnis, das ist doch gar kein Problem – wenn man denn informiert wird und sich einrichten kann! Dann lässt man die Badewanne voll, füllt ein paar Kannen Trinkwasser ab und kommt prima über den Tag. Früher haben wir doch auch ohne fließendes Wasser gelebt. Gut, Sie vielleicht nicht, aber ich. Wir hatten die Schwengelpumpe auf dem Hof, später sogar in der Küche.

Herr Bogdan konnte natürlich nichts dafür, dass wieder mal nicht geschrieben worden war, und versprach, dass sie so schnell wie möglich machen würden mit der Badestube oben. Gefliest war ja schon, es ging nur noch um die Anschlüsse. Die Aussicht auf leckere Plätzchen, die er über meine Schulter hinweg schon gesehen und auf jeden Fall wohl geschnuppert hatte, beschleunigte die Arbeiten noch ein bisschen. Schon bald hieß es wieder: «Wasser marsch!» Gut, bei Frau Berber schon früher, die war auf dem Häuschen im Vorgarten. Aber für Ilse und mich.

Wir schrubbten also die Backbleche und brachten meine Küche wieder zum Glänzen, und um drei saßen wir oben in der WG bei Herrn Alex mit einer Kanne Kaffee, die Frau Berber spendiert hatte, und einem Teller Plätzchen von Ilse und mir. Alle schwärmten, sowohl von der schicken neuen Badestube als auch von unserem Gebäck. Als Frau Meiser von der Arbeit kam, musste ich schon Kekse nachholen! Ich will ja nichts sagen, aber was die da verputzten … Ich nenne keine Namen. Vom gesunden Appetit der Berber hatte ich ja schon berichtet.

Schick hatten sie das Bad gefliest, sehr schick. Die jungen Leute hatten sich für dunkle Fliesen entschieden. Wir Mieter durften uns das aussuchen. Mir hatten se auch die dunkelgrauen Fliesen gezeigt und wollten sie mir als modern einreden, aber ich hatte Angst, dass man da die Kalkflecken so doll sieht. Ich habe mich lieber für Sandweiß entschieden. Da weiß man, was man hat und woran man ist. Man sieht sofort, wenn geputzt werden muss, und es hat was Freundliches. Ein bisschen Farbe kann man auch mit anderen Dingen in die Badestube bringen, mit hübschen Handtüchern zum Beispiel oder mit den Badvorlegern. Dafür hat Ilse ja ein Händchen und hat mir alles passend genäht: einen Bezug für die Toilettenbrille, einen kleinen Vorleger für vor das Klosett, einen Waschmaschinenbezug, ein Läuferchen, das vor dem Waschbecken liegt, und eins, das vor der Dusche platziert wird. Dazu genau passend ein Hütchen, unter dem man eine Ersatzrolle Toilettenpapier verstauen kann, und ein Paradehandtuch für den Handtuchhalter. Wun-der-schön, sage ich Ihnen, ach, da geht einem das Herz auf. Ilse ist da stilsicher und hat Geschmack. Alles ist in einem zarten Roséton gehalten und wird von englischen Teerosen umrankt. Der Stoff ist Frottee mit zartem Tüll als Borte. Es ist wirklich schade, dass ich kein Foto zeigen kann, aber ich glaube, Sie haben ein Bild vor Augen und sind auch ein bisschen ins Schwärmen geraten.

Ariane jedenfalls hat den Mund gar nicht wieder zugekriegt, so hat sie gestaunt. Ihr fehlten die Worte. Natürlich habe ich bei Ilse gleich eine Garnitur auch für Ariane in Auftrag gegeben. Die kriegt sie zu Weihnachten.

Da wird das Mädel Augen machen!

Wenn schon umgebaut und alles neu hergerichtet wird, nutzt man das natürlich auch für die eine oder andere Neuanschaffung. Bei Herrn Alex in der WG wurde ein neuer Kühlschrank besorgt. Die meisten Einbauküchen haben den ja heutzutage intri… inter… eingebaut, aber die Studenten müssen ja doch ein bisschen aufs Geld gucken und stoppeln sich alles zusammen.

Ach, aber wenn ich bedenke, wie wir damals angefangen haben, ist das gar kein Vergleich! Von einem Kühlschrank haben wir *geträumt*. Wir mussten beim Einkaufen noch darauf achten, dass Angebrochenes auch ohne Kühlung haltbar war – und als wir dann später einen Kühlschrank hatten, musste man erst lernen, dass der hygienisch rein gehalten werden muss. Das Problem haben manche Leute ja bis heute. Unter uns gesagt: Ich habe nach wie vor die Vermutung, dass es Frau Berber war, die herausgefunden hat, dass man Schimmelkäse essen kann. So, wie ihr Kühlschrank aussieht …

Na, wie dem auch sei, jedenfalls hatte Herr Alex von einem Mitstudenten einen gebrauchten, aber größeren und sparsameren Kühlschrank übernehmen können für einen Kasten Bier und ein bisschen Hilfe beim Umzug. So ist das bei den jungen Leuten, es geht alles hin und her, einer zieht ein, einer zieht aus, und das Mobiliar wird mitgenommen, dagelassen oder getauscht. Manchmal sogar die Partner, aber bitte, sie sind jung und sollen sich austoben. Das neue Gerät – ich spreche vom Kühlschrank! – haben Herr Alex und zwei weitere junge Männer durch das Treppenhaus hochgewuchtet, und das Altgerät wurde runtergetragen. Ich habe noch ein bisschen mit geguckt und hinterhergerufen, dass sie vorsichtig machen und nirgends anstoßen sollen, der Flur ist schließlich eng und winkelig.

Nun sind die jungen Menschen ja heute alle sehr sozial eingestellt und denken auch nachhaltig. «Nachhaltig» ist ihr Lieblingswort, wenn nicht «nachhaltig» draufsteht, kaufen die's nicht. Egal was. Und das nimmt ja absurde Ausmaße an, sag ich Ihnen. In Berlin kann man keine hundert Meter durch Straßen laufen, ohne dass man über Gerümpel stolpert, das mit einem Zettelchen «Zu verschenken» am Wegrand steht. Das sind zuallermeist wirklich nur angeschlagene Tassen, durchgesessene Sofas oder grinteliges Kinderspielzeug, das aus unerfindlichen Gründen tatsächlich stets irgendjemand gebrauchen kann. Nach ein paar Stunden ist das immer weg.

Nun hatte Herr Alex einen Kühlschrank über, der wirklich die besten Tage hinter sich hatte und der sehr laut brummte. Immerhin heizte er zusätzlich die Küche, seit Kurt ihn noch mal neu verkabelt hat im letzten Frühjahr. Allerdings auch im Hochsommer, was die Sache schwierig macht. Jedenfalls stellte Herr Alex den Klotz zu dem anderen Müll an den Straßenrand und pappte ein Schild dran: «Zu verschenken».

Ja, damit war wirklich kein Staat mehr zu machen. Wenn Kurt was verkabelt, sieht das immer aus … nee! Er sagt, es kommt nicht darauf an, dass es schön ist. Wenn es funktioniert und keinem was passiert, dann reicht das. Also, ihm. Ilse dagegen will es auch halbwegs ansehnlich haben und näht im Akkord kleine Vorhänge mit Rüschen, um Kurts Stecker, Bohrungen und Verschraubungen zu verdecken. Da weiß man bei Gläsers genau Bescheid: Überall, wo ein kleines Gardinchen hängt, ist was mit der Bohrmaschine nicht so gelaufen, wie es sollte.

Für den Kühlschrank von Herrn Alex hatte Ilse allerdings keinen Verhüllungsvorhang genäht, und vielleicht stand das Trumm auch deshalb tagelang am Straßenrand, denn niemand wollte es haben. Bald eine Woche lang wartete das Gerät da am Bordstein, und es tat sich nichts, ich wollte Herrn Alex schon mahnen, dass er seinen Kühlschrank nun zum Entsorgungshof bringen müsste, bevor der Günter Habicht das mitkriegte. Aber da kam er mit einem neuen Schild an. Auf dem stand: «Nur 50 Euro!»

Na, und was soll ich Ihnen sagen? Eine Stunde später war der Kühlschrank weg. Geklaut!

Herr Alex grinste, er sagte, er hat genau das so gewollt. Pfiffig und gerissen ist er. Der wird mal ein guter Rechtsanwalt, den werde ich mir auf jeden Fall warmhalten. Man weiß ja nie.

So saßen wir gemütlich beisammen in der Küche der WG. Ich fühlte mich sehr wohl, das soll man gar nicht meinen – auch wenn die natürlich ganz anders eingerichtet waren als ich. Es gab keine Wachstuchdecke auf dem Tisch, keine Korkuntersetzer für die Gläser, und auf der Küchenbank hatten sie nicht mal Sofakissen! Es sind eben junge Leute mit einem anderen Geschmack. Schön war es trotzdem, auch wenn ich auf dem unbequemen Stuhl schon bald meinen Rücken merkte. Wir tauschten Geschichten aus, erzählten und lästerten ein bisschen über die Hausverwaltung und deren schlechte Planung. Zum ersten Mal in all der Hektik kam ein bisschen Weihnachtsstimmung auf. Ich traute mich nicht, «Süßer die Glocken nie klingen» anzustimmen, aber als ich am frühen Abend wieder zu mir runterging, summte ich es leise vor mich hin.

Mein Bad war ein paar Tage vorher schon dran gewesen. Das war aufregend! Sie mussten auch da das Wasser abstellen, weil neue Rohre angelötet wurden, oder was weiß ich, wie das heißt. Das war aber mit Ankündigung, und wir konnten uns alle zwei Eimer Wasser zur Seite stellen. Es ging sogar recht schnell, und alles hat einwandfrei geklappt. Das muss man auch mal erwähnen, das war wirklich gute Arbeit.

Als der Haupthahn wieder aufgedreht worden war, na,

da wollte ich meine neue Dusche natürlich unbedingt gleich ausprobieren. Schick haben sie das alles gemacht, da konnte man nicht meckern. Obwohl die Badestube nicht größer war als vorher, wirkte alles viel geräumiger ohne die olle große Badewanne. Eine schicke Duschkabine ohne Vorhang hatte ich bekommen und ohne Einstiegsstufe. Alles ebenerdig. Aber die Pladderei vom Wasser lief trotzdem nicht raus, weil sie ein bisschen Gefälle eingebaut hatten. Das war alles klug durchdacht und prima gemacht. Mir gefielen auch die neuen sandweißen Fliesen wirklich gut. Doch, die hatte ich richtig ausgesucht. Wer weiß, ob Herr Alex mit seinen schwarzen Kacheln glücklich würde! Auf denen sieht man die Kalkflecken, die im Bad ja nicht ausbleiben, sofort, das ist wie mit Staub auf schwarzen Schrankwänden. Aber das würde er schon merken.

Meine Fliesen waren rutschsicher, das versicherte mir Herr Bogdan ausdrücklich. Deshalb habe ich mir zu Weihnachten auch einen neuen Duschhocker gewünscht. Das ist bequemer, wenn man sich beim Einseifen und Schamponieren auch mal hinsetzen kann, wissen Se. Es war mir schwergefallen, mich von meiner Badewanne zu trennen, aber ich sah schließlich ein, dass so ein Waschzuber gefährlich ist für eine alte, allein lebende Dame. Zuletzt hatte ich immer schon die Wohnungstür offen gelassen und Frau Meiser Bescheid gegeben, damit sie und der Rettungsdienst reinkommen, falls ich verunfalle und um Hilfe brülle. Das ist aber auch keine Lösung. Nee, eine Dusche ist schon praktischer.

Duschen heißt ja nicht, dass man einfach nur Wasser über sich drüber laufen lässt, man muss sich trotzdem ordentlich waschen. Der erste Versuch ging jedoch gründlich in die Hose, denn der Strahl war nicht richtig eingestellt! Es gab bei der Temperatur, obwohl ich nur ganz vorsichtig millimeterweise drehte am Hebel, nur zwei Stufen: Eisstrahl und Lavastrom. Bei der Wasserstärke gab es Nieselregen oder Abkärchern. Da kam ein Strahl, ich sage Ihnen, ich zuckte vor Schreck hoch und fiel fast aus der Dusche. Damit hätten Se Demonstrationen auflösen können! Das konnte so nicht bleiben, so viel war sicher.

Ich habe mir den Bademantel übergezogen, die Haare am Handwaschbecken ausgespült und bin runter zur Baustelle. Die Herren mussten gleich noch mal antreten zur Nacharbeit. So ging das ja nun nicht, bei mir Kotelett mit Rosenkohl essen und dann nicht mal die Dusche richtig einstellen!

Ich bekam schon leise Zweifel, ob das wohl eine gute Idee gewesen war mit der Brause und ob ich nicht doch die Badewanne hätte behalten sollen, aber Herr Bogdan rüstete ein Ventil nach, und dann funktionierte es ganz prima. Er murmelte was von «Lehrling», «Lausekopp» und «vergessen», na, ich will gar nicht wissen, was da genau schiefgegangen war. Ich staunte allerdings doch, dass er das Wort «Lausekopp» kannte. Wahrscheinlich konnte der viel besser Deutsch, als er tat!

Wir hatten jedenfalls ein sehr nettes adventliches Beisammensein in der WG bei den jungen Leuten und feierten den kleinen Meilenstein, dass nun nach und nach die Badestuben fertig wurden. Es blieb jedoch noch viel zu tun!

Zweiter Advent

Langsam machte mich das alles doch ein bisschen nervös. Wissen Se, man hat auch in normalen Zeiten vor Weihnachten genug Wirbel und jeden Tag was auf dem Kalender: Da sind erst mal die Weihnachtsfeiern im Altenverein, im «Haus Abendsonne», bei den Karnickelfreunden von meinem verstorbenen Walter, bei denen ich Ehrenmitglied bin, weil ich mal Geburtshilfe bei einem Preiskarnickel geleistet habe, und die mich deshalb bis heute jedes Jahr einladen, die Adventssonntage mit Ilse und Kurt, unser Wichtel-Fest bei Stefan und Ariane, na und dann noch dies, das und Ananas. Man will ja auch mal über den Weihnachtsmarkt bummeln und einen Eierpunsch trinken!

Das ist zum Glück ohne Eintritt, sonst würde unser Stefan nämlich lange Nase machen. In diesen Freizeitparks, in die die jungen Leute manchmal gehen, muss er immer vollen Eintritt zahlen, obwohl er nirgends mitfährt. Ihm wird schon schlecht, wenn er bei Kurt im Koyota sitzt. Wobei, das ist ein schlechtes Beispiel, das geht vielen Leuten so. Das liegt nicht an Stefans Mimosenhaftigkeit, sondern an Kurts Fahrweise. Sagen wir besser: Ihm düselt es schon im Kinderkarussell. Es gibt Ermäßigung für Kinder, für Studenten, manchmal sogar für Senioren, aber nicht für Leute, die nur auf die Rucksäcke aufpassen und gar nicht in so eine Schleuder einsteigen. Da ist er immer der Gelackmeierte und guckt miesepetrig, wenn Ariane ihn zum Mitgehen zwingt. Aber auf dem Weihnachtsmarkt muss er keinen Eintritt bezahlen. Es gibt nur eine Handvoll Fahrgeschäfte, und die kassieren einzeln ab. Und eigentlich geht es ja ohnehin um den leckeren Eierpunsch, den schleckert Stefan genauso gern wie ich.

In der Vorweihnachtszeit ist wahrlich immer was los. Natürlich muss vor den Feiertagen auch die Wohnung sauber gemacht werden, und zwar gründlich! Die Gans muss vom Bauern abgeholt werden und der Baum vom Fichten-Schorsch. Ich gehe auch meist noch bei den Fachärzten vorbei, die keine Plätzchen kriegen, und gebe bei den Schwestern wenigstens ein Päckchen Kaffee ab, damit sie mich in guter Erinnerung haben, wenn ich mal einen Termin brauche. Na, und dann sind die Einkäufe zu machen, der Pökelbraten muss am 13. Dezember schon ins Salz, der Kuchen muss gebacken und das Gästezimmer hergerichtet werden, das Silber geputzt, der Teppich geklopft und die Gardinen gewaschen. Obendrein stehen auch noch Friseur und Fußpflege an. Da muss man so aufpassen und alles gleich in den Kalender schreiben!

Mir ist es tatsächlich schon passiert, dass ich versehentlich beides auf den gleichen Tag gelegt hatte – kriegen Se das mal geändert! Noch dazu, wo Ursula großes Programm mit Dauerwelle und Schneiden machen wollte, das braucht seine drei Stunden! Dann noch zum Zehenschneiden – nee, das ist mir nichts. Auch wenn ich mit dem Halb-Einser-Bus gleich durchfahren kann, ist das zu knapp. Wenn da was durcheinanderkommt und man sich verspätet, Himmel die Berge! Man wird ja seinen Lebtag nicht mehr froh.

Und dann gibt es neben den großen Vorbereitungen immer auch kleine Dinge, die man schnell mal vergessen kann. Man muss zum Beispiel im Auge behalten, ob die blaue Tonne auch pünktlich geleert wird. Nicht auszudenken, dass zwischen den Jahren, wenn alle ihre Papierberge wegschmeißen wollen – es bügelt ja heute kaum einer mehr sein Geschenkpapier auf! –, dass dann die blaue Tonne voll ist. Das sind so Kleinigkeiten, aber sie sind wichtig.

An einem Abend im Dezember nehme ich mir auch immer den neuen Küchenkalender vor und trage ein, was schon an Terminen für das neue Jahr feststeht. Auch die Geburtstage, jedenfalls die bis zum Neunzigsten. Darüber hinaus schreibe ich mit Bleistift, man weiß nie. Meine Gedanken sind da die gleichen wie beim Pulloverstricken. Keiner wünscht sich so was, aber man muss praktisch denken.

Nee, so hat man sein Tun, und so manchen Abend muss ich die Füße hochlegen auf den kleinen Beistellhocker vorm Fernsehsessel. Wissen Se, selber hält man sich ja gar nicht für so alt. Es zwickt mal hier, und es zwickt mal da, aber die Natur hat es so eingerichtet, dass man sich zusammenreißt und trotzdem aufsteht und sein Zeug macht. Außer bei Lotte Lautenschläger, da hat die Natur geschludert. Lotte geht nur bei 22 Grad raus. Darunter ist es zu kalt für ihren Rücken und darüber nicht gut für den Kreislauf. Da haben wir nicht viel gemeinsam, das kann ich Ihnen versichern.

Ich staune ja sowieso immer wieder, dass ich im selben Jahr geboren wurde wie viele alte Menschen. Und erst, wenn ich die Todesanzeigen lese! Da geht mir ein Schauer über den Rücken, wenn mir gewahr wird, dass es wieder so ein jungsches Ding von gerade mal 80 Lenzen erwischt hat. Wenn ich mir dann bewusst mache, dass ich ja zwei Jahre älter bin, klappe ich die Zeitung wieder zu und denke an was anderes. Gelebt wird jetzt, und zwar ausgiebig.

Ich wollte ein schönes Weihnachtsfest in einem fertig renovierten Haus, blitzblank sauber und mit Strom, Wasser und funktionierender Heizung, und zwar mit Gänsebraten, Buttercremetorten und allem, was dazugehört. Am Weihnachtsfest wird man doch seinem Leibe keine Stiefmutter sein!

Herrn Bogdan war ich schon lange nicht mehr böse wegen der Geschichte mit dem Duschstrahl. Ich versuchte, mich mit ihm gut zu stellen. Der war ja auch nur ausführende Kraft, und es hat gar keinen Sinn, sich über Unzulänglichkeiten in der Planung der Baustelle bei den kleinen Hansels … also, bei den Bauarbeitern auszulassen. Warum soll ich meinen Unmut an kleinen Leuten abladen? Das habe ich noch nie verstanden. Auch nicht, wenn manche Leute sich lautstark und in rüdem Ton mit dem Paketboten auseinandersetzen. Wir wissen alle, dass es bei der Post im Argen liegt, aber da muss man doch oben ansetzen, bei denen, die das Kommando führen, und nicht bei den armen kleinen Würstchen, die hier die Treppe im Laufschritt hoch- und runtertigern.

Nee, Herrn Bogdan hielt ich mir gefügig. Ab und an, wenn die Anzahl der Bauleute übersichtlich war, bot ich auch mal eine Tasse Kaffee an, und für den Tag, wo sie mir die Wohnstube fertig gemalert übergeben, stellte ich in Aussicht, dass ich mal wieder für sie kochen würde. Gänsekeule mit Klößen und Rotkohl. Na, da hätten Se mal sehen sollen, wie die Augen schon vor Vorfreude leuchteten! Fast wie bei Agneta und Lisbeth, die alle paar Tage mit Ariane vorbeikamen, um ihre Türchen am Weihnachtskalender bei mir aufzumachen. Daran hat sich seit meiner Kindheit bis heute nichts geändert, die Geheimnisse, die sich hinter den Adventskalendertürchen verbergen, haben einen ganz besonderen Zauber. Die Mädchen strahlten jedes Mal vor Freude, wenn sie bei mir waren und manchmal sogar drei oder vier Tage rückwirkend Türchen aufmachen durften. Ich stellte uns dann immer den Plattenspieler mit Weihnachtsmusik an, und wir sangen zusammen «O du fröhliche» oder «Lasst uns froh und munter sein».

Froh und munter ging auch die Renovierung bei uns voran. Jeder Nachbar war mal betroffen, und wir tauschten uns im Treppenhaus oder beim sonntäglichen Treffen zu Kaffee und Plätzchen aus. «Gemeinsames Leid verbindet», sagt man ja so schön, und da ist was dran. Die ganze Hausgemeinschaft rückte ein bisschen enger zusammen in unserem Tohuwabohu.

Als bei Frau Meiser die Fenster und das Bad dran waren, bekam sie erst am Abend vorher Bescheid, denken Se sich das mal! Ich hatte ja schon erzählt, wie das mit dem Zement gehandhabt wurde, und glauben Se nicht, dass es mit den Fliesen besser war. Die waren nicht in der Lage, sagen wir mal, eine Woche im Voraus zu sagen, wann sie mit dem Stemmeisen in wessen Wohnung einfallen und den alten Kacheln zu Leibe rücken wollten. Am Abend vorher erst wurde das per Zuruf angekündigt, das ist doch eine Zumutung!

Frau Meiser konnte sich nun so knapp natürlich nicht loseisen in ihrer Firma und wollte deshalb ein großes Theater bei der Hausverwaltung machen. Selbstredend hing sie wie üblich in der Warteschlange und hörte Klimpermusik. Die haben die extra komponieren lassen, damit sie die Leute beruhigt, aber ich sage Ihnen, wenn ich das Panflöten-Gedudel schon höre, kriege ich ein Puckern in der Halsschlagader. Es würde mich nicht wundern, wenn die irgendwann eine Klage kriegen, weil jemand vor Wut einen Herzanfall hatte von dieser Melodie.

Zum Glück, muss man in diesem Fall sagen, erreichte Frau Meiser niemanden, der zuständig oder willig war, ihr zuzuhören. Jede Terminverschiebung hätte die ganze Schose ja nur noch weiter nach hinten torpediert, und ich sah uns schon den Weihnachtsbaum auf dem Schuttberg schmücken. Sie kam dann von selber auf die Idee, mir ihren Wohnungsschlüssel anzuvertrauen und mich zu bitten, einen Blick auf die Handwerker zu haben.

Das war sehr vernünftig, schließlich können einem schlimme Sachen passieren, wenn man fremde Leute ohne Aufsicht in die Wohnung lässt. Ich denke da nur an den Herrn Mario, den Händiverkäufer, der auf dem Marktplatz gleich neben dem Blumenladen sein Geschäft hat. Das ist ein Filou, kann ich Ihnen sagen! Er machte jahrelang unserer Blumenverkäuferin, der kleinen Bachmann, den Hof, aber die hat ihm ganz unmissverständlich klargemacht, dass er sich keine Hoffnungen machen soll. Der Händi-Mario ist eine recht unstete Person, wissen

Se, ständig abgebrannt wie Lummerland und ein bisschen windig, und ich will niemandem etwas unterstellen, aber ob bei dem wohl jedes Geschäft durch die Bücher geht … na, mich geht es ja nichts an. Nur denkt man sich eben seinen Teil und kriegt das eine oder andere mit, nich wahr? Dafür muss man gar nicht neugierig sein, manche Dinge springen einem ins Auge, wenn man mit wachem Verstand durch die Welt geht. Schon, wie der seine Freunde begrüßt, ist verdächtig. Immer so mit Umarmen und Faust abklatschen. Wie die Türsteher das im Fernsehkrimi machen im Rotlichtmilleu! Wieso die sich nicht einfach vernünftig die Hand geben können …

Na ja. Jedenfalls hat der Händi-Mario seine Wohnung untervermietet an Touristen. Er selbst war mit seiner Trost-Eroberung, die er sich nur angeschafft hat, weil er unser Blumenfräulein nicht kriegen konnte, im Urlaub. Drei Wochen waren se weg im Süden, und er schickte jeden Tag Bilder mit blauem Himmel, weißem Sand und der Ausweichfreundin im Bikini an den Wattzäpp von allen möglichen Leuten in Spandau, die er auch nur lose kannte, damit auch wirklich jeder sieht, wie glücklich er ist und dass ihm das Blumenfräulein ganz fürchterlich egal ist. Mir zeigte Frau Habicht ein paar Bilder auf ihrem Händi, sie war ganz verwirrt und wusste nicht, warum er ihr das geschickt hatte. Ich wusste es auch nicht, aber man guckt sich das an, wenn man es gezeigt kriegt. Man ist schließlich interessiert.

Das Wasser im Badebassin sah so künstlich blau aus, als hätten sie Toilettenreiniger eingelassen. Da wäre ich nicht reingegangen. Das juckt doch auf der Haut! Und die eroberte Dame sah auch nicht glücklich aus und lächelte bemüht, als würde sie schon bereuen, dass sie sich auf diese Urlaubsreise eingelassen hat.

Na, wie dem auch sei, von seinen Badeferien wollte ich gar nicht berichten, sondern von dem, was drum herum passiert ist. Der Händi-Mario ist, wie gesagt, ein ganz Ausgefuchster, der immer ganz vorne mit dabei ist, wenn man eine Mark nebenher verdienen kann. Deshalb hat er in den drei Wochen, in denen er und das Blondchen weg waren, seine Wohnung untervermietet. Das machen so einige in Berlin. Mir wäre das ja nichts, wildfremde Menschen in meinen vier Wänden zu haben, noch dazu, wenn ich nicht zu Hause bin. Aber die Jüngeren haben da offenbar kein Problem, wenn andere Leute in ihren Betten schlafen, vielleicht noch die Fotoalben durchgucken, ihr bestes Glas für die Zahnprothese benutzen und am Ende nicht mal richtig spülen auf der Toilette. Nee, ich will mir das gar nicht vorstellen. Aber bitte, sollen se machen. Hotels kosten in Berlin ja ein Heidengeld, deshalb sind die Besucher aus aller Welt dankbar, wenn sie was sparen können, und nehmen ein Zimmer oder eine ganze Wohnung für ein paar Tage, durchgelegene Matratzen und unaufgeräumte Vorratsschränke inklusive. Dafür zahlen die das Dreifache der Monatsmiete für eine einzige Woche und haben immer noch gespart im Vergleich dazu, wenn sie in eine richtige Herberge gegangen wären. Das heißt «Barbie und Bier».

Nee, warten Se, ich gucke nach für Sie …

Moment …

Wissen Se, mit den englischen Begriffen ist das fürchterlich! Moderne Zeiten hin und her, es soll so sein, meinetwegen, aber als alter Mensch, der auf der Volksschule eben nur Rechnen, Lesen und Handarbeiten gelernt hat …

«Airbnb» heißt es. So. Versuchen Se's gar nicht erst richtig auszusprechen.

Jedenfalls hat sich der Logiergast recht wohl gefühlt in der Wohnung vom Händi-Mario. So wohl, dass er die Namensschilder von Briefkasten und Klingel geschraubt und die Schlösser ausgetauscht hat. Als unser sonnengebräunter und gut erholter Telefonverkäufer mit seiner Begleitung wieder aus dem Urlaub zurückkehrte und mit den Koffern vor der Tür stand, kam er nicht mehr in die eigenen vier Wände. Na, da war was los! Natürlich hat er gleich die Polizei angerufen, aber machen Se das mal in Berlin. Erst sagen die einem, dass man wegen Kleinigkeiten nicht die 1–1–0 belästigen soll, dann schellt man auf dem Revier an und erfährt nach einer gefühlten Ewigkeit, dass die Dienststelle im anderen Bezirk zuständig ist, und wenn man dort endlich einen Beamten an der Strippe hat, sagt der, man hätte doch die 1–1–0 wählen sollen. Habe ich alles so erlebt, neulich, als ich gemeldet habe, dass mir die Friedhofsharke hinterm Grabstein weggeklaut wurde! Keiner ist zuständig, und wenn nicht mindestens zwei Leichen und vier Liter Blut am Tatort liegen, kommt auch keiner raus.

Wahrscheinlich hat es sich beim Händi-Mario ähnlich abgespielt, aber der hat es am Ende doch geschafft, dass sie kamen. Zwar erst nach zwei Stunden, aber immerhin. Ganz hungrig war er inzwischen und froh, dass er wenigstens die Stullen aus dem Flugzeug mitgenommen hatte und sich die jetzt zwischen die Zähne schieben konnte. Ich packe auch immer alles ein, was es irgendwo kostenlos gibt – man weiß nie, wann schlechte Zeiten kommen oder man unterzuckert, hat Oma Strelemann schon immer gesagt.

Als die Polizisten dann endlich kamen, erklärten sie dem

geschockten Mario, dass sie da gar nichts machen könnten. Es bräuchte einen Räumungstitel vom Gericht. Sie hätten auch ihre Vorschriften und könnten nicht einfach Leute aus Wohnungen raus verhaften, nur weil ein Mann mit viel Gel im Haar und zwei Koffern vor der Tür steht und das verlangt. Da verschluckte sich der Mario vor Schreck an seiner Stulle, sage ich Ihnen!

Jaja, das Mietrecht ist eine feine Sache, aber es schützt eben nicht nur den Opa, der nach vierzig Jahren wegen angeblichen Eigenbedarfs auf die Straße gesetzt werden soll, sondern auch solche Halunken, die unseren armen Mario aus der eigenen Behausung aussperren.

Nachdem der erste Schock überwunden und seine Urlaubsfreundin verschwunden war – ja, die war ganz schnell weg, das können Se sich ja denken –, berappelte sich der Mario und konsultierte, während die Polizei noch auf dem Bürgersteig herumstand, sogleich seinen Rechtsanwalt. Na, was soll ich Ihnen sagen? Der klärte ihn auf: Er brauchte tatsächlich einen Räumungstitel. Der Mario sprach in sein Telefon, dass der Herr Rechtsanwalt diesen Wisch zügig besorgen solle und dass er mit den Polizisten vor der Wohnung warten würde.

Der Herr Advokat wollte es ihm schonend beibringen, aber an der Tatsache, dass so was bei der Überlastung der Gerichte mindestens drei Monate dauert, änderte das auch nichts. Da biss die Maus keinen Faden ab. Diese Wahrheit musste er ihm offen und direkt eröffnen und schob gleich noch hinterher, dass man im Anschluss einen Gerichtsvollzieher für die Räumung bräuchte, bei dem die Wartezeiten im ähnlichen Bereich lagen. Noch dazu kam, dass er für die Verklagerei Dokumente brauchte, zum Beispiel seinen Mietvertrag, die natürlich in der verschlossenen Wohnung lagen und an die er nicht drankam.

Herr Alex nickte amüsiert, als ich ihm die ganze Schose berichtete. Er kannte solche Fälle und winkte nur ab. Er sagte, es wäre alles noch perfider und voller Tücken: Selbst wenn es irgendwann dieses Räumungsurteil gäbe, könne es sein, dass der entsprechende Schrieb nicht zugestellt werden kann, weil am Briefkasten natürlich kein Name steht. Und gemeldet ist der Schlawiner auch nirgends.

Na, das gab einen ordentlichen Schreck für den Händi-Mario! Der ist erst mal in seinen Laden gefahren und hat dort auf der Couch im Büro geschlafen. Am nächsten Tag hat er dann seine breitkreuzigen, zwielichtigen Freunde zu Hilfe geholt. Die haben kurzen Prozess gemacht, das neue Schloss aufgebrochen und den Engländer hopplahopp vor die Tür gesetzt. Er kam noch mal mit einem blauen Auge davon. Also, genau genommen beide. Der Engländer im wahrsten Sinne des Wortes und der Mario sinnbildlich.

Die Rechnung vom Rechtsverdreher, der ihm für die telefonische Beratung dreihundert Euro abnahm, und die Kosten für neue Schlösser blieben an ihm hängen. Von der Reisebegleitung sah er auch nie wieder was. Es kam noch eine gepfefferte Rechnung vom Hotel, wo die Blonde alle möglichen Massagen und Schönheitsbehandlungen hatte machen lassen, aber das war dann auch schon fast egal. Der Händi-Mario wuselte schon bald wieder um unser Blumenfräulein rum – und er vermietete nie wieder an «Barbie und Bier».

Diese Geschichte kannte die Frau Meiser, und da Herr Alex beipflichtend genickt hatte, als ich sie vor unbeaufsichtigten Halunken aller Art in privaten Wohnungen warnte, war sie hinreichend verängstigt, am Vorabend der Bauarbeiten bei mir zu klingeln und mir ihren Schlüssel anzuvertrauen, damit ich ein Auge auf die Bauarbeiter hatte. Ich machte das natürlich gern. Man muss doch zusammenhalten und sich helfen, wo man kann!

«DAS hier ist der für unten, für die Haustür», fing die Meisersche an, mir ihren Schlüsselbund zu erklären, aber sie stockte, weil sie wohl selbst merkte, dass das ziemlich dämlich war. Als ob ich unseren Haustürschlüssel nicht kannte!

«Das wissen Sie ja, ach, Frau Bergmann, ich bin ganz durcheinander, weil ich so aufgebracht bin. So eine Frechheit! So kurzfristig! Dass die das nicht früher sagen können!»

«Wir kriegen das schon hin. Ich bin doch da! Geben Sie mal her, den Schlüssel. DER hier ist es, vermute ich.»

Ich griff den Schlüssel, der genauso aussah wie mein Wohnungsschlüssel. Wenn ich mir dieses Gewunder noch lange hätte anhören müssen, wären mir noch die Bratkartoffeln angebrannt.

Sie nickte und sah ihrem Schlüssel hinterher, den ich in meiner Schürzentasche verschwinden ließ. Ich musste mich ein bisschen zusammennehmen, dass ich meine Freude nicht zu sehr zeigte. Es war ja doch ein Vertrauensbeweis, einer, den sie mir über etliche Jahre schuldig geblieben war. Da war ich schon stolz.

Nur ruhig Blut, Renate, dachte ich bei mir, nicht dass die noch merkte, wie ich innerlich jubilierte. Einmal allein in die Meiserwohnung! Was man da alles … Mir kam sofort in den Sinn, dass ich die Küchenschubladen ausscheuern könnte, wenn ich schon mal … aber davon sagte ich lieber nichts. Das würde sie nur misstrauisch machen und vielleicht doch noch verschrecken. Nicht dass die mir das als Neugier auslegte und dachte, ich wollte in ihre Schränke gucken! Darum ging es mir gar nicht, das muss ich Ihnen nicht erklären. Ich wollte nur ein wenig reinemachen in der Vorweihnachtszeit. Das tat mit Sicherheit Not. Und es würde ja auch eine schöne Überraschung für sie, dachte ich bei mir, wenn sie dann die Schublade aufzieht und da alles blitzt und mit neuem Schrankpapier ausgelegt ist.

Ich schnappte mir also den Schlüssel, versicherte ihr, dass das alles problemlos ablaufen würde, und komplimentierte sie aus dem Flur. «Ich mache das schon, Frau Meiser. Ich nehme mir mein Kreuzworträtselheft mit hoch und bleibe am Küchentisch sitzen, damit jemand in der Wohnung ist. Sie können sich auf mich verlassen. Wir müssen doch zusammenhalten!»

Das mit dem Rätselheft sage ich immer, wenn ich die Leute davon überzeugen will, dass ich eine harmlose Omi bin, die kein Wässerchen trüben kann. Strickzeug wirkt auch, aber Rätselheft ist noch besser.

Ich habe vor Aufregung fast nicht einschlafen können an dem Abend. Am nächsten Morgen bin ich dann zu ihr. Mein Putzeimerchen ließ ich erst mal in meiner Wohnung stehen, ich nahm nur das Rätselheft mit, wir wechselten ein paar Sätze, ich nahm am Küchentisch Platz, wo sie extra Kaffee gebrüht hatte. Den rührte ich jedoch nicht an, denn ich darf nur eine Tasse morgens, wegen Blutdruck. Aber der Gedanke zählt, und es war nett gemeint. Dann wartete ich ab, bis die Meisern aus dem Haus war. Um acht machte sie sich auf den Weg ins Büro, wo sie «die gute Seele» ist, wie sie von sich selbst immer sagt. Sonst habe ich das noch niemanden über sie sagen hören, aber wer bin ich, dass ich das in Zweifel ziehe.

Kaum sah ich sie durchs Fenster um die Ecke biegen, schaute ich mich in der Küche genauer um. Frau Meiser hat allerlei modernes Zeug rumstehen. Bei ihr sieht es ganz anders aus als bei mir. Sie hatte sogar einen Apothekerschrank in der Küche, denken Se sich das mal! So ein Blödsinn, die nimmt doch gar keine Tabletten. Und wenn, dann muss sich das doch in Maßen halten in ihrem Alter. Was schluckt man denn da? Die Pille – das will ich ja wohl hoffen. Und dann vielleicht mal eine Kopfschmerztablette. Da braucht man doch keinen Apothekerschrank! Wenn Ilse und Kurt sich so was einbauen lassen würden, ja, da würde sich das lohnen, und ich könnte es verstehen.

Aber gut, die Meiser hat ja auch einen Herd, der ist genauso überflüssig. Und denken Se sich nur, im Geschirrwascher lag sogar noch die Bedienungsanleitung in Folie, und das seit acht Jahren! Die hatte den noch nie angestellt, die isst immer Fertigkost aus Pappe oder Pamps aus dem Therminator, und der muss mit der Hand abgewaschen werden.

Nee, an der Frau ist eine gute Küche wirklich verschwendet. Wenn auf den Fertiggerichten «gelingt immer» draufsteht, haben die nicht mit Frau Meiser gerechnet. Einmal, als sie versucht hat zu kochen, roch es im Hausflur tagelang nach verschmorten Autoreifen. Danach hat sie's wieder bleibengelassen.

Im Apothekerschrank hatte sie auch gar keine Medikamente, sondern Backmischungen, Mehl und Zucker stehen. So ein Quatsch. Allerdings kam ich gar nicht groß dazu, zu räumen und zu wischen, weil nur ein paar Minuten später die Handwerker klingelten. Ich ließ sie rein, und sie machten sich auch gleich ans Werk. Zuerst stemmten sie die alten Fenster raus und setzten neue ein, das ging im Grunde ruck, zuck. Sie sprühten alles mit Schaum aus, ach, das war lustig! Das ist so ein Zeug aus der Dose, das immer mehr wird. Fast wie Sprühsahne, nur dass es ganz furchtbar klebt und dann hart wie Beton wird. Ich kam gar nicht zum Kreuzworträtseln, denn ich wurde von Herrn Bogdan gebeten, kurz mal festzuhalten. Da können Se mal sehen, wie schlimm es um den Fachkräftemangel steht, wenn der eine Oma wie mich bitten muss, einen Fensterflügel zu halten!

«Nicht wackeln, sonst wird alles schief!», mahnte er mich und entschwand runter zu seinem Bauwagen, aus dem er ein Werkzeug holen wollte.

Da stand ich nun da mit dem Fensterflügel in der Hand und wartete. Es gingen bestimmt zehn Minuten ins Land, und mir wurden schon die Arme lahm. Saß der unten auf dem Dixi und las seinen Kollegen die Fußballtabelle vor? Ich lauschte. Sehr komisches Gebrumme war zu hören. Ein bisschen jammernd, fast so, als würde jemand wimmern, weil ihm was auf den Fuß gefallen war.

Der Fensterflügel musste auch halten, ohne dass ich ihn umklammerte. Sicherheitshalber schob ich einen Stuhl drunter, schüttelte mir den Arm aus und ging auf den Balkon.

Ich konnte nicht glauben, was ich von dort sah und hörte: Frau Schlode, die mit Herrn Bogdan eine Tonleiter übte! Also wirklich. Die Frau kannte keine Grenzen. Was hatte ich mich in der getäuscht!

Ich war tatsächlich der Meinung gewesen, dass mit ihrem Wechsel vom Kindergarten in den Schuldienst auch ein gewisser Sprung in der Reife ihres Benehmens einhergegangen wäre. Im Lehrerkollegium war sie wirklich umgänglich. Aber schon im Sommer, als sie der kleinen Johanna von Schniephases eingeredet hat, sie hätte Talent und müsse unbedingt Geige lernen, ärgerte ich mich wieder über sie: Man kann dem Kind doch keine Geige in die Hand geben, bevor es weiß, wie es die zu bedienen hat! Es ist sehr schmerzhaft für die Ohren, was die Johanna da an Tönen produziert, selbst drei Häuser weiter. Bestimmt wird es bald besser, wenn sie nur fleißig übt. Sie soll demnächst Unterricht kriegen in den Ferien, da fährt sie für drei Wochen aufs Land. Die Nachbarn haben dafür zusammengelegt, und ich habe auch was beigegeben.

Nun war die Schlode schon wieder dabei, einen wildfremden Bauarbeiter für ihren Chor zu missionieren. Das muss man sich mal vorstellen, nee, also wirklich. Nicht nur, dass das an sich schon zeigte, dass die nicht ganz rund lief, nein, sie hielt auch meinen Maurer davon ab, hier seine Arbeit zu tun.

Ich räusperte mich so laut, dass sie es bis unten hören musste. Als sie mich auf dem Balkon stehen sah, erschrak sie heftig. Ich musste kein Wort sagen, noch nicht mal die Hand zum Scheibenwischer ansetzen. Es reichte, dass ich die Hände in die Hüfte stemmte und böse guckte. Sie stoppte abrupt ihre Dirigierbewegung und guckte mich an wie damals das Reh, das Kurt mit dem Koyota … aber das gehört hier nicht her, das wollte ich nie erzählen. Er hat ja zum Glück das Taschenmesser immer am Mann, und ich habe ein 1-a-Rezept für gebeizten Rehrücken. Ach, das war ein Schmaus!

Die Schlode stand wie zur Salzsäule erstarrt da. Ich holte tief Luft, um sie ordentlich zusammenzustauchen.

«Frau Bohlen ... äh ... Schlode! Wir sind hier nicht bei *Schlode sucht den Superstar*, sondern auf einer Baustelle! Wir haben das Wasser abgestellt, es liegt Bauschutt in meinem Flur, und Weihnachten steht quasi schon klopfend vor der Tür. Da stellen Sie sich hier auf die Straße und üben mit dem einzigen fähigen Handwerker Tonleitern? Das kann doch nicht Ihr Ernst sein!»

Na, das hatte gesessen. Die hat wohl gemerkt, dass die Gäule mit ihr durchgegangen waren, und beeilte sich, verlegen zu verschwinden.

«Schu-huss!», rief Herr Bogdan ihr nach. Die Schlode ging in Deckung, weil sie wohl dachte, jemand feuert vielleicht aus dem Bauwagen los, auf sein Zeichen hin.

Die waren wir los, jedenfalls für heute!

Herrn Bogdan kam ganz kleinlaut wieder hoch. Er staunte über meine Stuhl-Fenster-Konstruktion. Das hätte er einer alten Dame wohl nicht zugetraut, hier was fertigzukriegen, während er Tonleitern übt.

In all dem Chaos und Dreck läutete auch noch ein Vertreter. Na, der hatte mir gerade noch gefehlt. Ich hatte unvorsichtigerweise gleich auf den Türöffner gedrückt und nicht gefragt, wer da ist. Das war sehr leichtsinnig und falsch von mir, ich weiß. Aber nun war er schon mal im Hausflur, und da gebietet es die Höflichkeit, dass man ihm auch kurz zuhört. Der Herr sagte, er vertreibe Staubsauger. Ich wusste zwar nicht, was die Geräte ihm getan hatten, aber ich wollte nicht fragen und ihn womöglich noch hereinbitten. «Sie kommen wirklich ungelegen, wir haben hier

Bauarbeiten, und gleich kommt auch mein Vormund!», rief ich ihm entgegen. Das ist eine gute Ausrede, die müssen Se sich merken: Wenn man behauptet, man hätte einen Vormund, kriegen Verkäufer kalte Füße und machen auf den Hacken kehrt, weil sie glauben, dass die Unterschrift nichts wert ist. Das wirkt, selbst bei den am besten geschulten Verkäufern, die sogar dem Papst ein Doppelbett verkaufen können.

Wenn einer anruft, der was verkaufen will, habe ich auch einen Trick. Ich nehme kurz die Zähne raus und rufe sehr laut: «Helga, bist du es? Habt ihr Gewitter in Saarbrücken?» Dann legen sie meist schnell wieder auf.

Opa Hecht hat so einen Vormund. Früher hat Kirsten oder manchmal sogar Stefan, der freche Lauser, mir ab und zu gedroht: «Mama – oder Tante Renate –, du kommst ins Heim!» Sogar Prospekte hatte ich schon in der Post, die muss einer der beiden heimlich angefordert haben, denken Se sich diese Unverschämtheit mal! Damit wollten sie mir Angst machen, damit ich keine Dummheiten anstelle. Aber dann habe ich den Spieß umgedreht und denen auch Prospekte schicken lassen, und zwar nur welche von privaten Heimen mit Einzelzimmern und Wahlessen. Solche, die «Residenz» oder «Damenstift» heißen. Na, da war dann ganz schnell Ruhe. Da drohte keiner mehr mit Heim, als die wussten, was das kostet. Die sind ja beide nicht dumm, meine Kirsten nicht und auch der Stefan nicht. Die wissen ganz genau, was ich ungefähr an Rente kriege und wer das, was zu den Heimkosten fehlt, bezahlen müsste im Fall des Falles.

Und seither wird tatsächlich immer mal wieder mit Vormund gedroht. Das ist billiger und soll mir genauso Angst machen wie das Heim. Dabei ist ein Vormund gar nicht schlimm. Das bedeutet nur, dass so eine nervöse Rechtsanwältin alle paar Wochen anruft und zweimal im Jahr vorbeischaut und fragt, wie es einem geht. Bei Opa Hecht ist das jedenfalls so. Er darf kein Auto mehr fahren und muss sich genehmigen lassen, wenn er größere Anschaffungen macht, aber dafür ist er von der Zuzahlung in der Apotheke befreit, und diese Vormunds-Gabi kündigt ihm immer die Zeitungsabos, die er wieder unterschrieben hat. Im Grunde hat er es gar nicht schlecht, denn sie macht ihm auch die Termine bei den Doktors, bestellt das Taxi, das ihn hinbringt und abholt, und bezahlt das alles von seinem Konto. Gut, er darf nicht alleine Urlaub buchen, aber das ist im Prinzip auch kein Problem. Da hat er seine Tricks: Wenn diese Gabi auf Inspektionsbesuch kommt, ist die so abgehetzt, dass sie gar nicht so genau hinguckt, was sie ihm alles unterschreibt. Und selbst *wenn*! Opa Hecht murmelt dann was von Heilbehandlung und Moorpackungen, und schon sitzt er mit seinen Kegelbrüdern im Bus und macht sich auf für fünf Tage ins Schwäbische. Das klappt immer.

Obwohl die Vormunds-Gabi da eigentlich schon skeptisch werden müsste, dachte ich neulich so bei mir, denn welcher Doktor schreibt einem heute noch eine Kur auf? Früher, ja, da schickten einen die Ärzte von sich aus immer mal wieder weg. Das war wie ein zweiter Urlaub! Sicher, man musste sich jeden Tag mit Heilwasser übergießen lassen, das saure Zeug sogar trinken und wurde ein halbes Stündchen in stinkenden Schlamm eingelegt, aber dafür gab es abends Tanz und Geselligkeit. Das waren noch Zeiten! Heute sind sie knauserig mit Kuren, die Krankenkassen halten da die Schatullen ganz streng zu. Nur die Vormunds-Gabi scheint das nicht zu wissen.

Taschengeld bekommt Opa Hecht auch von ihr zugeteilt, das muss sie ihm geben, und er ist pfiffig genug, sich immer mal wieder ein paar Euro nebenher zu besorgen. Er darf nur nicht an die großen Summen ran und das Erbe nicht verschleudern.

Den Staubsaugervertreter jedenfalls hatte ich mit dem Stichwort «Vormund» erfolgreich in die Flucht geschlagen. Ich brauchte wirklich kein neues Gerät, ich bin mit meinem Sauger sehr zufrieden. Ariane hätte vielleicht Interesse gehabt. Die hat so einen Staubsaugroboter, der ständig alleine durch die Stube fährt und den Dreck hin und her schiebt. Da frage ich zwar nach dem Sinn, aber ich sage nichts, sonst höre ich wieder nur Vorträge. Das ist übrigens schon das zweite Modell, der erste ist entlaufen. Da weiß man nie, ob sie nicht wieder Bedarf hat. Ariane hat den Nachfolgeapparat für die entlaufene Maschine übrigens «Clean Elisabeth II.» genannt. In solchen Dingen sind Stefan und sie ja regelrechte Kindsköpfe! Sie haben auch so einen Rasenroboter, der automatisch mäht. Die Mählanie.

Als die Schlode und der Vertreter in die Flucht geschlagen waren, ging es zügig voran mit dem Fensterwechsel bei Frau Meiser. Die Männer hatten ja nun auch schon ein paarmal geübt und eine gewisse Routine bekommen. Ihnen ging die Arbeit zügig von der Hand. Als die Uhr gerade auf zwölf ging, waren sie schon fertig. Eigentlich wäre noch genug Zeit gewesen, gründlich durchzuputzen, wie ich es vorgehabt hatte. Frau Meiser hatte jedoch im Büro keine Ruhe gehabt, sie hatte alles Mögliche geschoben und getauscht und einen halben freien Tag rausgehandelt, sodass sie, kaum dass die Männer weg waren, auch schon wieder in der Tür stand. Ich hätte ihr so gern noch wenigstens die Schubladen ausgewischt, aber die Überraschung klappte leider nicht. Vielleicht ist es aber auch besser so.

Nachdem wir den ersten Advent vorgezogen und spontan so gemütlich bei Herrn Alex oben gefeiert hatten mit Kaffee und Plätzchen, hat Frau Meiser gleich vorgeschlagen, dass wir doch auch den zweiten Advent gemeinsam feiern könnten, diesmal in ihrer Wohnung. Ob das so eine gute Idee war? Sie hatte nun wirklich noch mit Putzen und Aufräumen zu tun.

Aber wie sich so oft im Leben alles irgendwie fügt, ergab sich auch dieses Mal die Lösung ganz von allein. Mein Ilschen hatte mich nämlich für den zweiten Advent ebenfalls zu Kaffee und Kuchen gebeten, und als ich ihr mein Leid klagte, lud sie wie selbstverständlich meine ganzen Hausgenossen mit zu sich ein. Für eine richtige Hausfrau ist das gar kein Problem, wenn sechs oder acht Leute mehr kommen, die kocht und backt ja immer reichlich. Und bei Ilse kann man auch alles mit Appetit essen. Nur nichts, was mit Puderzucker bestreut ist. Dafür nimmt Ilse nämlich eine alte Strumpfhose, und das … nee. Das esse ich nicht.

Selbstverständlich würde ich auch noch zwei Kuchen beisteuern. Schließlich war Frau Berber mit an der Tafel, und – was soll ich drum herum reden? – sie isst am allerliebsten Kuchen. Wenn in ihrer Firma ein Kollege oder eine Kollegin Geburtstag hat, ist sie immer ganz aufgeregt und fährt morgens mit großer Vorfreude und gutem Appetit ins Büro. Wird ein neuer Kollege eingestellt, nimmt sie sich den gleich zu Beginn auf die Seite und erklärt ihm die Betriebsordnung, den Schichtplan und wie das mit dem Urlaub in der Firma so geregelt ist, und dann kriegt die Person das Wichtigste mitgeteilt, nämlich, dass am Geburtstag Kuchen mitzubringen ist. Drei Bleche. Die Sorten sind vorher mit ihr abzustimmen.

Aber Ilse kennt Frau Berber und ist im Bilde – mehr als der ganze Männerchor verputzt auch die Berber nicht, sagt sie, und selbst den kriegt sie satt.

So reizvoll und nett die Aussicht auch war, den zweiten Advent bei Ilse und Kurt zu feiern, so grübelte ich dennoch kurz, ob es wohl eine gute Idee war. Bei Gläsers in der guten Stube ist es nämlich meist kälter als bei uns in den Wohnungen, wenn die Heizung mal wieder ausfällt. Aber ich verwarf den Gedanken. Kurt würde ab Freitag ein bisschen einheizen, dann würde es schon gehen.

Gläsers gute Stube wird in der ganzen Familie nur «die kalte Pracht» genannt. Eiskalt ist es in der Bude, sage ich Ihnen, bitterkalt! Na, wozu soll man die auch heizen? Es ist schließlich die gute Stube. Das sagt ja der Name schon, dass da nur zu besonderen Anlässen reingegangen wird. An hohen Festen wie runden Geburtstagen, zum Hochzeitstag – und jetzt in der Weihnachtszeit, natürlich. Wenn es erforderlich ist, gehe ich Ilse ein paar Tage vorher beim Reinemachen zur Hand. Meist tut das aber nicht Not, wissen Se, die Möbel sind alle mit weißen Tüchern abgedeckt, damit nichts drankommt. Das schont!

Weil es so schön kühl ist, trocknet Ilse in der «kalten Pracht» auch gern die Hausschlachtewurst. Die musste jetzt natürlich umziehen in die Speisekammer, bevor die

Gäste kamen, und man musste auch mal ein paar Stunden durchlüften, damit sich der Rauchgeruch ein bisschen verzieht. Da brauchten die beiden aber keinen Rat von mir. Sie sind gute Gastgeber und wissen ganz genau, was zu tun ist.

Mir wird immer ganz warm ums Herz, wenn ich bei Ilse und Kurt bin, denn Gläsers haben noch genau so einen Ofen in der guten Stube, wie wir ihn zu Hause bei Oma und Opa Strelemann hatten. Mit einer Ofenbank! Der Ofen hat oben ein kleines Gittertürchen, und in der Röhre dahinter machte Ilse uns im Winter oft Bratäpfel als Nachtisch. Das ganze Haus duftet dann danach. Der Geruch der Äpfel mischte sich mit dem von Räucherwurst, frisch gebrühtem Bohnenkaffee und echter Tanne.

Genau so roch es jetzt auch, als meine Nachbarn nach und nach bei Ilse und Kurt eintrafen. Frau Meiser zierte sich zunächst wie die Zick am Strick. «Ich kann doch nicht einfach zu quasi fremden Leuten zum Adventskaffee gehen, Frau Bergmann!», wand sie sich, als ich Gläsers Einladung überbrachte. Aber Frau Berber mit ihrem Appetit auf Ilses berühmte französische Buttercremetorte beendete das ganz schnell: «Natürlich kommen wir. Ich fahre, Doris. Und den Alex nehmen wir auch mit. Sagen Sie Frau Gläser, wir freuen uns!» Und so fuhr die Berber mit quietschenden Reifen, der Meiser auf dem Beifahrersitz und Herrn Alex auf der Rückbank am Sonntag bei Gläsers vor, als der Kaffee noch durch den Filter rann und Ilse die Torte aufschnitt.

Der Tisch war üppig gedeckt, mit Plätzchen und Lebkuchen, Kaffee und Tee. Ach, es war so gemütlich! So riecht Weihnachten. Das sollten se mal als Duftbäumchen herstellen, das schnuppert doch viel schöner als immer nur Ozeanfrische und Lavendelwiesen.

Auch wenn wir erst die zweite Kerze auf dem Adventskranz anzündeten und es bis zum heiligen Fest noch gut zwei Wochen hin war, war mir richtig weihnachtlich zumute, wie wir da so beisammensaßen. Jeder, der ein Gedicht aufsagen oder ein Lied singen konnte, bekam einen Bratapfel, wobei wir eine eiserne Regel hatten: Nach drei Strophen war Schluss! Da Frau Schlode nicht zugegen war, klappte das auch prima.

Wir plauderten, lachten gemeinsam und amüsierten uns über die Bauarbeiter. Kurt erzählte Witze, aber da ebbte die Stimmung ein bisschen ab. Er merkt sich die nämlich immer falsch und erzählt sie so, dass sie nicht lustig sind. Er setzte dreimal an mit «Kommt ein Mann zum Arzt ...» und wusste dann nicht weiter. Als die Bratäpfel gar waren, war es dann schon fast Abend. Es dauert ja seine Zeit, bis die weich sind. Kurt hatte da schon einen kleinen Schwips und versuchte, «Wir wollen unsern alten Kaiser Wilhelm wiederhaben» mit Frau Meiser zu singen, aber Ilse schritt sofort ein. Herr Alex wurde ganz ungemütlich und meinte, es wäre zwar nicht direkt auf dem Index der verbotenen Lieder, aber er fände es doch besser, wenn Frau Gläser weiterhin Einfluss nähme, damit Opa Kurt dieses Lied nicht mehr anstimmt. Ilse schenkte Herrn Alex von ihrem selbst Aufgesetzten nach und ließ ihn reden. Man muss bei Kurt keine Sorge haben, dass er irgendwelche schlimmen Verse singt, er hört immer rasch von allein wieder auf. Der kann sich den Text nämlich genauso schlecht merken wie Witze. Bei Kurt ist schon nach drei Takten Schluss.

Alle bewunderten Gläsers Kachelofen. Ja, so eine Feuerstelle hat heute kaum noch einer. Der gibt eine ganz andere Wärme. Selbst wenn das Thermometer die gleiche Gradzahl zeigt, 22 Grad vom Kachelofen sind wohliger als 22 Grad vom Blechheizkörper, und man kann auch deutlich mehr Wäsche drauflegen zum Nachtrocknen. Viel muss man gar nicht heizen, wissen Se, wenn so viele Leute zusammenkommen und ein bisschen feiern, wird es sowieso schnell warm.

Erst war ich mir unsicher, ob ich der Frau Meiser nicht in die Parade gefahren war, indem ich uns alle zu Ilse und Kurt einladen ließ. Aber es war richtig so, dachte ich jetzt bei mir: Sie plauderte den ganzen Nachmittag über die viele Arbeit, die sie noch hätte, und jammerte, was und wo sie noch überall putzen müsse. Nein, das war schon gut so, dass wir hier saßen. Und Ilse hat doch gern Gäste!

Frau Meiser wohnt ja schon seit Jahren bei mir im Haus. Sie ist im Großen und Ganzen eine grundsolide Zeitgenossin, eine ganz normale Frau mit gewissen Schwächen in Sauberkeit, im Kochen und darin, passende Kleidung zu kaufen. Ich will mich da nicht groß auslassen, wissen Se, heutzutage verbrennt man sich sehr schnell den Mund. Wegen mir soll auch jeder rumlaufen, wie sie oder er will – aber wenn das erlaubt ist, muss es auch gestattet sein, dass andere sich ihren Teil dazu denken. Wenn die Röllchen am Bauch unter der Bluse vorquellen, ist sie eben zu klein, da beißt die Maus keinen Faden ab, «Boddie Positiwitie» hin oder her! Trotzdem würde ich heute niemanden einfach unverschämt «dick» nennen, sondern freundlich «gut dabei» formulieren. Und Dabeisein ist schließlich alles! Ich weiß, ich weiß, heute kombiniert jeder munter Rot auf

Blau, was zu meinen Jugendzeiten noch verpönt war. «Rot und Blau schmückt die Sau», sagte man früher, aber das hat sich wohl wirklich überholt. Ich freue mich auch über frische, leuchtende Farben in der Mode, und es kann wirklich flott aussehen, wenn man eine feuerrote Bluse zum marineblauen Rock anzieht. Beides sollte natürlich in der passenden Größe getragen werden. Da liegt ja viel eher die Fehlerquelle: Die Menschen kaufen sich ihre Sachen oft einfach viel zu klein!

Ich bin ja immer noch der Meinung, und davon rücke ich auch nicht ab, dass Kleidung den Menschen gut zur Geltung bringen und bequem sein soll. Wenn es zu knapp sitzt, fühle ich mich nicht wohl. Wenn ich die Blicke der anderen Menschen sehe und über ihren Köppen die Denkblase mit «In was hat DIE sich denn reingequetscht?» – nee, also dann spürt man doch, dass man eine Nummer größer hätte nehmen sollen.

Aber bitte, soll Frau Meiser rumlaufen, wie sie will. Eine Renate Bergmann ist ein toleranter Mensch und kommt mit fast jedem zurecht, jedenfalls wenn er freundlich grüßt. Und man kommt auch mit mir gut aus, denke ich, auch wenn ich in einem Alter bin, wo ich kein Blatt mehr vor den Mund nehme. Das erwarten die Leute auch gar nicht von mir.

Das ist ja das Gute am gesetzten Alter, dass man die Dinge offen aussprechen darf. Die Mitmenschen halten einen eh für nicht mehr ganz richtig im Kopf und rechnen damit, dass man mit allem Möglichen rausplatzt. Ich weiß noch, neulich, als wir bei Gertrud waren, beim Kaffeetrinken an Pfingsten, und die Enkelin ihren neuen Freund dabeihatte. Ein Flegel, wie er im Buche steht. Ungepflegt und maulfaul, keinerlei Manieren. Er machte keinen Diener beim Vorstellen, obwohl sich die Vanessa noch zu einem angedeuteten Knicks durchgerungen hatte. Jawoll, er hatte sich in ein Hemd gezwängt. Das war allerdings extra für diesen Anlass gekauft worden, wahrscheinlich hatte er vorher noch nie etwas Ordentliches getragen, denn es hing noch das Schildchen mit der Aufschrift «Kracher! 9,95 €» an einer Stippe am Ärmel. Alle, die ganze Kaffeegesellschaft, parlierten höflich um das Thema drumrum und machten Konversation über das Wetter und die Befindlichkeiten, bis Gertrud, als der Kerl zum Rauchen auf dem Balkon war, zwischen zwei Bissen gedecktem Apfelkuchen fragte: «Vanessa, nun erzähl und doch erst mal was von deinem … Begleiter. Wo hast du den denn aufgegabelt? Ein Kerl, der nicht mal ein gebügeltes Hemd im Schrank hat, sondern erst eins kaufen muss, wenn er zur Kaffeetafel geht!» Dabei brachte sie das nicht als Frage vor, sondern als Vorwurf, und die ganze Truppe atmete erleichtert auf ob ihrer Offenheit. So was kann man sich nur erlauben, wenn man eine Oma ist. Das Alter hat auch Vorteile!

So sind wir nun mal, wir alten Damen. Gertrud genauso wie ich. Die Meisern weiß das, und sie grüßt mich trotzdem jeden Morgen höflich. Freundlich isse, da kann man nichts sagen. Freundlich und gefällig. Die würde mir nie eine Bitte abschlagen. Wohl auch, weil sie scharf auf meine Wohnung ist, wenn ich dereinst mal von dem da oben abberufen werde. Die hätte sie gern für ihren Bengel, das weiß ich genau. Sie hat auch so einen Jemie-Dieter, nur heißt ihrer Dschesen-Mäddocks, und im Gegensatz zur Berber ist bei Frau Meiser der Vater bekannt. Der hat immer anstandslos bezahlt für den Jungen. Jedenfalls, bis er die Lehre fertig hatte. Danach musste er ja nicht mehr.

Dafür zahlt der Bengel jetzt selbst. Also, der Jemie-Mäddocks. Jason. Der hat nämlich, als er gerade sechzehn war, seine Klassenlehrerin geschwängert. Na, da war was los! Die Doris Meiser hat über Wochen nur geweint, und ich habe sie so manchen Abend bei mir auf dem Küchensofa sitzen gehabt. Da rede ich aber nicht groß drüber, wissen Se, wer sich bei mir das Herz ausschüttet, der kann darauf vertrauen, dass ich es für mich behalte. Eine Renate Bergmann schweigt und gießt Tröste-Korn nach.

Es kam natürlich, wie es kommen musste, die Lehrerin bekam das Kind und schickte den Jemie-Jeson in die Wüste, was bestimmt für alle Beteiligten das Beste ist. Ein paarmal im Jahr ist sie mit dem Mädelchen bei der Meisern zu Besuch, aber davon kriege ich nicht viel mit, weil sie immer das Fenster zumachen. Pah, eine Gemeinheit! Das steht eigentlich immer auf Kipp, und ich kann vom Balkon aus ganz gut hören, was drinnen geredet wird. Aber ausgerechnet bei Besuch macht die Meiser das Fenster zu. Ich weiß gar nicht, ob das sein darf? Wie schnell kriegt man Schimmel in den Räumen!

Sie hat nur gelacht, als ich geläutet und ihr das gesagt habe. In dem Zuge konnte ich aber wenigstens einen Blick auf die Kleine werfen. Süß, und die Augen hat sie vom Jeson-Dieter. Nun, wo wir neue Fenster haben, werde ich das Thema aber noch mal bei der Hausverwaltung vorbringen. Wenn das mal nicht Gesetz ist, dass die Fenster auf Kipp müssen!

Seit der Bengel nun mit der Lehre fertig ist, hat er auch eine eigene Wohnung ein Stück weiter draußen. Frau Meiser hätte ihn auf längere Sicht wohl gern wieder näher an sich dran. Mir käme das mit Kirsten nie in den Sinn, aber die Menschen sind eben verschieden.

Wie auch immer, jedenfalls scharwenzelt Frau Meiser deshalb immer ein bisschen falschkatzig um mich herum, damit sie im Falle meines Ablebens auch ja die Erste ist, die es mitkriegt. Ich sage Ihnen, die schellt zuerst bei der Hausverwaltung an und reserviert sich die Wohnung und ruft danach erst den Bestatter!

Seit der Junge aus dem Haus ist, hat sie übrigens ein Meerschweinchen. Man kennt das ja: «Das letzte Kind hat Fell.» Der Spruch hat seine Wahrheit. Ich kenne sehr viele Leute, die sich, nachdem die Kinder ihre eigenen Wege gehen, ein Haustier anschaffen, das sie mit Liebe überschütten.

Ich bin ja selber auch nicht anders, ich habe immer ein Katerle. Da habe ich das passende Tier für mich gefunden. Ein Hund dagegen käme mir nicht in die Wohnung, auf gar keinen Fall. Bei Hunden erwarten immer alle, dass man sie erzieht und sie gehorchen – dabei hat das gar keinen Sinn. Wenn ich sehe, wie Frauchen oder Herrchen an der Ampel neben dem Tier stehen, auf es einreden und ihm Rot und Grün erklären wollen, na, da schmunzele ich nur in mich hinein. Ein Tier bleibt ein Tier, und das ist auch gut so. Bei Katzen ist es anders: Die machen, was sie wollen, und niemand erwartet etwas anderes.

Wenn Katerle schmusen will, kommt er von alleine und legt sich bei mir auf den Schoß. Ihn da hinzusetzen, hat keinen Sinn, er guckt nur mürrisch, steht auf, stellt den Schwanz steil und faucht. Dann geht er beleidigt und legt sich auf seinen Lieblingsplatz. Sehr gern liegt er auf der

Küchenbank. Wenn ich da mal dran muss, weil die Zeitung und die Kataloge unter dem Sitz liegen, krallt der sich in das Polster und klammert sich fest. Das hört sich beim Wegtragen immer an wie Klettverschluss beim Ablösen. Da weiß man dann, dass Katerle eigentlich nicht wegwill. Aber es geht nicht immer nur nach dem Willen dieses Lümmels!

Wegen meines fortgeschrittenen Alters will ich aber keine junge Katze mehr. Es wäre nicht gerecht, wenn das Viechlein allein zurückbleibt eines Tages und dann ins Tierheim muss. Deshalb hole ich mir immer einen älteren Kater. Was anderes geben die mir auch gar nicht raus, denn die kennen mich schon: Wenn ich alle paar Monate vorspreche, weil ich wieder einen begraben musste unter den Bäumen im Park in Haselhorst, haben sie immer ein nettes, ruhiges, betagtes Tier für mich da, das dann noch eine schöne Zeit bei mir hat und ein bisschen verwöhnt wird. Deshalb nenne ich sie auch immer «Katerle», wissen Se, das geht ja meist nicht mehr lange, und da gewöhnt man sich nicht gern um. Katerle ist Katerle, und Schwester Sabine ist Schwester Sabine, so kann ich es mir gut merken. Basta.

Das Katerle darf auf der Couch liegen und schlafen, es kriegt regelmäßig seine Mahlzeiten, und ich schimpfe höchstens mal ein bisschen, wenn beim Austreten was danebengeht. Es ist im Grunde nicht anders, als wenn ich einen Mann hätte, nur dass Katerle ab und an auch mal zum Schmusen kommt.

Glauben Se mir, ich bringe meinem Haustier wirklich viel Zuneigung entgegen und lasse fast alles durchgehen, aber es hat auch seine Grenzen. Und da komme ich nun wieder auf Frau Meiser und ihr Meerschweinchen zu sprechen. Die hat noch so viel Liebe und offenbar unausgelebte Hormone in sich, dass sich das zu einer gewissen Übertreibung auswächst.

Als Erstes hat sie sich die Haare passend zu dem Tier schneiden lassen. Also, am Hinterkopf gesträhnt und alles wild nach oben frisiert, eben wie ein Rosettenmeerschweinchen am Po aussieht. Wissen Se, wie ich meine? Aber gut, soll se. Es muss ja nicht jeder Kaltwelle tragen, das wäre auch gar nicht gut, dann würde man noch länger auf einen Termin beim Coiffeur warten. Frau Meiser kauft nur Bio-Gemüse für das Meerschwein und fährt oft in der Mittagspause aus dem Büro nach Hause, um ihm frisches Wasser zu geben, weil das nach vier Stunden gewechselt werden muss. Sie geht auch nicht mehr abends mit der Frau Berber zum Sport, weil die Meersau Angst im Dunkeln hat und nicht gern allein ist, denken Se sich mal den Quatsch!

Gut, in ihre Fitnessturnstube gehen die beiden meistens eh nur die ersten paar Wochen im neuen Jahr, dann lässt das Interesse schnell wieder nach. Und Frau Berber war sowieso böse, weil die Meiser sie in einem Kurs nur für Frauen angemeldet hat. Was das soll, hat sie enttäuscht gefragt, und dass es gar keinen Sinn hätte, mit den Brüsten zu wackeln, wenn keine Männer dabei wären, hat sie als Argument vorgebracht. Frau Berber ist dann in eine gemischte Gruppe gewechselt, als die Meiser wegen des ängstlichen Fellbündels nicht mehr mitging. Und oft war die Berber dann allein auch nicht mehr da. Als ich mich letzthin mit ihr darüber unterhielt, erzählte sie mir von einem «Besuch im Studio», wie sie das nennt, bei dem sie nach dem Umziehen und vor Kursbeginn in der Turnhalle noch eine Stulle gegessen hatte und die anderen Sportler dann mit «Mahlzeit» begrüßte. Da wurde dann wohl sehr komisch geguckt von den anderen, die das mit dem Sport deutlich ernster nahmen, und sie verlor gänzlich das Interesse.

Frau Meiser hat derweil orthopädisch förderliche Fressnäpfe für die quiekende Handvoll angeschafft, damit das Meerschweinchen keinen Haltungsschaden beim Kohlrabischrapen kriegt. Handgetöpfert aus Bio-Ton, für fast 200 Euro. Als ich das Kirsten am Telefon erzählt habe, war sie ganz Feuer und Flamme von der Idee und fluchte, warum sie da noch nicht früher von selbst drauf gekommen ist.

Die Meiser hat für die kleine Ilona – so heißt das Meerschweinchen – eine Krankenversicherung, und deshalb kriegt das Tier auch Physiotherapie, weil es das rechte hintere Beinchen nachzieht. Man kann da nur den Kopf schütteln. Sie will sogar eine Zahnzusatzversicherung für Ilona abschließen, denn letztens hatte die Kleine am Wochenende Zahnschmerzen, und das war nicht von der normalen Police gedeckt. Da hat sie für den Noteinsatz kräftig blechen müssen. Was meinen Se, was da für ein Krach war, als sie im Thermalmixer Möhrchen geraspelt hat, weil das Tier wegen des schmerzenden Zahns nicht selbst mümmeln konnte. Was hab ich mich erschrocken! Bei der Meiser sind sonst nie unter der Woche Geräusche in der Küche, wissen Se, nie! Die kocht ja nicht, nur am Sonnabend Schattney im Thermosmischer. Unter der Woche geht sie nur an den Kühlschrank, um sich Prozecko zu holen. Aber wenn Ilona Zahnweh hat, dann wird Frau Meiser zur Krankenschwester.

Das klingt jetzt vielleicht so, als hätte ich kein Verständnis dafür, dass man sich um sein Tier kümmert. Mitnichten! Ich mag Tiere auch. Wirklich. Ich bin ja auf dem Bauernhof groß geworden, und wir hatten immer Hunde, Katzen, Kaninchen, Hühner, Enten, Gänse … ach, alles, was Se sich denken können. Aber Tierliebe hat auch seine Grenzen. Wissen Se, eine Kuh gibt Milch, ein Schaf gibt Wolle. Eine Gans gibt Federn und wunderbar zarten Braten zu Weihnachten, ein Hund gibt Schutz und eine Katze gibt Liebe. Na ja, manchmal. Aber ein Meerschweinchen? Was macht das denn? Das frisst und kötelt, und es fiept ganz fürchterlich. Das ist dann auch schon alles. Und diese Kötel, die es appetitlich als Kaffeebohnen tarnt, die riechen strenger als Ziegendung, sage ich Ihnen.

Frau Meiser macht mit Ilona am Wochenende immer Mittagsschlaf, da kommt die Kleine bei ihr auf das Dekolleté und fiept und kötelt vor sich hin. Danach muss die Meisersche duschen und sich umziehen, immerhin riecht sie es noch selbst. Wenn das mal nicht mehr so ist – man wird ja auch geruchsblind, wie die in der Fernsehreklame sagen –, dann schreite ich ein, so viel ist sicher. Was die in ihrer Wohnung veranstaltet, ist ihre Sache, aber wenn das bis in den Hausflur riecht, dann mache ich Meldung! Das geht so nicht.

Ilona kriegt zwar jeden Tag Tabletten zur Nahrungsergänzung für glänzendes Fell und einen kräftigen Biss, aber sie hat trotzdem Allergie. Fragen Se mich nicht, warum, auf jeden Fall niest das Meerschwein, wenn ein Hund in der Nähe ist. Und das klingt dann wirklich wie Feueralarm: Ilona quiekt ja eh schon sehr komisch, aber ihr quietschendes Niesen, nee, das ist beängstigend. Wie damals, als Gertrud dem Oswald Lohse einen Knoten in den Schlauch vom Sauerstoff gemacht hat und er so dramatisch nach Luft rang. Ja, das war ungezogen, aber er hatte ihr beim Tanzen den Büstenhalter aufgefriemelt, der olle Schwerenöter! Und er war ja auch schnell wieder bei Sinnen, nachdem Schwester Sabine ihm eine Spritze gegeben hatte. Es war also nicht schlimm. Ilonas fiependes Röcheln hingegen hört erst auf, wenn Frau Meiser den Hund entfernt.

Alle lachten herzlich, als Ilse die Geschichte von Oswald Lohse beim Kaffeetrinken noch mal erzählte. Ich genehmigte mir noch ein Plätzchen und war froh, den zweiten Advent in der guten Stube bei Ilse und Kurt verbringen zu dürfen statt auf der Couch neben dem müffelnden Meerschwein bei Frau Meiser. Es war ein zauberhafter Sonntagnachmittag in der «kalten Pracht», wir alle konnten etwas auftanken – und das hatten wir auch nötig, denn noch wussten wir nicht, was noch alles auf uns zukommen sollte …

Sie wissen ja, ich bin nicht so eine, die erst knapp vor Toresschluss losrennt und Weihnachtsgeschenke besorgt. Bei mir liegt spätestens im Mai alles im Schränkchen, und an lauen Sommerabenden, wenn sie im Fernsehen mal wieder nur Wiederholungen bringen oder Schießfilme mit Mord und Totschlag, packe ich die Präsente hübsch ein. So hat man das ganze Jahr ein bisschen Weihnachtsfreude, wenn man sich die Arbeit einteilt, und ist es unterm Baum oft nicht nur für den Beschenkten, sondern auch für mich eine Überraschung, was im Päckchen ist, hihi!

Aber wenn sich die Umstände ändern, ändern sich ja

manchmal auch die Gewohnheiten. Nach dem wirklich netten Adventskaffee mit Frau Meiser, Frau Berber und Herrn Alex musste ich nun auf den letzten Poeng doch noch mal los und ein angemessenes Geschenk kaufen. Normalerweise kriegt die Hausgemeinschaft immer nur ein Glas Mehrfruchtmarmelade, die ich von Ilse ständig als Mitbringsel bekomme und mit Freude weiterverschenke. Da bin ich froh, wenn das Zeug … es schmeckt prima, verstehen Se mich nicht falsch. Aber Ilse produziert diese Konfitüre in allerlei Varianten und in rauen Mengen. Ich kann auf gar keinen Fall so viel davon essen, wie sie anschleppt! Und die Nachbarn freuen sich doch und essen sie mit Appetit. So eine Kleinigkeit genügt auch üblicherweise, schließlich kommt die Meiserin auch immer nur mit einem Glas selbst gemachtem Schattnie, und von der Berbern kommt gar nichts.

Aber wissen Se: Man muss mit warmen Händen geben, und man muss denen geben, die einem nahestehen. Oft merkt man gar nicht, wie eng einem Menschen doch ans Herz gewachsen sind, weil man sich immer wieder an Kleinigkeiten stört und sich über Fehler und die Unzulänglichkeiten ärgert, die im Grunde gar nicht so wichtig sind. Ob das Meisersche Meerschwein nun müffelt oder nicht und dass Frau Berber den Wattebausch-Test im Treppenhaus nicht besteht, nachdem sie mit Putzen fertig ist, ist nicht schön, aber auch nicht sooo wichtig. Man darf nicht übersehen, dass man es eigentlich mit guten Menschen zu tun hat, die einem wohl gesonnen sind, die für einen einstehen und da sind, wenn man sie braucht. Frau Meiser zum Beispiel lässt mich manchmal «Fernsehfahndung XY» bei sich mitgucken, wenn ich nicht bei Gertrud oder den

Gläsers unterkomme. Alleine ist mir das viel zu gruselig, selbst wenn die Fensterläden zu sind und die Wohnungstüre doppelt abgeschlossen ist. Dann darf ich bei ihr und Ilona mit aufs Sofa, und solche Momente wiegen doch mehr als ein schluderig gewischtes Treppengeländer. Deshalb dachte ich mir: Renate, die drei kriegen dieses Jahr ein etwas größeres Geschenk!

Nun wollte ich es auch nicht übertreiben und am Ende noch was von meinen Sammeltassen weggeben. So weit geht es ja nun auch nicht! Die bleiben in der Familie und sollen dereinst Kirsten und Ariane glücklich machen, wenn ich mal nicht mehr bin. Die Meiser wüsste das schöne Porzellan auch gar nicht zu wertschätzen, und wie die Frau Berber die Tasse mit ihren Pranken umschlingt – da hätte ich ja Angst um den Henkel vom guten Meissen. Herr Alex hingegen würde sich sicher über meine Tassen freuen ... Aber nee, an das Erbgeschirr ging ich nicht ran.

Ich dachte eher an Galanteriewaren. Eine schöne Gesichtscreme oder ein Parfüm vielleicht. So was ist auch für Herren was. Männer pflegen sich ja heute ganz anders als früher, als ich meinen Wilhelm geradezu dazu zwingen musste, auch nur mal die Zehennägel zu schneiden. Frau Meiser achtet sehr auf sich und schmiert und salbt sich mit allen möglichen Mitteln ein, und wenn Herr Alex zum Lernen (zwinker, zwinker!) zu einer Mitstudentin geht, steht hinter ihm immer eine Wolke feinsten Herrenparföngs im Hausflur. Also guckte ich mich um nach etwas Duftendem für den Herrn und vielleicht nach einer Gesichtscreme für die Damen.

Das ist ja auch gar nicht so leicht, wie man denkt. In der Apotheke will ich nicht kaufen. Wenn ich was vom Pillendreher geschenkt kriege, freue ich mich auch nur sparsam. Kauft man in der Drogerie, wirkt das geizig. Es sollte schon was Besseres sein. Die Parfümerie ist aber auch nicht das Richtige für mich, da sind die Verkäuferinnen immer so eingebildet, und man hat Angst, es bröckelt was von der Stuckatur aus dem Gesicht, wenn sie den Mund bewegen. Nein, das ist nicht meine Welt.

Als ich auf der Suche nach neuen Moosbettschuhen im Televerkaufsfernsehen bei einer älteren Dame mit stramm zusammengetackertem Gesicht hängen blieb, die ein edles Töpfchen in die Kamera hielt, dachte ich erst: Nee, Renate, das bestellst du nicht. Dass die Meiser so aussieht, wenn sie die Salbe aufschmiert, will man ja auch nicht. Außerdem war ich ganz verwirrt, denn die hatten extra Tagescreme und extra Nachtcreme. Meine Güte! Als ob die Runzeln wissen, ob es nun hell oder dunkel ist. Meine Tagescreme heißt «Voltaren» und meine Nachtcreme «Kütta»!

Es ist ein lustiges Schauspiel mit diesem Verkaufsfernsehen. Ich gucke das nur wegen meiner Schuhe, wissen Se, ich habe einen Hammerzeh und brauche ein breites Fußbett, und ich muss auch wegen meiner Hüfte auf gute Qualität achten. In Sachen Schuhe werde ich im Fernsehen gut bedient. Schlimm ist es aber, wenn sie Kosmetik anpreisen. Mit diesen Salben und Wässerchen sind meine Erfahrungen gar nicht gut. Ich gebe zu, ich bin schon ab und an schwach geworden und habe dies und jenes bestellt. Nicht, weil ich glaubte, dass ich nach dem Aufschmieren wie eine Prinzessin aussehe oder dass meine Runzeln verschwinden, nee. So einfältig bin ich nun auch nicht. Aber gepflegt will man doch sein!

Die Creme, die ich seinerzeit geordert hatte, sollte der

Haut einen «dezenten Schimmer» verleihen. Wie sich herausstellte, kam der Schimmer von bunten Glitzerpartikelchen, die sich so tief in meine Falten legten, dass ich schillerte wie so ein dicker Brummer, der in der Sommersonne auf der Mülltonne lauert und sich die Vorderfüßchen wetzt. Das war indiskutabel, das ging sofort wieder zurück. Wissen Se, ich habe sowieso immer bis Ostern hin Probleme, das Geglitzer und Geflimmer, das sich von den Weihnachtsbaumkugeln löst, aus dem Teppich zu kriegen. Ich bin bestimmt keine schlechte Hausfrau, die schluderig putzt, aber wenn die Frühlingssonne in die Stube scheint und bei anderen Leuten die Sünden des vernachlässigten Staubwischens zum Vorschein kommen, glitzert bei mir an der einen oder anderen Stelle der Perser. Da muss mir nicht auch noch Glitzer aus dem Gesicht bröseln.

Ich entschied mich, dem Ganzen trotzdem noch mal eine Chance zu geben, und wählte dreimal Parföng. Der Duft, den ich für Frau Meiser bestellte, roch jedoch nich wie Maiglöckchenfelder in der Provence, wie die stramm Geliftete behauptete, sondern wie das Mittel, mit dem Katerle immer entwurmt wird. Zum Glück verflog der Geruch recht zügig, was zwar erleichternd war, aber auch nicht im Sinne des Erfinders. An dem Herrenduft schnupperte ich und schloss dabei die Augen. Ich sah Oma Strelemann vor mir, die hatte so ein ganz scharfes Reinigungsmittel für den Spülstein. Ein bisschen roch ich in der Kopfnote auch das Thunfischfutter raus, das Frau Heckelstein für ihren Pudel kauft. Den dritten Flacon machte ich gar nicht erst auf. Nee, das ging alles zurück. So wollte ich nicht, dass meine Nachbarn duften. Man hat das ja auch im Hausflur hängen, wenn sie zur Arbeit gehen. Da griff ich doch zum

Klassiker Kölnisch Wasser, der ist für Männer und Frauen gleichermaßen geeignet, und ich musste mich in der Parfümerie auch nicht beraten lassen. Der Duft erfrischt und beruhigt und ist doch immer fein und dezent.

Unübertrefflich!

Dritter Advent

Es war ein ausgesprochen kalter Dezember. Oft gab es in den letzten Jahren milde Winter, in denen die Kirschen blühen wollten und man beim Flanieren nach dem Weihnachtsmenü eher ein Osterspaziergangsgefühl hatte, aber dieses Jahr hatte uns der Frost fest im Griff. Das Quecksilber rutschte nachts auf zehn Grad miese runter und stieg auch tagsüber nicht über null. Schnee hatten wir nicht, aber man muss natürlich bei Minusgraden immer damit rechnen, dass Frau Holle die Betten schüttelt. Ich hatte den Schneeschieber parat stehen und ihn gut mit Speck eingerieben. So schiebt es sich leichter! Solche Sachen lernt man natürlich nicht auf der Universität, sondern durch das Leben oder von Renate Bergmann.

Das Schneeschieben bleibt ja sowieso immer an mir hängen – denken Se mal nicht, dass sich hier im Haus jemand den Wecker stellt und morgens um fünf klar Schiff auf dem Gehweg macht. Das muss aber sein, denn wenn sich ein Fußgänger auf die Nase legt und sich was bricht, kommen wir alle in Teufels Küche! Wobei ich es manchmal am liebsten darauf ankommen lassen möchte, in Teufels Küche zu kommen. Wie viele Freunde und Bekannte ich da treffen würde, hihi!

Aber Spaß beiseite, wenn ich schon mit dem Schneeschieber zugange bin, soll mir die Arbeit auch flott und so leicht wie möglich von der Hand gehen. Deshalb greife ich gern zu solchen Tricks.

Nun gingen wir schon auf den dritten Advent zu, und noch immer waren hier Bauschutt, Dreck und Staub im Hausflur. So langsam wurde es Zeit, richtig ranzuklotzen, damit wir vor dem hohen Fest noch fertig wurden. Ja, ich sage «wir» und nicht «die», denn nun mussten wir eben selbst mit anpacken. Es nützte ja nichts, darauf zu vertrauen, dass die anderen das schon machten. Die sitzen in ihren warmen Büros bei 22 Grad und Zentralheizung, denen war es am Ende doch ganz egal, ob eine Renate Bergmann die Fenster in der Wohnstube zu Weihnachten sauber verputzt oder ein Loch in der Wand hat! Und außerdem kennt man das doch: Zum Jahresende müssen sie Inventur machen, dann kriegen se Schnupfen, und ehe man die Hälfte der Türchen am Adventskalender aufgemacht hat, heißt es: «Nee, die ist nicht mehr da, die musste ihren Resturlaub nehmen. Nächstes Jahr wieder.» So etwas durfte auf keinen Fall passieren, mit anpacken war die Devise. Ich ließ auch die Finger vom Telefon, das hätte sowieso nichts gebracht. Warum Zeit vertrödeln in der Warteschleife der Hausverwaltung? Es gab wahrlich genug zu tun.

Auf den letzten Metern wird ja oft am meisten geschafft. Man kennt das von den Olympiaspielen. Da ist es auch schon fast Tradition, dass das Fernsehen ein paar Wochen, bevor das Feuer entzündet wird, eine Reportage von der Baustelle bringt und zeigt, was alles noch nicht fertig ist und wo es überall im Argen liegt. Alle schlagen die Hände über dem Kopf zusammen und sagen: «Das wird doch NIE was!», aber irgendwie klotzen se dann richtig ran, und meist fährt das letzte Handwerkerauto noch hinten aus dem Stadion, während vorne schon die Sportler einmarschieren, und es werden glanzvolle und schöne Wettkämpfe. Schon Opa Strelemann sagte immer: «Die Küken werden im Herbst gezählt», was so viel heißt wie: «Hinten ist die Ente fett.»

Also: Wichtig ist, was hinten rauskommt.

Nicht aus der Ente. So allgemein, im Leben.

Ach, Sie verstehen mich schon.

Ich glaubte fest daran, dass wir Weihnachten gemütlich unter unseren festlich geschmückten Bäumen feiern würden, mit Strom, Heizung und fließend warmem Wasser. Und mit einem aufgeräumten und sauberen Treppenhaus.

Aber Baustellenfreiheit und Reinlichkeit alleine machten noch kein schönes Weihnachtsfest, man will auch schlemmen an den Feiertagen. Ein ganz wichtiges Thema, das viele Menschen unterschätzen, ist die Sache mit dem Einkaufen. Ich meine nicht die Geschenke. Das sollten vernünftige Leute vor dem Advent längst erledigt haben und höchstens noch einzelne Kleinigkeiten besorgen müssen. Nein, ich spreche vom Lebensmitteleinkauf.

Zu den Feiertagen gönnt man sich ja doch ein bisschen was Besseres, wissen Se – Delikatessen und Feinkost, die man sich sonst nicht genehmigt. Wir müssen schließlich fast alle ein bisschen aufs Geld gucken und kaufen das Jahr über bewusst ein. Außer Frau Berber vielleicht, die neulich im Dekorationsgeschäft drei Tannenzapfen für 2,99 €

gekauft hat. Irgendjemand muss diesem Stadtmädchen dringend zeigen, was ein Wald ist, dachte ich da bei mir. Aber sonst gucken doch die meisten, dass sie sparsam leben, ich bin jedenfalls so erzogen und kenne das von klein auf.

Bei uns war oft Schmalhans der Küchenmeister. Hühnersuppe gab es nur bei zwei Gelegenheiten: Entweder war eins von uns Kindern krank, oder das Huhn war krank. Jeden Tag Fleisch kommt bei mir bis heute nicht in die Pfanne. Nee, es reicht auch mal Bratwurst oder eine Kartoffelsuppe oder Grießbrei. Richtiger Sonntagsbraten macht schließlich auch viel Arbeit: Schmorbraten wird bei mir am Sonnabend am späten Nachmittag angesetzt, dann brät er, bis das «Große Schunkelfest der Volksmusik» oder das Ohnsorgtheater vorbei ist, und am Sonntag nach dem Frühstück schneide ich ihn dann in Scheiben und lasse die, mit Brühe aufgegossen, auf ganz kleiner Stufe auf dem Herd simmern. Nur auf EINS. Da passiert nichts, das hält nur warm, und alles wird so weich, dass es auf der Zunge zergeht, das Fleisch genau wie das Gemüse. Da kann man währenddessen ruhig trotzdem zur Kirche gehen.

Das dauert hier auch nie so lange mit der Messe, wir sind ja nur eine kleine Gemeinde, und ich werde danach nur selten aufgehalten. Der Herr Pfarrer weiß genau, dass ich zwar an den da oben glaube, aber nicht an sein Gequatsche, deshalb lässt er mich in Ruhe. Und wenn er mich doch mal in ein Gespräch verwickelt, kann ich mich mit «Herr Pfarrer, sind Se mir nicht böse, aber ich habe was auf dem Herd und muss nach Hause» prima loseisen, und es ist nicht mal geschwindelt. Er ist um die Handvoll Schäfchen, die er hat, nämlich sehr besorgt und umhegt sie.

Ich sage ihm immer offen ins Gesicht, wenn mir was nicht passt. Das erspart den Beichtstuhl.

Wie dem auch sei … was wollte ich? Ach ja. Zu Weihnachten gönnt man sich ja doch mal was Gutes, auch wenn man über das Jahr das Geld beisammenhält. Da bringt man die gute Weihnachtswurst auf den Tisch und den Lachsschinken, es wird ein Likörchen getrunken und mit Sekt angestoßen. Selbst der Bäcker hat ein vorgeblich besonders gutes Weihnachtsbrot im Angebot, was einen Euro mehr kostet. Da muss man aber aufpassen und darf sich nicht hinter die Fichte führen lassen. Das ist wie beim Lidl, wenn die «italienische Woche» haben: Da heißen die Weizenbrötchen plötzlich «Schibatta», und sie verlangen das Doppelte. Holzauge, sei wachsam!

Trotzdem wird mehr, besser und reichlicher eingekauft, da beißt die Maus keinen Faden ab, und das erfordert kluge Planung. Die Weihnachtseinkäufe erledige ich immer zusammen mit Ilse und Kurt. Wir studieren schon Wochen vorher die Angebotsprospekte der Kaufhallen und streichen uns alles an, was wir einholen wollen. Ilse und ich telefonieren da fast jeden Abend und geben uns Tipps, wenn eine ein günstiges Angebot entdeckt. Wenn die Liste dann beisammen ist, fahren wir die Supermärkte ab mit dem Koyota – jedenfalls, wenn es nicht zu kalt ist. Sobald das Quecksilber unter zehn Grad unter null geht, fährt Kurt nicht mit dem Wagen. Er sagt, das ist nicht gut für den Motor. Er ist sehr vorsichtig mit dem Auto, er blinkt auch nur, wenn es wirklich nötig ist, damit sich das Relais nicht so abnutzt.

Ja, wir Älteren nehmen uns eben noch in Acht mit den Dingen, die viel Geld gekostet haben! Deshalb war auch die Aufregung so groß, als Gläsers vor ein paar Wochen Opfer eines Verbrechens wurden, in dessen Mittelpunkt der Koyota stand.

Die Gängster klauen heutzutage ja alles, selbst wenn es eigentlich niet- und nagelfest ist. Denken Se nur, wir hatten neulich einen Vorfall, bei dem Ilse und Kurt die Kennzeichen vom Koyota geschraubt wurden! Da war was los, sage ich Ihnen. Bestimmt waren das Vorbereitungsverbrechen für einen ganz großen Coup.

Kurt parkt den Wagen eigentlich immer in der Garage. Nun war es aber so, das Gläsers am Abend erst nach Hause kamen, als es schon duster war. Weil sie am nächsten Morgen gleich wieder zum Lungen-Doktor nach Wilmersdorf mussten und Kurts Augen nicht so richtig ... wie soll ich es sagen? Wenn Gläsers ein Familienwappen hätten, wäre in der Mitte kein Adler, sondern ein Maulwurf. Und gerade im Dunkeln ist es nicht so einfach, in die enge Garage zu fahren, da muss Ilse den Kurt immer einwinken. Da es nun schon spät war und sie am nächsten Morgen gleich wieder mit dem Wagen fahren wollten, ließ Kurt den Koyota ausnahmsweise vor der Tür stehen.

Eigentlich wohnen Glasers in einer gesitteten Gegend, in der sie sich sicher fühlen, aber trotzdem entpuppte es sich als schwerer Fehler, den Koyota auf der Straße zu parken. Am nächsten Morgen waren nämlich die Kennzeichen weg. Einfach weg, abgeschraubt, geklaut! Ilse sagte, es sah gleich ganz komisch aus, aber da Kurt hin und wieder mal aneckt beim Parken und schon das eine oder andere Stückchen Stoßstange verlustig ging, fiel ihr erst gar nicht auf, was anders war.

«Erst dann sah ich es, Renate. Die Zahlen waren weg!

Vorne und hinten!», berichtete sie mir ganz außer sich. Na, da war der Schreck groß am frühen Morgen!

Ilse wählte gleich die 1–1–0, und kurz darauf kam ein Mannschaftswagen mit Polizisten bei Gläsers vorgefahren. Man sah die Gardinen in der ganzen Nachbarschaft wackeln. Die reimten sich sonst was zusammen, man weiß doch, wie die Leute sind, gerade, wenn im eigenen Kiez was passiert!

«Kurt, geht dich mal zeigen!», zischte Ilse deshalb Kurt zu, und er musste ein paarmal auf dem Gehweg von links nach rechts laufen, um dem Gerücht vorzubeugen, ihm wäre was passiert. Man will schließlich nicht, dass Gerede aufkommt, nicht wahr?

Ich erinnere mich noch ganz genau, wie mein Walter damals das Bein gebrochen hatte und auf der Couch festlag für ein paar Wochen. Die Nachbarn hatten ihn einige Zeit nicht gesehen, dafür aber mich, damals dreifache Witwe, wie ich zwei große Müllsäcke für die Kleidersammlung rausschaffte. Ich habe mir nichts dabei gedacht, auch noch den Fuchsschwanz mit zum Müllcontainer zu nehmen, aus dem zwei Zacken gebrochen waren. Walter hatte den Weihnachtsbaum ein Stücken kürzer sägen müssen, und da war das passiert. Na, nun stellen Se sich vor: Ich, die ich drei Männer auf dem Friedhof liegen hatte, mit Müllsack und Säge im Dunkeln auf der Straße, während Walter scheinbar verschwunden war und Hanni Hahnebüscher hinter der Gardine gerade rüberschaute. Da hatte ich dann abends um zehn die Funkstreife vor der Tür stehen mit zwei Polizisten, die nur mal nach meinem Mann sehen wollten. Denken Se sich das mal!

Ilse und Kurt jedenfalls gaben zu Protokoll, was geschehen war, und erstatteten Anzeige. Sie wurden befragt, ob sie was gesehen oder gehört hätten, und mussten mit den Papieren nachweisen, dass der Koyota auch wirklich ihr Auto ist. Das war fast wie beim Händi-Mario, als er aus der Wohnung ausgesperrt war: Man wird bestohlen und hat nicht nur den Schaden, sondern auch noch den Ärger und die Rennereien, das ist doch ungerecht! Und selbst als das erledigt war, was meinen Se, wie lange es dauerte, bei der Zulassungsbehörde einen Termin und neue Kennzeichen zu bekommen. Das kostet nicht nur die Gebühr, Zeit und Nerven, nein, die Nummernschilder sind auch nicht billich. Und beim Lungen-Doktor einen neuen Termin zu kriegen, ist das Schwierigste! Wenn man erst mal drin ist im Rhythmus, geht es, dann kriegt man nach dem Arztbesuch gleich einen Termin zur Wiedervorstellung zugeteilt. Aber wenn man nicht hinkonnte, ist man raus und muss wieder neu warten.

Ilse hat natürlich mitgedacht, sie hat das Polizeiprotokoll in Kopie beim Doktor vorgelegt und den Fall geschildert, und die Schwester Sabine da hatte ein Einsehen und hat Gläsers kurzfristig dazwischengeschoben. Mit einem Päckchen Krönung lässt sich viel regeln.

Jedenfalls hatten sie den Wagen nun wieder frisch mit Kennzeichen beschlagen, und genau wie ein Pferd, das frische Hufe vom Schmied verpasst bekommen hat, war der Koyota wie neu, und wir konnten zum Einkauf starten. Man muss sich darauf gut vorbereiten und Listen schreiben, wie Ilse und ich das gemacht hatten. Meist vergisst man die dann zwar zu Hause, aber wenn man einmal alles aufgeschrieben hat, merkt man es sich besser und entsinnt sich auf das meiste. Ein bisschen Planung gehört natürlich dazu. Man muss das Köpfchen anstrengen und sich überlegen, was man kochen und backen will und was man dazu braucht. Eine gute Hausfrau hat immer einen kleinen Vorrat in der Speisekammer und gerät nicht in Not, aber manchmal sind es ja gar nicht die offensichtlichen Dinge, die einem dann über die Feiertage ausgehen. Vor Jahrzehnten – ich muss zu meiner Verteidigung vorbringen, dass ich da noch ein jungsches Ding mit nicht mal zwanzig Jahren Hausfrauenerfahrung war – sind mir mal über Weihnachten die Filtertüten knapp geworden. Ich musste am zweiten Feiertag die drittletzte Packung anreißen, denken Se sich bloß diesen Frevel!

Mir sitzt dieser Schreck bis heute in den Knochen, und deshalb gucke ich im Dezember immer mit Argusaugen meine Bestände durch, ob auch nichts knapp wird. Nicht bei Mehl und Salz, das geht mir nicht aus. Eher bei solchen Dingen, die man seltener braucht und deren Verbrauch man nicht täglich kontrolliert und im Auge hat. Silberputzmittel zum Beispiel oder Senf. Oder eben auch Filtertüten.

Weihnachten fällt ja immer ungünstig. Nein, damit meine ich nicht, dass es plötzlich ohne Vorwarnung vor der Tür steht, sondern dass es ungünstig auf die Wochentage fällt. Einer hat immer was zu meckern, mal, weil man so viel Urlaub braucht, um die Tage zwischen den Jahren freizuhaben, und mal, weil die Geschäfte vier Tage am Stück zuhaben. Ich bin 82 Jahre alt geworden, und glauben Se mir, ich habe zwei Dinge noch nie erlebt: dass es am Sonnabend ein Fernsehprogramm gegeben hat, an dem keiner was zu meckern hatte, und dass nicht einer geschimpft hätte, dass Weihnachten ungünstig fällt!

Wir Rentner haben mit den Fragen der Urlaubsplanung ja immer wenig zu tun, höchstens wenn das zu Enkelkinderbesuch führt. Wie viele Tage die Läden zuhaben, das betrifft uns aber auch. Bevor die hektischen jungen Leute mitgekriegt haben, dass Weihnachten vor der Tür steht und sie wohl mal was einkaufen müssen, sind wir deshalb mit dem Gröbsten schon fertig. Das meiste hält sich doch! Nur die frischen Sachen wie Gemüse, Fleischwaren und Brot, die holen wir knapp vor den Festtagen.

Ilse und ich waren mit unseren Einkaufszetteln gut unterwegs und hatten uns über Aldi, Rewe und Kaufland schon bis zum Netto vorgearbeitet. Kurt parkte den Wagen wie immer sicher, Ilse und ich schnappten uns einen Wagen und gingen in den Markt, um Kaffeesahne, Zitronen und Kamillentee zu kaufen.

Gleich am Eingang trafen wir auf so ein Knödelmädchen, wie es im Buche steht: die Haare zum Witwe-Bolte-Knoten gebunden, das Leibchen bauchfrei – mitten im Dezember! –, Hotzpäntz über Strumpfhosen und bommelige, klobige Schuhe. Auf der Hand lag ihr Telefon. Sie balancierte es wie ein Entenküken und sprach in den Schlitz. Aus dem Lautsprecher tönte laut eine weibliche Stimme. Das Mädchen am anderen Ende der Leitung war wohl eine Freundin, und der Sachverhalt, den die beiden für jeden deutlich vernehmbar öffentlich diskutierten, drehte sich um einen jungen Herrn. Dieser war wohl der feste Freund einer Dritten, einer gemeinsamen Bekannten der beiden Telefonierenden. Das einkaufende Knödelmädchen hatte den Herrn zum Zwecke … nun ja, zum Zwecke des Beischlafs in der letzten Nacht mit nach Hause genommen, und nun hatte seine Verlobte versucht, die junge Frau anzurufen. Es wurde ausgiebig debattiert: nicht nur, ob sie rangehen soll oder nicht und ob die Dritte wohl schon wusste, dass der Hallodri fremdgegangen war, sondern auch die Qualität und Güte des … Verkehrs wurde in aller Ausführlichkeit ausgewertet.

Wissen Se, ich bin vielleicht prüde, aber mir war es äußerst unangenehm, diesem Gespräch zuhören zu müssen. Und Ilse erst! Sie bekam ganz hektische rote Flecken und aufsteigende Hitze. Ich war so froh, dass Kurt nicht mit in den Laden gekommen war. Der hätte dem Mädelchen vielleicht was erzählt! Aber er war im Koyota geblieben, und so schilderte das Fräulein unbehelligt, dass es sowohl mit der Dauer als auch mit der eingenommenen Position während des Aktes unzufrieden gewesen war – wobei sie nach einer grünen Gurke griff. Bio natürlich.

Wissen Se, ich bin vielleicht eine von gestern, aber ich bin so erzogen, dass man über solche Dinge nicht spricht. Schon gar nicht öffentlich. Man hat eine gute Freundin, so wie ich meine Gertrud, mit der man sich vielleicht im Vertrauen über solche Dinge austauschen kann. Da bin ich einiges gewohnt, Gertrud ist schon immer eine Räuberin am Manne gewesen. Aber so was? Nee. Das geht mir doch ein bisschen zu weit.

Trotzdem dachte ich mir: Renate, denk dir deinen Teil und halt den Mund, wir sind schließlich gleich weg hier. Ilse hatte die Lippen fest zusammengepresst und guckte mich flehentlich an. Ihr Blick sagte: Lass uns gehen, Renate. Schnell. Jetzt!

Wir beeilten uns also, unsere fehlenden Sachen zusammenzusuchen. So schnell waren wir selten gewesen. Doch an der Kasse war das offenherzige Knödelkind wieder vor uns. Nicht direkt vor uns, zwischen uns stand noch eine weitere Frau.

Während die Kassiererin die Einkäufe des Fräuleins über den Pieper zog, sprach die noch immer in das Telefon. Es wurde nochmals die Qualität des Beischlafs bewertet. Die Kassiererin zog in stoischer Ruhe das wegane Hack über den Piepser und tippte eine Nummer für die Gurke ein. Ihr Gesicht zeigte mir, dass sie innerlich «Junge Hunde, junge Hunde, junge Hunde» murmelte, aber laut sagte se nichts.

Ich bemerkte, wie die Nasenflügel der Frau vor mir immer mehr vibrierten. Bei dem Satz «Und von hinten wollte er es gar nicht erst probieren» war es dann aus.

«Junge Frau», fuhr sie das Knödelmädchen an, «es ist nicht nur extrem unhöflich der Kassiererin gegenüber, dass Sie nicht mal beim Bezahlen das Telefon aus der Hand legen, nein, es ist auch eine Frechheit, dass Sie mich hier nötigen, Ihr Geschlechtsleben mit anhören zu müssen. Legen Sie jetzt bitte sofort auf!»

Ich war sehr erleichtert. Nicht nur, dass die Frau es ausgesprochen hatte, sondern auch, dass es nicht wieder ich gewesen bin, die sich den Mund verbrannte. Das Knödelding reagierte völlig verständnislos. Es war ihr offenbar unbegreiflich, was an ihrem Verhalten uns gestört haben könnte. Sie murmelte was von «verklemmter Buhmergeneration» und ging, das Telefon noch immer in der Hand und auf laut, mit ihrem Kunstmett und der Gurke aus dem Laden. Was die daraus wohl kochen wollte?

Ich weiß nicht, was das für Zeiten sind. Haben sich die Werte denn so weit verschoben? Moral und gute Erziehung sind heute was anderes als zu Zeiten, in denen ich noch ein junges Mädchen war, das ist ganz sicher so und bestimmt auch gut. Aber sollte es nicht ein Mindestmaß an Anstand geben? Ein bisschen Gespür dafür, was wir unseren Kindern und Enkeln an Maßstäben und Regeln mitgeben sollten?

Freiheit ist gut und schön, jeder soll sagen dürfen, was er denkt. Aber haben wir anderen nicht auch das Recht, Privates ungefragt NICHT erfahren zu müssen?

Nachdem wir bezahlt hatten, löste Ilse sich nur langsam wieder aus ihrer Schockstarre. Kurt hatte draußen zwar keine Dummheiten gemacht, aber ganz ohne Schaden war es nicht abgegangen, dass wir ihn allein gelassen hatten. Er war erst in einen Kaugummi, den so ein unerzogener Lauser wohl ausgespuckt hatte, und anschließend in einen Streifen Papier getreten und zog ein entsprechendes Gewirr um die Beine hinter sich her. Er versuchte das abzustreifen, was ihm aber nicht gelang. Er sah ein bisschen aus wie ein Grashüpfer, der Tango tanzt. Ilses versteinertes Gesicht löste sich, und sie musste schmunzeln. Sprechen konnte sie jedoch noch nicht wieder.

Als wir unsere Einkäufe im Kofferraum vom Koyota verstaut hatten und Kurt fragte, wo wir als Nächstes hinfahren, hatte Ilse auch ihre Sprache wiedergefunden und sagte tonlos: «Edeka.»

Sie hat bis heute nicht mit mir über diesen Vorfall mit dem Knödelmädchen gesprochen. Wir sind allerbeste Freundinnen, aber über so was reden wir nicht. So ist das eben in unserer Generation.

Früher nannte man den dritten Advent auch «silbernen Sonntag» und den vierten Advent «goldenen Sonntag».

Das hat gar nichts mit der Prämierung von Plätzchen zu tun und dass vielleicht die besten und leckersten erst am Sonntag vor Heiligabend auf den Tisch gebracht wurden, und auch nichts mit der Farbe des Baumschmucks, wie man denken könnte. Nee, es war ganz einfach so, dass bis 1960 die Kaufhäuser an den Adventssonntagen öffnen durften und da den größten Umsatz des Jahres machten. Es gab nämlich schon immer Leute, die auf den letzten Poeng Schlips, Oberhemd, Socken und Ohrringe für die Ehefrau gekauft haben – S-O-S, man kennt das ja. Am vorletzten Advent wurde der zweitmeiste Umsatz gemacht, und am vierten Advent schepperte es richtig in der Kasse. Daher kommt der Name «goldener Sonntag».

Irgendwann war es dann aber damit vorbei, dann machten se die Kaufhäuser am Sonntag zu, was, wenn Se mich fragen, auch nicht mehr als richtig war. Es gab den langen Samstag und später den Dienstleistungs-Donnerstag, und da konnte jeder, der es bis um sechs nicht geschafft hatte, bis abends um acht Geschenke kaufen. An die armen Verkäuferinnen denkt bei so was natürlich niemand – aber wenigstens hatten sie dann die Sonntage frei. Heute ist das ja gang und gäbe, dass unter der Woche bis in die Puppen oder mancherorts rund um die Uhr eingekauft werden kann.

Ich ringe schon seit Jahren mit mir, ob ich wohl einen Weihnachtsbaum aufstelle und schmücke. Wissen Se, es ist ja doch immer ein großer Aufwand: Man muss den Baum kaufen – und die Dinger werden jedes Jahr teurer! –, man hat den Dreck im Auto, im Hausflur und schon nach dem Aufstellen zum ersten Mal auch in der Wohnstube. Dann muss man ihn feucht halten, damit er nicht sofort nadelt, und trotzdem jeden Tag wegfegen, was er abgeworfen hat. Hinzu kommt, dass ich nie weiß, wie Katerle auf den Baum reagiert. Es hat schon Jahre gegeben, da sprang das Tier in die Tanne und räumte mir den schönen Baumschmuck runter. Immer hat man das Getüddel mit der Lichterkette, die verknotet ist, und mindestens ein Birnchen ist auch jedes Jahr kaputt. Aber wenn er dann geschmückt und mit Lametta behängt das erste Mal erstrahlt, ist die Frage, ob die Mühe sich lohnt, sofort wieder vergessen. Dann bin ich glücklich und freue mich über die besinnliche Stimmung. Ohne Baum ist es doch kein richtiges Weihnachten.

Der dritte Advent war vorbei und die Zeit der Tanne gekommen: Wir mussten uns sputen und uns um den Baum kümmern. Den holen wir traditionell von Fichten-Schorsch. Dieses Jahr war es gar nicht so einfach, einen Termin zu finden, denn Kurt hatte jeden Tag Auftritte mit dem Männerchor! Zum Glück im Unglück war unser Kurt allerdings erkrankt, jedoch schon wieder auf dem Weg der Besserung. Die Stimme war noch nicht wieder bühnenreif, aber der ganze Kerl dank Ilses guter Pflege wieder fahrtauglich, und diese Lücke nutzten wir zum Baumkauf.

Es war aber auch kein Wunder, dass Kurt krank geworden war. Die Schlode kutschte die Herren vom Männerchor den ganzen Advent hindurch mit ihrem Transporter von einem Auftritt zum nächsten. Diese Chorbrüder sind ja eine verschworene Gemeinschaft und rücken dicht zusammen, im Auto genauso wie wenn einer was ausgefressen hat. Als Ilse den Verdacht hatte, dass Kurt sich schon wieder heimlich mit seinem Freund Herr Pjotr trifft, um Silvesterknaller zu kaufen, zum Beispiel. Kurt hat behauptet, er war nicht beim Pjotr, sondern bei einem Chorkameraden. Daraufhin hat Ilse die Liste durchtelefoniert, mit dem Resultat, dass Kurt bei sieben Sangesbrüdern war. Bei vieren war er immer noch, aber gerade austreten und konnte nicht ans Telefon kommen. Eine verschworene Bande, die fest zusammenhält, ist das! Da kommt nicht mal Ilse gegen an. Und die hat als ehemalige Lehrerin nun wirklich Erfahrung damit, freche Kerle zu überführen! Den Transporter bekam Frau Schlode über Opa Hesselmann, den Stimmführer, dessen Sohn Fleischer war, im Advent zur Verfügung gestellt, um damit mit dem Chor zu den Auftritten zu fahren. Das Auto war jedoch eher für Rippchen und Hackepeter gedacht und nicht für «Die acht Tenöre von Spandau». Ich hab ja schon erzählt, dass die Schlode den Chor jetzt so nannte. Was meinen Se, was die Veranstalter die gebucht haben! Die rechneten natürlich mit schmissigen jungen Männern, die Schmachtlieder zum Besten gaben und die Herzen der Besucherinnen zum Schmelzen und die Hormone zum Wallen brachten. Was sie zu hören bekamen, war aber ein Rudel Opas, das statt «Nessum Dorma» oder «Teim Goodbei» von dem blinden Italiener dann «Maria durch ein Dornwald ging» oder «Leise rieselt der Schnee» anstimmte. Zumal die Männer schon von Natur aus keine reinrassigen Tenöre waren und noch dazu durch die Fahrerei in dem Kühlfahrzeug und das Geträller in den kalten, zugigen Kirchen fast alle eine Halsentzündung hatten und rauchig klangen. Nach ein paar Wochen hatte es auch Kurt erwischt. Erst hat Ilse Kurt nur den Hals ausgepinselt mit der Tinktur, die Frau Doktor Bürgel mir aufgeschrieben hatte, als wir im Sommer drei Tage nacheinander schlimme Gewitter hatten. Geschrien habe ich vor Angst, so doll, dass ich ganz heiser war! Ich hatte eine Stimme, als hätte ich ganz kräftig gefeiert, aber Frau Doktors Tinktur hat mir geholfen. Bei Kurt half es nicht.

Er bekam trotz bester Pflege Fieber, und Ilse verbot, dass er weiter auftritt. Nun hatte die Schlode ein Problem, denn sie hatte acht Tenöre angekündigt, und auch, wenn die Leute sich das Gebrumme wohl noch bieten ließen, bis acht zählen können ja die meisten. Deshalb wurde Gunter Herbst als Vertretung angefragt. «Er muss auch nicht singen, Frau Potter!», versprach die Schlode, «er muss nur dastehen und den Mund ab und an auf- und zumachen. Die anderen singen eben ein bisschen lauter. Er wäre nur das Körperdouble von Herrn Gläser!» Gertrud hat die Schlode zuerst rausgeschmissen und ihr nur einen Scheibenwischer gezeigt, aber die Dame ist zäh und lässt sich nicht so leicht abwimmeln. Sie nannte eine Summe, die Gunter als Honorar bekommen würde pro Auftritt, und der Betrag änderte Gertruds Meinung. Gunter wurde gar nicht gefragt. Der geht, wohin er geschickt wird, und tut, was Gertrud im sagt. Er geht gut im Geschirr. Gertrud sorgte dafür, dass er den schnieken Anzug von der Hochzeit anzog und pünktlich am Straßenrand wartete, und das Fleischauto holte ihn ab. Gunter hat noch seinen Führerschein und durfte im Notfall auch mal den Fleischerbus fahren, und außerdem machte Gertrud großen Weihnachtsputz und war froh, ihn aus der Wohnung zu haben. Männer stehen einem bei so was ja nur vor den Füßen rum. Das klappte so gut mit Gunter Herbst, dass Ilse nach ein paar Tagen nervös wurde und Kurt mit Halswickeln vor die Rotlichtlampe setze, damit er so schnell wie möglich gesund wurde. Sie hatte Angst, dass Kurt aus der Band … also, aus dem Chor raus wäre, wenn er nicht schnell wieder gesund wurde und mitsingen konnte. Ja, das Schuhgeschäft ist hart!

Showgeschäft.

Entschuldigen Se, ich habe mich vertippt.

Das Showgeschäft ist hart, das musste schon Peter Frankenfeld lernen, als sie ihm «Vergissmeinnicht» wegnahmen und er erst Jaaaahre später mit «Musik ist Trump» zurückkam!

Trumpf, nicht Trump.

Meine Güte, jetzt muss ich aber doch mal gucken, warum hier immerzu die Tasten klemmen.

Wo war ich?

Ach ja, «Musik ist Trumpf». Ein Knüller war das! «Die acht Tenöre» aus Spandau allerdings waren ohne Kurt nicht das Original.

Bevor der genesene Kurt allerdings wieder in die Tournee einstieg, erledigten wir die Sache mit dem Weihnachtsbaumkauf. Es ist eine gute halbe Stunde zu fahren, jedenfalls wenn Kurt den Wagen steuert. Bei Fichten-Schorsch kriegt man nicht nur die schönsten Bäume der ganzen Gegend, sie sind auch frisch geschlagen und werden nicht mit dem Lkw durch halb Europa gefahren, sondern nur mit dem Koyota nach Spandau. Der Schorsch ist ein ehrlicher Mann, der seinen Beruf liebt und lebt. Ein Bauer, und zwar einer aus Überzeugung und Leidenschaft. Er hat die Tochter vom Hagenhof geheiratet und fünf Mädchen mit ihr gekriegt. Sie heißen Sieglinde, Agnes, Elvira, Nicola und Charlotte. Alles Kartoffelsorten. Der Mann hat die Mädchen nach Kartoffeln benannt, da sehen Se, mit welcher Leidenschaft er Bauer ist. Aber von Kartoffeln allein kann er nicht leben, und deshalb pflanzt er nun seit zwanzig Jahren auch Weihnachtsbäume an. Und das Beste ist: Nach dem Baumkauf gibt es einen doppelten Korn vom Altbauern! Schon deshalb freute ich mich. Ich trinke immer gern einen Korn, aber in diesen Tagen, wo wir zu Hause immer mal wieder im Kalten saßen, erst recht. Der wärmt schön durch!

Es ist ein bisschen teurer, wenn man den Baum vom Schorsch holt, als wenn man in den Baumarkt oder zu so einem Verkäufer an der Straßenecke geht. Aber wissen Se, dafür kann man sich auch sicher sein, dass er frisch ist und einem nicht am zweiten Feiertag schon das erste Kehrblech voll Nadeln unter die grüne Pracht rieselt. Außerdem ist er von bester Qualität. Eine Nordmanntanne vom Fichten-Schorsch ist der Pudel unter den Weihnachtsbäumen, sie haart … ähm, nadelt nicht. Die Bäume vom Schorsch haben immer ein wunderschönes, tiefes, sattes Grün. Und sie sind garantiert bio – das ist schließlich auch wichtig, denn meine Tochter ernährt sich ja wegan, und ich kann … also, ein Zweig Tanne im Smufie hat Kirsten noch immer geschmeckt. Das gibt einen weihnachtlichen, herzhaften Geschmack, und sie riecht die Entenpelle nicht sofort raus. Ein Schuss Weinbrand dazu, und sie ist milde gestimmt und genießt. So muss ich mir schon etwas weniger Gedanken um das Kochen für Kirsten machen. Das muss man beim Preis ja auch mitbedenken!

Man kann es Kirsten nur schwer recht machen, wenn es ums Essen geht. Ostern zum Beispiel fragte se nach Kornflakes, aber kaum hatte ich meinen Flachmann rausgezogen und wollte ihr einen Doppelten über die Haferflocken gießen, regte sie sich auf. Es ist alles nicht richtig, egal, wie ich es mache.

Ich finde das Geld für den Weihnachtsbaum von Fichten-Schorsch jedenfalls gut angelegt. Wenn nur die Sache mit dem Trinkgeld nicht wäre. Ein bisschen mehr muss man natürlich geben, schon weil sie krumme Preise haben und einen Korn ausgeben. Aber wie viel?

Wissen Se, ich bin mit immer unsicher, was wohl ein angemessenes Trinkgeld ist. Das war schon immer so, und es wird auch nicht besser, je älter ich werde. Allein schon der Name: Trinkgeld! Der Begriff kommt wohl aus früheren Zeiten, als man davon ausging, dass die kleine Summe, die der Gast beim Bezahlen aufschlug, vertrunken wurde. Das will ich heute keinem mehr unterstellen, dann würde ja jede Kellnerin und jeder Servierer wie ein betankter Seemann an den Tisch geschwankt kommen. Heute ist das für viele Sörwiss-Kräfte in der Gastronomie ein Teil ihres Einkommens, hat uns ein nettes Mädel erzählt, das Gertrud und mich im Café bedient hat. Oft tun sie das alle zusammen in eine Dose und teilen es am Ende des Monats auf.

Mir hat man mal gesagt, man soll etwa fünf bis zehn Prozent auf die Rechnungssumme, die man schuldig ist, draufgeben und dann auf den vollen Euro aufrunden. Da halte ich mich im Grunde dran. Wenn das Personal höflich, zuvorkommend, fix und freundlich ist, gibt es zehn Prozent, wenn es eher so muffelig daherkommt und keinen Seniorenteller macht, sondern «Nur so, wie es auf der Karte steht» brummelt, dann gibt es eher fünf Prozent. Es gibt Gäste, bei denen hakt es ja mit der Prozentrechnung, und die kommen da zu merkwürdigen Beträgen, erst recht, wenn sie schon ein paar Prozente in den Getränken hatten.

Ich muss gestehen, manchmal bin ich auch hin- und hergerissen. Einerseits glaube ich, dass es wohl genügen sollte, wenn sie einem für ein kleines Glas Sprudel vier Euro abnehmen. Das sind acht Mark, überlegen Se mal! Da sollte es dem Wirt wohl möglich sein, das Personal so zu bezahlen, dass es nicht auf Almosen der Gäste angewiesen ist. Andererseits hört man das Wehklagen über hohe Miete und Stromkosten ja allenthalben. Wenn Se so einem Gastwirt lauschen, könnten Se glatt glauben, der nagt am Hungertuch. Einmal war ich kurz davor, einen von meiner Stulle abbeißen zu lassen.

Die Wahrheit liegt, wie so oft im Leben, bestimmt irgendwo in der Mitte. Wenn es ein wortkarger, mauliger Kellner ist, der gleich brüllt: «DRAUSSEN NUR KÄNNCHEN!», dann gibt es fünf Prozent, und eine freundliche, herzliche Kollegin kriegt gern zehn Prozent. Man will schließlich als angenehmer Gast in Erinnerung bleiben und auch nächstes Mal wieder einen schönen Tisch bekommen, aber man ist – auch als alter Mensch! – kein Trottel, der für unfreundliche Bedienung freiwillig mehr gibt, als der Anstand gebietet.

So ähnlich halte ich es auch mit dem Weihnachtsbaum, der Gans und dem Karpfen, die wir immer vom Bauern holen. Wenn der Fichten-Schorsch sagt, die Tanne kostet siebenundzwanzig ~~Mark~~ Euro, na, dann gebe ich gern dreißig. Das ist gar keine Frage, der Mann hat ja auch seine Kosten! Und den Schnaps vom Altbauern, den darf man auch nicht unter den Tisch fallen lassen und muss ihn mit einrechnen in die Kalkulation. Der ist selbst gebrannt und hat seinen Wert von drei Euro.

Und es ist ja im Grunde genommen auch immer ein wirklich schönes und feierliches Erlebnis, der Weihnachtsbaumkauf.

Dieses Jahr hatten wir jedoch Pech mit dem Verkäufer. So einen jungen Bengel erwischten wir, der war höchstens fuffzig und zog sich die laufende Nase hoch und wischte sich mit dem Handrücken ab. Wissen Se, wie der Rüpel uns nannte? Friedhofsgemüse! Ich bin keine, die um ein Wort verlegen ist, aber DAS ist doch wohl eine solche Frechheit, bei der es einem schon mal die Sprache verschlagen kann! Eine bodenlose Unverschämtheit. Ich wollte von dem nicht bedient werden. Stattdessen bestand ich darauf, vom Altbauern selbst beraten zu werden, und Ilse war ganz meiner Meinung. Wir waren schließlich nicht bei Wind und Wetter und unter den Widrigkeiten von Kurts Fahrkünsten bis hier rausgegondelt, um uns dann dumm kommen zu lassen.

Das Jungchen war genervt und blies die Backen auf, aber letztendlich bekam ich meinen Willen. Wir sind ja schließlich Stammkundschaft. Als Fichten-Schorsch gerade den zweiten Baum präsentierte – wunderhübsch, gerade gewachsen, kräftig, frisch geschlagen und untenrum nicht so ausladend, dass man die Schrankwandtür gar nicht aufkriegt – und meine Gedanken so durch die Wohnung wanderten, in der ich mir das Prachtstück schon vorstellte, da kriegte ich plötzlich einen Schreck. Es durchfuhr mich wie ein Blitz: Ich hatte den Heizlüfter zu Hause angelassen!

Wissen Se, wo ständig die Heizung nicht lief, musste

man sich immer wieder mit der Elektropuste behelfen, das ging gar nicht anders. Ich konnte schließlich nicht riskieren, dass noch Schimmel in die Wände kommt. Das passiert ja ganz schnell. Ich war heilfroh, so ein Ding zu haben, das ich einfach anknipsen konnte. Der blies die Stube ruck, zuck mollig warm.

Aber was auf gar keinen Fall ging, war, dass der Lüfter vor sich hin heizte, während ich nicht zu Hause war!

Es war aber auch wieder eine Hektik gewesen beim Abfahren, nee, so was mag ich eigentlich gar nicht. Wir hatten gesagt, wir fahren um zwei los. Um halb zwei war ich pünktlich in Mantel und Hut und wartete, dass Kurt und Ilse im Koyota vorfahren, um mich abzuholen, aber weit und breit war nichts von Gläsers zu sehen. Um fünf vor zwei, also auf den letzten Poeng, kamen die beiden dann endlich. Man hörte sie schon, bevor man sie sah, der Koyota klappert nämlich ein bisschen, seit die Stoßstange lose ist und Kurt nach dem letzten Winterreifenwechsel zwei Schrauben übrig behalten hat. Ich stieg in den Font des Wagens zu und fragte, wo er denn den Hänger gelassen hatte. Kurt guckte mich mit großen Augen an. Wegen der dicken Brillengläser sind seine Augen immer riesig, aber in dem Moment ganz besonders. Ilse schimpfte sofort los, dass es immer schlimmer wird mit ihm und dass man sich auf nichts verlassen kann. Wir mussten also noch mal zurück zu Gläsers und den Autohänger holen, und so rann die Zeit davon.

Ich bestand deshalb beim Baumkauf darauf, dass wir kein großes Heckmeck mehr machten, wir nahmen zwei hübsche Tannen, stießen mit dem Fichten-Schorsch an und ließen uns vom Schnodder-Schnösel dabei helfen, die

Bäume – einen für Ilse und Kurt, einen für mich – auf den Hänger des Koyotas zu binden. Ich gab ihm widerwillig dreißig Euro, sagte aber beim Bezahlen, dass das Friedhofsgemüse sich die Unverschämtheit merkt. Dann beeilten wir uns, nach Spandau zurückzukommen. Ich war wegen des Heizlüfters doch sehr besorgt.

Es war natürlich wie immer: Selbstverständlich war der Puster aus. Die Sorge war ganz umsonst gewesen. Aber so geht es mir oft, wenn ich verreise oder auch nur kurz außer Haus bin. Mal denke ich, dass ich noch was auf dem Herd kochen habe, mal sorge ich mich, dass die Kühlschranktür vielleicht offen steht, und nicht nur einmal hatte ich Angst, ob ich wohl vielleicht sogar das Bügeleisen angelassen habe. Natürlich ist immer alles aus, aber die Unruhe packt mich trotzdem stets aufs Neue. Es ging schon so weit, dass ich den abgestellten Herd und das ausgeknipste Bügeleisen zur eigenen Beruhigung mit dem Glasscheibchentelefon fotografiert habe!

Als Kurt und Ilse mich und meine Tanne an dem Abend zu Hause abgesetzt hatten, stand ein Paket vor der Wohnungstür. Das hatte Frau Meiser freundlicherweise für mich angenommen, weil ich nicht zu Hause war. Ich eilte natürlich zuerst in die Stube, um nach dem Heizlüfter zu sehen, und ließ das Päckchen Päckchen sein. Erst als ich Gewissheit hatte, dass der Wärmepuster – selbstredend – ausgeschaltet war, kümmerte ich mich um das Paket. Ich freute mich, dass die Meiserin so nett gewesen war. Es geht doch! Wenn man ein bisschen zusammenrückt und sich kleine Gefallen tut, kommt man doch prima miteinander aus, selbst wenn man nicht in allem gleich denkt.

Ich trug das Päckchen in die Küche, öffnete es und atmete erleichtert auf, dass mein «Auf-den-letzten-Drücker-Geschenk» für Ariane nun doch noch angekommen war. Ariane ist wirklich ein schwieriger Fall, was das Schenken angeht. Sicher, ich hatte schon die Badestubengarnitur von Ilse für sie eingewickelt, und sie wird sich auch sehr darüber freuen, da bin ich mir sicher. Aber plötzlich, kurz vor Geschenkebesorgungsschluss, hatte sie verlauten lassen, dass sie gerne einen Slo-Gucker hätte. Das ist eine Kochmaschine für 80 Grad, hat Stefan mir erklärt. «Slow-Cooker», sagt der Engländer.

Nun muss man sich ja freuen, dass das Mädel selbst kocht und nicht nur Büchsen aufmacht, deshalb verkniff ich mir alle Ratschläge mit kleiner Flamme und solchen Dingen und dachte: Renate, da hast du ein Geschenk zu Weihnachten!

Früher wäre ich in so einem Fall in den Haushaltswarenladen gegangen, aber so was gibt es ja nicht mehr. Auch kein Kaufhaus. Das wird alles dichtgemacht, und in der Einkaufsstraße sind nur noch Kaffee-Bars, Suschi-Restaurants und Läden, in denen man künstliches Aroma für elektrische Zigaretten kaufen kann. Also bin ich zum Elektromarkt gefahren mit dem Bus, da, wo immer die schlecht rasierten und überparfümierten Männer mit Händiverträgen am Eingang lauern, die aber nur Händi können und für Slo-Gucker nicht zuständig sind. Erst nach langem Suchen fand ich eine nette Frau, die Auskunft geben konnte und dazu auch bereit war.

Slo-Gucker wären groß in Mode, aber sie hätten leider keine da. Sie könne auch keinen bestellen, denn die wären nicht lieferbar, da müsse man warten, bis ein Schiff aus

China kommt – vielleicht im Frühjahr, erklärte sie mir. So ist das heutzutage in unserer verrückten Welt! Da kann man nur den Kopf schütteln.

Die Frau war jedoch wirklich sehr freundlich und suchte mir in ihrem Interweb eine Wundermaschine raus, eine Art Futterföhn, der frittieren, einkochen und auch noch slo gucken kann. Der Apparat kostete jedoch an die 200 €, und das ist für eine Rentnerin mit kleiner Bahnpension viel Geld. Ich lehnte also ab, denn Ariane wollte nur slogucken und nicht auch noch Wäsche mangeln mit dem Ding.

Zu Hause suchte ich selbst im Interweb, und Potzblitz! Was soll ich Ihnen sagen? Es war gar kein Problem, so eine Kochmaschine zu bekommen. Beste Bewertungen hatte das Gerät, so was ist ja immer wichtig, und war mit gerade mal 60 Euro auch noch im Büdschee. Eigentlich habe ich ein Limit von 50 Euro, aber dann würde Ariane eben keinen Kasten Mongscherie dazukriegen, und schon wäre wieder alles im Lot. Ilses Badgarnitur war Handarbeit und hatte keinen Wert, den man mit Geld messen kann. Also passte alles, ich habe bestellt, und zwei, drei Tage später sollte das Paket geliefert werden.

Nun hat man ja wirklich viel Verständnis für die armen Jungs von der Paketzustellung, die gerade in der Weihnachtszeit unglaubliche Berge an Päckchen zu schleppen haben. Man sieht das ja mit eigenen Augen, und ich weiß es auch von Frau Kittersbusch. Sie hat im Herbst neu angefangen bei der Post und war in der Weihnachtszeit noch mitten in der Einarbeitung. Etwas Schlimmeres kann einem wohl kaum passieren. Was meinen Se, was die die Treppen hoch- und runtergetigert ist! Wohl acht Pfund hat sie verloren, was ihr sicher ganz willkommen war, aber ganz dicke Knie hatte sie nach nur ein paar Tagen. Nee, da möchte ich nicht tauschen.

Die Weihnachtszeit ist ja der denkbar ungünstigste Termin, um sich neu für so eine Arbeit zu entscheiden. Früher waren es immer die Tage, an denen der Quelle-Katalog rausgekommen ist. Da haben die erfahrenen Postler immer Urlaub genommen. Unsere Zustellerin, die Frau Kringel, hatte im Fangobecken auf Kur im Thüringer Wald mit einem Herren angebandelt, die im Versand bei Quelle arbeitete, und der gab ihr immer Bescheid, wenn es so weit war und die Kataloge verschickt wurden. Da war die Kringeln aber schneller mit dem Urlaubsschein beim Scheff als Gertrud auf der Tanzfläche, wenn Damenwahl ist. Der war etwas einfältig, na, wie Männer eben so sind, und merkte erst im vierten Jahr, dass da was faul ist.

Meine Kochmaschine für Ariane sollte am Dienstag kommen, was sie natürlich nicht tat. Als sich am Mittwoch nichts rührte und auch am Donnerstag nicht, guckte ich noch großzügig drüber hinweg. Am Freitag sollte dann aber tatsächlich der große Tag sein: Die Lieferung sollte nun wirklich kommen, stand im fufftzehnten I-Mehl, das ich zum Thema geschickt bekam. Ich wartete also ungeduldig – das Einzige, was am späten Abend da war, war jedoch ein sechzehntes I-Mehl, in dem stand, dass es noch bis Sonnabend dauert.

Am Sonnabend ging ich nicht aus der Wohnung und hatte auch den ganzen Tag den Computer an. Er klingelte jede Stunde mit einem neuen I-Mehl mit großen Versprechungen, Entschuldigungen und neuen Terminen. Um 17 Uhr erfuhr ich dann, dass ich nicht zu Hause gewesen bin, als man mir das Paket bringen wollte. Na, da ging mir aber die Hutschnur hoch! Das stimmte überhaupt nicht, ich habe mich nicht mal zum Austreten auf die Toilette getraut!

Es hatte aber keinen Sinn, sich aufzuregen. Irgendwo, in einem der nun schon Dutzenden I-Mehl, stand, dass das Paket nun zur Post gebracht wird, in eine Filiale, nur sechs U-Bahn-Stationen weg von mir. Ich solle jedoch nicht einfach so da hingehen, sondern geduldig warten, bis mir ein Abholschein mit der Post zugeschickt wird.

Da sind wir nun an der Stelle, wo sich die Katze in den Schwanz beißt, denn wegen Personalmangel wird bei uns im Kiez die Briefpost nur noch ein-, maximal zweimal pro Woche gebracht. Wenn ich nun auf diesen Brief wartete, wäre wahrscheinlich Weihnachten vorbei, bis ich mein Paket auch nur von Weitem gesehen hätte.

Also bin ich hin zur Postfiliale und beguckte mir die Schlange von guten hundert Metern, alles Menschen, die angeblich nicht zu Hause waren, als der Zusteller geklingelt hatte, und die nun ihre Pakete abholen wollten.

Aber nicht mit mir! Ich spürte, wie der Ärger in mir hochkroch. Ich stelle mich doch nicht eine Stunde in die Kälte, weil die zu viel zu tun oder keine Lust haben! Ich habe mir das nicht gefallen lassen. Auf den Hacken habe ich kehrt gemacht, bin wieder nach Hause gegangen und habe den Gucker-Kochtopf noch mal neu bestellt. Der wurde schon am nächsten Tag geliefert, damit hätte ich ja im Leben nicht gerechnet! Frau Meiser hat ihn angenommen, während ich bei Fichten-Schorsch war, und ihn netterweise vor meine Tür gestellt. Eine nette Frau ist das, wirklich. Auch wenn ihr Meerschweinchen streng riecht.

Wann auch immer dieser merkwürdige Abholschein im Briefkasten liegen sollte – bis zum heutigen Tag, wo ich hier an der Schreibmaschine sitze und Ihnen die Geschichte aufschreibe, ist nichts angekommen! –, ich hole nichts mehr irgendwo ab. Die können mich mal!

Am Ende ging das Sloguck-Gerät offenbar an den Absender zurück, denn niemand hat sich je bei mir mit einer Rechnung oder gar Mahnung gemeldet.

Ich weiß, dass es in keinster Weise eine vernünftige Lösung ist, die Sachen in so einem Fall einfach noch mal zu bestellen – aber sie wollten es nicht anders. Es kann doch nicht sein, dass ich die Unfähigkeit ausbaden soll, die die Post und die Lieferdienste an den Tag legen! Ich kann nun auch nichts dafür, dass die nicht genug Personal einstellen und das vorhandene Personal nichts Besseres zu tun hat, als im Stundentakt bekloppte I-Mehl zu verschicken.

Als der Apparat nun also endlich da war, brühte ich mir erst mal eine schöne Tasse Bohnenkaffee und wickelte das Geschenk für Ariane ein. Ich war schon sehr gespannt, ob ihr Braten mit dem Slo-Gucker weicher wird als das zähe Gezadder, das sie uns zu Ostern serviert hat. Der ganze Ärger wird sich doch hoffentlich gelohnt haben?

Vierter Advent

Der Wettermann hatte uns nun bereits seit Tagen Schnee versprochen, aber noch tanzten hier keine Flocken. In Berlin ist das ja auch immer ein zweischneidiges Schwert mit dem Schnee. Natürlich freut sich ein jeder, wenn es schneit. Aber in dieser Stadt lösen drei Flocken sofort ein großes Chaos auf den Straßen aus. Die kriegen das hier seit Jahrzehnten schon nicht geregelt, den Bürgern einigermaßen zügig einen neuen Ausweis auszustellen, was meinen Se, was da los ist, wenn es ohne einen vier Wochen vorher schriftlich eingereichten Antrag plötzlich schneit. Eine Handvoll Flocken auf dem falschen Gleis in einem Umsteigebahnhof, und Berlin steht still. Und wenn sie dann liegt, ist die weiße Pracht ja auch immer nur für Minuten schön. Ganz schnell wird das durch den Dreck und die Abgase zu einer trist-grauen Pampe, die sich über Straßen, Wege und Plätze legt.

Trotz der anhaltenden Kälte waren wir davon bisher verschont geblieben, so muss man es wohl sehen. Es war kalt, aber schneefrei, als ich mich auf den Weg zum Bäcker machte.

Ich hole mir ja gern morgens ein Milchbrötchen. Das muss frisch sein und schön weich, wissen Se, wegen der

Zähne. Auf dem Weg zum Bäcker blieb mein Blick hängen an einer Werbeaufschrift auf der Plane an so einem abgestellten Autohänger. Das ist auch so eine Unsitte, die Dinger einfach am Wegesrand stehen zu lassen und einen der ohnehin schon knappen Parkplätze zu blockieren! Aber sei's drum, ich kann mich nicht über alles aufregen, meine Blutdruckpillen sind auch nur begrenzt leistungsfähig. Jedenfalls las ich: «Machen Sie Poyonta-Yoga». Was war das denn nun wieder für ein Firlefanz?

Recht klein gedruckt stand da: «Tabea unterrichtet einen Yogastil, der in einer sehr alten südindischen Tradition verwurzelt ist und trotzdem die alltäglichen Erfahrungen unserer modernen westlichen Gesellschaft integriert. Im Unterricht wechseln sich gehaltene und fließende Bewegungen ab, der Körper wird gekräftigt und gedehnt. Atemübungen, Entspannung und eine kleine Meditation bilden einen Ausgleich zum privaten und beruflichen Alltag.»

Ich war extra näher rangetreten, weil ich mich genauer über das Pony-Joga informieren wollte. Das klang so nach Spinnerei, dass ich mir das gleich mal notierte, für Kirsten, wenn ihr über die Feiertage langweilig wird. Das ist genau der Quatsch, für den sich meine Tochter begeistert.

Fräulein Tanja von der Wassergymnastik hat Haltungsturnen im Angebot, und für die mit den hohen Fettwerten gibt es eine Kardio-Gruppe, die üben hauptsächlich Schnürsenkel binden, ohne außer Atem zu kommen. Das langt doch! Man kann doch nicht ständig was Neues erfinden. Arme hoch, Arme runter, Arme nach vorn, nach hinten oder auf dem Rücken verschränken – mehr Möglichkeiten gibt es doch gar nicht! Aber die schaffen es immer wieder, neuen Firlefanz zu kreieren. Das ging seinerzeit schon los, als die Popgymnastik aufkam. Da lief Musik zu den Übungen, und wir mussten alle Strumpfhosen, Badeanzüge und Pulswärmer tragen. Nee, was war das albern! Ein paarmal waren Ilse und ich da, dann war uns das zu dumm. Ein paarmal zu viel, wenn Se mich fragen. Gut, da waren wir auch noch jünger und haben noch nicht durchschaut, wie man uns das Geld aus den Taschen ziehen wollte.

Ich musterte noch mal das Plakat. Poyonta-Joga, pah! Ich hörte schon die klimperige Beruhigungsmusik und sah schummeriges Muschebubu-Licht und aufsteigende Seifenblasen vor mir, während sich zahlungskräftige Frauen auf kräuterbedufteten Matten räkelten. Wissen Se, wenn Ilse den Koyota aussaugt, muss sie sich auf dem Rücksitz auch immer sehr verrenken, damit sie unter die Vordersitze reicht. Vielleicht sollten wir das als Koyota-Joga bezeichnen und einen Zwanziger pro Stunde nehmen? Die Menschheit will betrogen sein!

Na, wie dem auch sei, ich ließ das Joga hinter mir und ging rein in das Bäckereigeschäft. Ich gehöre ja zu der Minderheit von Leuten, die alles essen, sogar richtiges Mehl. Deshalb ist der Einkauf bei mir meist unkompliziert. Ich darf auch Weißmehl und sogar Gluten. Ich vertrage alles und habe keine Empfindlichkeiten, und ich kriege nicht gleich Ausschlag, wenn ich eine Katze streichele. Das kommt eben, weil wir als Kinder noch draußen gespielt haben im Sandkasten, und zwar in ganz normalem Sand, der nicht dampfbehandelt und duftneutral gemacht wurde. Ja, ich habe auch nicht glauben wollen, dass es so was gibt, aber das gibt es.

Heute muss ja alles desinfiziert und mit feuchten Reinigungstüchern mit Chemie drin abgewischt werden, bevor ein Kind es anfassen darf. Wissen Se, wenn wir über feuchte Reinigungstücher reden, denke ich nicht an Chemie, sondern an Mutters Taschentuch mit Spucke, mit dem sie mir früher den Mund abgeputzt hat. Muttis Spucke ist wie Muttermilch, die stärkt die Abwehrkräfte!

Was meinen Se, wie der Kellner immer guckt, wenn ich im Restaurant bestelle, ohne was am Gericht zu ändern. Da steht er dann immer mit seinem Kuli und wartet, dass ich «Aber ohne dies», «Ist das Dressing auch wegan?» oder «Die Bohnen, sind die aus der Region?» sage. Aber ich wähle nichts ab und bestelle keinen Sonderkram, sondern esse es so, wie es auf der Karte steht. Über die Speisekarte haben sich nämlich Menschen Gedanken gemacht, und die haben auch ihr Tun in der Küche, die sind wenig Leute und machen Überstunden allenthalben, und wenn dann so ein überdrehtes Knödelmädchen bei «Neptuns Dreierlei» den Lachs gegen Forelle, die Makrele gegen den Karpfen und den Kabeljau gegen weganes Welsfilet auf Weizenbasis austauscht, und zwar bitte gedünstet und nicht gebraten, dann hat das für meine Begriffe auch was mit mangelndem Respekt zu tun. Aber bitte, solange die das alles mit sich machen lassen – sollen se!

Bei mir wird gegessen, was auf den Tisch kommt, und deshalb esse ich auch, was mir serviert wird. Gut, bei Rosinen und Rosenkohl bin ich nicht begeistert, aber das sage ich nicht, denn es gehört sich einfach, nicht so einen Heckmeck zu veranstalten und sich in den Mittelpunkt zu spielen mit dieser Mäkelei. Was meinen Se, wie wir uns früher gefreut haben, dass wir überhaupt was zum Beißen zwischen die Zähne kriegten, damals, in den schweren Jahren nach dem Krieg. Gut, gehungert haben wir nie, weil wir auf dem Land lebten und im Notfall immer ein Huhn oder ein Karnickel schlachten konnten.

Aber manchmal gab es keinen Nachtisch!

Wie dem auch sei, ich will gar nicht groß rumhacken auf denen, die immer mäkelig im Essen rumstochern. Manchmal geht es absolut nicht, weil man dies und das nicht verträgt, und dann kann man als Ausnahme auch mal etwas anderes bekommen. Aber es gibt wirklich welche, die das um der Aufmerksamkeit willen machen, gerade seit es in jeder Kaffeestube siebzehn verschiedene Milchsorten gibt: Hafermilch statt Sojamilch, Sojamilch statt Mandelmilch – glauben Se mir, die jungschen Dinger veranstalten diese Katzenkirmes extra, damit wirklich jeder mitkriegt, dass sie was Besonderes sind. Da darf man gar nicht drauf eingehen. Ich gucke immer stur geradeaus und summe ein Lied, wenn ich so was mitkriege.

Auch jetzt, als die Frau Schwaneberger aus der Nummer 32 vor mir an der Reihe war und «dieses Dinkel-Brötchen» wollte. Und wenn sie «dieses!» sagt, meint sie «dieses!» und nicht irgendeins. Die stand da vor dem Verkaufstresen, zeigte auf einen Teigling und nahm den Zeigefinger nicht weg, bis die dralle Martina ihr DIESES Brötchen in die Tüte gefingert hatte. Und das habe ich nicht zum ersten Mal erlebt: Neulich musste die nette Bäckerin rumkommen und die ganze Glasscheibe mit dem Generalschlüssel lösen, damit die Schwaneberger genau DIESES Kürbisdings bekam. Nun ist ja in Deutschland die meistverkaufte Brotsorte «das da vorne», dicht gefolgt von «nee, das daneben, das mit den Körnern», da sind die

Verkäuferinnen schon einiges gewohnt. Aber so einen Zirkus würde ich mir nicht gefallen lassen!

Die Martina war tatsächlich auch ganz schön wund auf den Nerven von diesen Sperenzien. Ich bestellte mein Milchbrötchen und zählte, wie es der Anstand gebietet, passend Geld auf den Teller. Die Bäckerin hatte es noch nicht mal weggeräumt, da drängelte die nächste Kundin schon los.

«Ich hätte gern einen kleinen Kaffee zum Mitnehmen, aber statt Sojamilch bitte Hafermilch. Und ohne Koffein.»

Aber da ist die Gute aus der Haut gefahren, sage ich Ihnen! «EINMAL AM TAG KOMMT HIER EINER MIT PASSEND GELD UND OHNE SONDERWÜNSCHE, DA WERDE ICH DAS DOCH WOHL MAL FÜNF SEKUNDEN LANG ANGEMESSEN BEWUNDERN DÜRFEN!», donnerte sie. Dann zwinkerte sie mir dankend zu, atmete tief durch, räumte mein Geld in die Kasse und wandte sich wieder dem normalen Wahnsinn zu.

Wissen Se, es macht mir seit geraumer Zeit Sorgen, wie wir miteinander umgehen. Jeder guckt nur auf sich – oder auf sein Händi – und rennt blind an den Mitmenschen vorbei. Es wird geflucht, geschimpft und mit Worten um sich geworfen, die einen anständigen Menschen an der guten Kinderstube zweifeln lassen, und jeder denkt, die Welt dreht sich nur um ihn. Keiner kann mal zurückstecken und sagen: «Ach, wenn die Dinkel-Brennnessel-Brezeln alle sind, dann nehme ich eben Spinat-Mohn-Kringel, das geht auch mal.» Nee, immer muss ein Fass aufgemacht werden, und es werden Weltuntergänge heraufbeschworen, weil die Extrawürste aus sind. Ich weiß nicht, woher das kommt.

Wissen Se, ich bin nur eine alte Frau und keine Studierte. Aber dass das ein Problem ist, das darf man nicht ignorieren. Wenn wir da jetzt warten, bis die Schlauen fertig diskutiert haben, woran es liegt, ist das Kind vielleicht schon in den Brunnen gefallen. Jeder kann doch mal in sich gehen und sich prüfen, ob er denn so harsch reagieren muss – gerade zu Weihnachten!

Wir leben dem Himmel sei Dank in einem freien Land, in dem jeder sagen darf, was er will, sogar Dummes, solange er damit nicht gegen Gesetze verstößt. Leute, die Blödsinn faselten, gab es immer schon. Im Dorfkrug am Stammtisch wurden Sachen erzählt ... du liebe Güte! Aber wenn es zu bunt wurde, rief der Bürgermeister zum Schankwirt rüber: «Der Ewald hat genug, der kriegt kein Bier mehr!», und die Männer von der Feuerwehr brachten ihn nach Hause. Alle wussten, dass der Ewald, wenn er einen über den Durst getrunken hat, dummes Zeug erzählt, und konnten es einordnen. Die Gemeinde hat als Gemeinschaft funktioniert und ihm geholfen, wieder auf die Spur zu kommen, und den Quatsch Quatsch sein lassen. Heute ist das anders, da sind die Ewalds im Interweb unterwegs, und je größer der Blödsinn ist, den sie von sich geben, desto mehr feiert man sie dafür. Das liegt daran, dass es eben keine Gemeinde ist, wo die Ewalds da ihren Unsinn zum Besten geben. Sie machen das dort, wo ganz viele Ewalds unter sich sind, und die Zustimmung unter ihresgleichen gibt ihnen die fälschliche Bestätigung, dass sie richtig liegen. Und das gilt nicht nur für die Ewalds, sondern auch für die Annelieses und die Sarahs und Maltes. Wir sind, wie gesagt, eine so tolerante Gesellschaft, dass wir fast jeden Zirkus mit einem Schulterzucken hinnehmen und sagen: «Jeder Jeck ist eben anders», und die Leute machen lassen. So muss das auch sein! Aaaaaber … Toleranz darf nicht nur in eine Richtung gelten. Das darf man nicht nur einfordern, sondern muss es auch allen entgegenbringen. Gerade sind wir jedoch, so erlebe ich es jedenfalls, auf dem Weg in eine Sackgasse. Wir haben uns alle so individuelle Eckchen gesucht und uns mit dem umgeben, was uns gefällt und was gemütlich ist, dass wir sofort ungehalten werden, wenn einer was sagt, was uns nicht passt, oder wir nicht kriegen, was wir wollen. Jeder, der nicht ganz genau das Gleiche fühlt und denkt wie man selbst, wird sofort zum Feind erklärt. Mit dem wird nicht mehr geredet, da wird im Interweb blockiert und im richtigen Leben geschnitten. Ob wir so weiterkommen? Da habe ich meine Zweifel.

Das geht schon damit los, dass heute keiner mehr Radio hört oder das Fernsehen guckt, wie es gesendet wird. Man kann sich rauspicken, was einem beliebt und die Meinung bestätigt, die man eh schon hat. Das ist schön, das will ich gar nicht in Abrede stellen. Was meinen Se, wie oft ich mit Gertrud den Klappcomputer anstelle und wir alte Fernsehauftritte von Marika Rökk angucken! Ja, das ist immer sehr nett. Und kaum hat man den Auftritt im «Blauen Bock» zu Ende geguckt, wird einem gleich das nächste Filmchen von der Rökk beim Kuhlenkampf vorgeschlagen. Da vergeht die Zeit wie im Flug!

Aber wissen Se, so bleibt man eben auch in seiner Wattewolke aus allem, was einem zusagt, und wird überhaupt nicht mehr mit Sachen konfrontiert, die es auch noch gibt da draußen in der Welt. Wenn wir Auto fahren, der Stefan und ich, hört der immer einen Nachrichtensender mit Reportagen. Da gibt es dann schon mal einen Bericht über die Sorgen von Tulpenpflückern in Kenia oder über die Probleme mit der Kaffeeernte in Vietnam. Das weitet den Horizont, wenn man sich auch mal mit Dingen auseinandersetzt, die außerhalb der persönlichen Interessen und Vorlieben liegen.

Das tut jedem gut!

So, jetzt bin ich ein bisschen abgeschweift, aber ich wollte doch loswerden, was mir auf der Seele liegt.

Als ich vom Bäcker nach Hause kam, hatten se vor der Tür einen Graben ausgehoben. Ob für die Rohre, für die Stromleitungen oder für den Interweb – fragen Se mich nicht, ich hatte keinen Überblick mehr. Aber ich kam schlecht durch! Es war ein schmaler Steg zwischen Hauswand und Abgrund. Von vorn kam Herr Bogdan mit seiner Schippe in der Hand, und da standen wir uns dann gegenüber. Erst wollten wir beide nach links ausweichen, dann wollten wir beide nach rechts ausweichen, dann haben wir gelacht, und ich habe gesagt: «Herr Bogdan, das ist ja hier mit Ihnen fast wie beim Tanz mit Oskar Heidelkrebs!»

Oskar hat sich beim Flintereinigen ins Bein geschossen und hinkt seither, aber das sagte ich Herrn Bogdan nicht.

Was auch immer die mit dem Gebuddel nun wieder wollten, Herr Bogdan versicherte mir, dass es nicht lange dauern würde und dass wir das Schlimmste überstanden hatten. Es war nur ein schmaler Graben, von dem ließ ich mich nicht verunsichern. Was mich viel mehr aufregte, war etwas anderes: Rundherum, im Vorgarten und im Hausflur, sah es immer noch aus wie bei Hempels unterm Sofa, und das so kurz vor dem Fest! Hier musste mal anständig aufgeräumt und klar Schiff gemacht werden. Ich überlegte, im Büro der Hausverwaltung anzuläuten … nein, haben Se keine Angst. Ich fange nicht schon wieder damit an. Mittlerweile hatte ich verstanden, dass das keinen Sinn hatte. Ich war fest davon überzeugt, dass denen ganz egal war, ob sich das hier bis ins nächste Frühjahr zog oder nicht. Im Gegenteil, wahrscheinlich konnten die umso mehr abrechnen, je länger die ganze Schose dauerte.

Als ich gerade die Haustür aufschließen wollte, wurde es laut hinter mir. Ich sah mich um. Durch unsere Straße fuhr langsam ein Lkw, der einen leeren Schuttcontainer geladen hatte. Der wollte offensichtlich nicht zu uns, aber er suchte den Platz, wo er das Trumm abladen sollte.

Kennen Se das, wenn man einen Gedankenblitz hat? Auf einmal ging alles ganz schnell. Na, dem Mann konnte doch geholfen werden!

Auf der anderen Straßenseite stand Herr Alex, und ich winkte ihm ganz heftig. Ich musste ihn dazu bringen, dass er auch winkt. Er guckte ein bisschen bedröppelt – Männer haben manchmal eine lange Leitung –, aber immerhin kriegte ich ihn dazu, ebenfalls mit den Armen zu hudeln, und auch wenn es etwas verwirrt und halbherzig aussah, reichte es. Der Lkw-Fahrer bremste ab, grüßte dankend und lud den Container mit seinem Kran vor unserem Haus ab.

Herr Alex, der über die Straße gekommen war, guckte mich fragend an. Er kannte mich ja nun auch schon ein bisschen, und ich glaubte in seinem Blick zu sehen, dass er dachte: Was hat sie denn nun wieder ausgeheckt?

«Die wärmste Jacke ist immer noch die Arbeit, Herr Alex!», sagte ich fröhlich. «Morgen, am Sonnabend, packen wir hier alle mit an und räumen ein bisschen auf. Ich spreche gleich mit Frau Meiser und Frau Berber.»

Er grinste kopfschüttelnd, wusste aber, dass er gegen mich keine Schangse hatte, und versprach, einige seiner Kommilitonen anzurufen. Ilse und Kurt, Gertrud und Gunter noch dazu – das müsste doch mit dem Teufel zugehen, wenn wir hier nicht Ordnung reinbekommen würden. Schließlich wollte niemand zu Weihnachten im Dreck sitzen.

Ich bin eine Frau der Tat, und ich habe in meinem langen Leben gelernt, dass man ab und an einfach selber anpacken muss, wenn sich was ändern soll. Glauben Se mir, wenn ich vor ein paar Jahren auf dem Bau von Stefan und Ariane nicht das Kommando übernommen hätte, die wären heute noch mit Mörteleimer und Wasserwaage zugange.

Ich habe da auch eine Wohnung, im Haus von Stefan und Ariane, die für mich bereitsteht. Eine Einliegerwohnung, in die ich jederzeit ziehen kann, draußen in Spreeweide vor den Toren Spandaus. Als die jungen Leute seinerzeit gebaut haben, habe ich natürlich was beigegeben. Stefan erbt sowieso mal, und man gibt doch lieber mit warmen Händen und sieht, was daraus wird, als dass nach meinem Ende die Klopperei um meine paar Puseratzen losgeht und sich die Anwälte einstreichen, was ich mir vom Munde abgespart habe. Aber es soll gerecht zugehen.

Kirsten wird natürlich auch nicht leer ausgehen, sie soll kriegen, was ihr als meiner Tochter zusteht: das gute Speiseservice und auch das Silberbesteck, das Oma Strelemann über den Krieg gebracht hat, indem sie es unter den Johannisbeerbüschen im Garten vergrub. Die Zuckerzange fehlt, die haben wir nie wiedergefunden, obwohl Opa unter der Aufsicht von Oma Strelemann bald zwei Meter tief graben musste. Bestimmt hat die ein Maulwurf verschleppt.

Für das Geld, das ich Stefan und Ariane beigesteuert habe zum Hausbau, haben sie für mich eine kleine Einliegerwohnung gebaut. Es wird immer mal wieder davon gesprochen, dass ich zu den jungen Leuten ziehen soll, wenn es alleine mal nicht mehr geht hier in Spandau. Ich weiß aber nicht so recht, ob ich das mache. Wissen Se, ich will doch den Jungschen nicht zur Last fallen und an ihrem Kaffeetisch an der Schnabeltasse nuckeln, wenn es mal so weit kommt. Die haben doch ihr eigenes Leben und müssen ihren Weg gehen. Es kommt ja nicht mal eine Schwester raus aufs Dorf, im Fall des Falles.

Nee, da bleibe ich doch hier in Spandau, solange es geht. Hier habe ich alles dichte bei. Alle Doktors sind mit dem Bus zu erreichen, und ich bin auch nicht darauf angewiesen, dass das Bäckerauto zweimal die Woche vorfährt und hupt. In Spreeweide gibt es nicht mal eine Kaufhalle. Immerhin hat die fahrende Tante Emma das Nötigste für den täglichen Bedarf. Das kenne ich noch von früher, da kam der Krämer mit dem Planwagen nach Finkenau. Wenn wir im Winter Schnee hatten, kam er auch mal vier Wochen nicht, und wir mussten gucken, dass wir Kerzen und Streichhölzer einteilten.

Gemeldet bin ich aber in Spreeweide, so, wie es sich gehört. Es muss alles seine Ordnung haben. Die Wohnung dort ist im Grundbuch auf mich eingetragen, und seit der Conora-Zeit, als Stefan und Ariane Heimbüro für sich entdeckten, nutzen sie meine beiden Stuben als Büro. Es steht also nichts leer, und niemand muss ein schlechtes Gewissen haben ob des Wohnungsmangels, den wir in Berlin haben. Ich kriege sogar eine kleine symbolische Miete jeden Monat. Auch das ist den Behörden selbstverständlich gemeldet, das Finanzamt weiß Bescheid. Bei Renate Bergmann läuft alles, wie es sich gehört. Die paar Kröten gebe ich gern so aus, dass sie Lisbeth und Agneta zugutekommen. Kinder sind teuer, und da hilft Oma Nate hier und da, indem sie mal Schuhe kaufen geht oder ihnen für den Ausflug mit dem Kindergarten ein bisschen Eisgeld zusteckt. Ich hatte auch schon an Musikunterricht gedacht. Das Musische ist wichtig und muss gefördert werden. Mir ist jedoch noch kein Weg eingefallen, zu vermeiden, dass Frau Schlode sich da einschaltet, und das möchte ich Ariane dann auch nicht antun. Ständig die Schlode im Haus? Nee! Das will man doch nicht.

Na, dereinst wird Kirsten die Wohnung erben. Wie die sich mit Stefan und Ariane einigt, das weiß ich nicht. Das sollen die unter sich ausmachen, ob sie sich auszahlen lässt oder mit ihrer Praxis von Brunsköngl nach Spreeweide zieht und dort Geburtshilfekurse für Zwergkaninchen gibt – ich bekomme das nicht mehr mit, also muss ich mich auch nicht aufregen.

Frau Meiser war sofort Feuer und Flamme und stand als Erste am Schuttcontainer, als wir am nächsten Morgen loslegten. Dass die Berber kneift, hätte ich mir gleich denken können. Es war Sonnabend, da musste niemand arbeiten, und es gab eigentlich keine Ausreden. Frau Berbers Begeisterung war jedoch schon am Freitagnachmittag, als ich bei ihr geklingelt und unser Vorhaben beworben hatte, eher sparsam – und so kam es, wie ich es geahnt hatte: Sie fiel als Hilfe aus.

Sie kam mit angewinkeltem Kopf und guckte leidend. Um den Hals trug sie einen dicken Wickel, so eine Schiene, die alles stilllegt. Katerle hatte auch mal so einen Kranz vom Tierarzt bekommen, damit er sich nicht an der Wunde leckt, aber bei der Berber war das noch ein bisschen anders.

«Nacken verrenkt!», flüsterte sie leidend, wie eine, die das Sprechen sehr anstrengt, die aber trotzdem auf dem Intensivbett ein letztes Wort an die Hinterbliebenen richten möchte. Nun besteht bei Frau Berber nicht die Gefahr, dass sie sich beim Sport verletzt hat oder beim schweren Heben. Diese Risiken umgeht sie, indem sie einfach auf dem Sofa rumlungert. Die einzige Gefahr ist, dass sie sich wundliegt oder Schwielen am Po bekommt.

Schwester Sabine hat mir mal zugemurmelt, dass Frau Berber sich immer mal wieder beim Gähnen den Nacken zerrt und sich daraufhin eine Woche krankschreiben lässt. Es würde mich nicht wundern, wenn ihr so was immer dann passiert, wenn im Büro viel Arbeit ansteht. Solche Zufälle gibt es ja, und ich kenne die Berber. Und auch jetzt passte es sehr gut ins Bild, dass sie diese Verletzung, die man ja auf keinem Röntchenbild sieht, ausgerechnet heute ereilte.

Na, wie dem auch sei, sie fiel aus, aber davon ließen wir uns nicht beeindrucken. Wissen Se, lieber blieb se gleich ganz weg, als dass sie uns mit ihrer Jammerei nur vor den Füßen rumstand. Immerhin schickte sie uns ihren Bengel, den Jemie-Dieter, der fleißig mit anpackte.

Auf alle anderen war Verlass. Wir räumten, fegten und schrubbten, ach, es ging alles fix und flott! Die kräftigen Kerle, die Herr Alex organisiert hatte, trugen die schweren Sachen. Es standen ja noch alte, ausgebaute Fensterflügel im Treppenhaus rum, überlegen Se sich das mal! Und überall kleine Häufchen von Schutt, halbe Mauersteine und angerissene Tüten mit hart gewordenem Zement. Ja, von hart gewordenem Zement hatten wir wirklich reichlich.

All das schmissen die in den Container, den ich uns herangewinkt hatte. Kurt und Gunter beaufsichtigten die Arbeiten und gaben fachkundige Ratschläge. Derweil machten sich Ilse, Gertrud, Frau Meiser und ich mit Besen und Schrubbern daran, das Treppenhaus zu wienern. Einen richtigen Weihnachtsputz machten wir, ach, es war fast wie früher auf der Bräuteschule, als uns Fräulein von Braun das Parkett schrubben ließ vor der Tanzstunde! Es war anstrengend, aber es nützte nichts, es musste gemacht werden.

Wissen Se, wenn man dem Werbefernsehen Glauben schenkt, verbringen wir Frauen ja den Großteil des Tages damit, den richtigen Bodenreiniger zu finden und vor Freude außer Rand und Band zu geraten, wenn wir den perfekten Klickwischer zur Hand haben, um den Dreck der Kinder wegzuputzen. Ich habe es auch gern sauber und lege viel Wert darauf, dass es bei mir glänzt und blitzt. Wenn ich gewischt und gebohnert habe, können Se bei mir vom Boden essen! Aber es muss doch alles seine Grenzen haben. Und wir Frauen können noch sehr viel mehr als nur Wäsche machen und die Küche aufwischen. Das ist Arbeit, die erledigt werden muss, damit man sich in einem schönen Umfeld wohlfühlt, aber doch nicht die Lebenserfüllung.

An diesem Tag jedoch wienerten wir, was das Zeug hielt. Die Berber bekam ein schlechtes Gewissen und guckte ab und zu raus in den Flur, richtig mitgemacht und was weggeschafft hat sie allerdings nicht. Dumm gekichert hat sie und Sekt getrunken. Zwischendurch trug sie zum Schein ein Eimerchen mit lauwarmem Wasser und einen Putzlappen durch die Gegend, aber nach einer halben Stunde war das Wasser noch immer sauber. Da musste ich gar nicht fragen, was sie gemacht hatte, ich sah schon, dass es nicht viel gewesen sein konnte. Noch dazu, wo sie nur zwei Fingerbreit Wasser in dem Bottich hatte und das schon eiskalt war. Aber gekichert hat sie, die Frau Meiser noch von der Arbeit abgehalten und sich immer eifrig mit dem Lappen am Treppengeländer umgetan, sobald sie Ilse, Gertrud oder mich sah. Eine reine Katzenkirmes war das, nichts als vorgetäuschte Aktivität und wimmelndes Getue, aber unterm Strich brachte das nichts. Dabei hätten sie was lernen können an dem Tag, denn sowohl Gertrud und Ilse als auch ich waren durchaus bereit, unsere Kenntnisse in Fleckenentfernung und Bodenpflege weiterzugeben. Da hätte die Berber aufmerken sollen, so eine Schangse gibt es nicht so oft! Aber so sind sie eben, die jungschen Dinger. Wenn Ilse sich hätte filmen lassen und es Leif-Heck-Tuturial genannt hätte, dann, ja dann hätten se's angeguckt und die Tipps als Weltsensation sogar an ihre Freundinnen weitergeschickt! Aber ehrliche Arbeit vor der eigenen Haustür ist eben nicht so spannend.

Ilse ist sehr genau, was das Saubermachen angeht, vielleicht sogar noch ein bisschen gründlicher als ich. Fast schon pingelig. Wir haben mal einen Krimi zusammen angeguckt, da sind zwei Kommissare in die Wohnung des Verbrechers gestürmt und haben mit der Pistole in der Hand geguckt, wo sich der Bandit versteckt. Der jüngere sah in die Küche, nickte kurz und flüsterte: «Sauber.»

So was würde Ilse nie sagen! Die würde immer erst mit dem Zeigefinger über den Türrahmen und dann hinten an der Küchenarbeitsplatte entlangstreifen. Ilse weiß, welche Ecken gerne vergessen werden!

Immerhin ließ sich Frau Berber nicht lumpen und bat uns nach getaner Arbeit zu Kaffee und einem kleinen Imbiss zu sich in die Wohnstube. Mir war erst ein bisschen mulmig dabei, aber ich wollte mich nicht ausschließen und dankte für die Einladung. Man musste ja nichts essen, und selbst wenn, ich hatte Kohletabletten zu Hause.

Sie hatte sich wirklich große Mühe gegeben zu schmücken. Das geht bei ihr ja schon vor Totensonntag los, dass sie allerlei blinkenden Firlefanz aufhängt, den man schon durchs Fenster sieht. Aber erst von innen wurde mir das Ausmaß bewusst: Die ganze Wohnung war vollgestellt mit Nikoläusen und Kerzen. Selbst Weihnachtssterne hatte sie auf dem Fensterbrett. Die waren leider welk, aber das mache ich ihr nicht zum Vorwurf. Die lassen bei mir auch immer rasch die Blätter hängen.

«Weihnachtssterne sind das Basilikum des Winters», sagt Ariane immer. Beides geht sofort ein, wenn man es nur böse anguckt.

Ich sah mich interessiert in der Wohnung der Berber um, oft habe ich dazu ja leider nicht Gelegenheit. Kochen kann sie nicht, und richtig sauber war es auch nicht, aber die Dekoration war äußerst üppig.

Aus Versehen stützte ich mich ab, zog die Hand aber gleich wieder zurück. Die Couchlehne war ganz klebrig. Bestimmt hat sie mit Dönersoße gekleckert. Pizza nicht, Pizza isst se nur noch selten, seit sie den Pizzaboten abgelegt hat, der sie zuvor nicht nur mit Teigfladen beglückte, sondern auch in anderen Bereichen des Lebens, wenn Se verstehen, was ich meine. Ihr Neuer heißt Herr Nagler, wissen Se, der, der die Woche zuvor noch vom Gerüst gepurzelt war. Ich traute mich bis heute nicht, Kurt davon zu erzählen. Wenn er den Namen hört, macht der wochenlang schmutzige Witze darüber.

Frau Berber ist im Grunde eine junge Version von Gertrud, was Männer angeht. Gertrud guckt immer darauf, dass der Herr nach Geld aussieht. Wenn er teure Zähne hat, ein Tweedjackett trägt, dessen Ärmel nicht durchgewetzt sind, wenn er noch selber Auto fährt und der Wagen TÜFF hat, dann knöpft sie die Bluse auf.

Irgendwie steckt das in manchen Frauen drin, dass sie gucken, ob ein Mann sie ernähren kann. In gewisser Weise ist das bei der Berbern auch nicht anders, nur zielt sie auf andere Kerle. Sie ist da direkter auf die Ernährung aus. Der abgelegte Liebhaber – eigentlich eher der in die Hecke gelegte Liebhaber, die Berber kann nämlich Judo und hat ihn buchstäblich übers Kreuz und in den Liguster geschleudert – war, wie gesagt, Pizzafahrer. Aber irgendwann hatte selbst Frau Berber dieses ewige doppelt Käse über, und sie hat sich neu orientiert. Ihr jetziger Freund heißt, wie gesagt, Herr Nagler und ist so einer von Lieferbaldo oder wie die heißen. Der fährt mit einem Fahrrad mit Motor, hat einen riesigen viereckigen Rucksack auf und saust jeden Abend bis bald um Mitternacht durch die

Stadt. Der bringt nicht nur Pizza, sondern Essen aller Art. Mal ein Schnitzel, mal Ente süßsauer, mal Gyrosplatte und mal Pommes Fritz, je nachdem, was die Leute in welchem Restaurant bestellen. Und da es immer mal wieder zu einer Fehlbestellung kommt, die schließlich nicht verkommen soll, fährt er alle paar Stunden hier vor und legt das falsche Essen in einen Korb, den die Berber über den Balkon hängen hat und zu sich hochziehen kann. Er ist der perfekte Mann für unser «Rapunzel von Spandau»!

Aus diesem Grund hatte se auch «zu Kaffee und einem Imbiss» gesagt, weil sie nicht wusste, was genau der Nagler ins Körbchen legt. Lediglich eine Vorsuppe hatte sie selbst gemacht. Also, selbst aufgemacht.

Wir hatten einen wirklich gemütlichen und netten Abend mit allerlei verschiedenem Essen, an dem auch alles friedlich blieb. Es gab nur kurz ein paar giftige Blicke, als ich Frau Berber für ihre wirklich leckere und schmackhafte Tomatensuppe lobte und sie beleidigt zischte: «Das ist Kartoffelsuppe!» Das konnte ich aber nun nicht wissen, am Geschmack war es beim besten Willen nicht zu erkennen gewesen, und ich habe es nicht böse gemeint. Im Gegenteil! Sie wärmte auf jeden Fall schön durch, und nur darauf kam es an, denn dass Frau Berber nicht kochen kann, wissen wir alle. Das muss man gar nicht schönreden und auch nicht in höfliche Floskeln verpacken, das muss man ganz klar sagen, denn die Wahrheit ist noch immer das Beste.

Der Jemie-Dieter, also ihr Bengel, war auch dabei. Er hat von ihr den Hang zur Gemütlichkeit geerbt. Haben Se gemerkt, wie ich versucht habe, mich höflich auszudrücken? Bitte rechnen Se mir den Versuch an. Für den Fall, dass Se nicht verstehen, was ich meine, sage ich es noch mal deutlicher: Er neigt auch zur Pummeligkeit.

Sie hatte ihn deshalb ein paar Wochen vorher zum Sport angemeldet. Und was liegt näher, als Dinge an die Jugend weiterzugeben, die man selber mal mochte? Richtig: nichts. Er wurde also zum Judo geschickt, wie die Berber selbst als jüngere Frau. Es gibt nach oben kein Gewichtslimit, und man kann Männer auf die Matte legen – das hat ihr gefallen.

Jemie-Dieter bekam nun also auch so einen weißen Bademantel mit Gürtel und geht immer dienstags und freitags zum Training. Als er seinen ersten Wettkampf hatte, war sie ganz aufgeregt und sprach tagelang von nichts anderem. Eislaufmütter kennt man, aber das ist bei jeder Sportart gleich. Es gibt auch Handballmütter und Judomütter. Am Abend vorher hat sie ihm einen doppelten Dönner spendiert. «Damit der Junge Energiereserven hat», hat sie gesagt und gegrinst. Dabei ging es gar nicht um die Energie, sondern darum, dass er die sehr scharfe Knoblauchsoße auf den Teller bekam. Beim Wettkampf hat er dann bis zum Halbfinale alle Gegner einfach durch Anhauchen von der Matte vertrieben und traf erst da auf einen erfahrenen Kämpfer, der den Trick kannte und der während des Kampfes eine Minute lang die Luft anhielt. Da hat Jemie-Dieter dann verloren.

Diese Geschichte gab die Berber nun zum Besten und brachte uns alle zum Lachen. Es war gemütlich, wie wir da saßen, zwischen all den Nikoläusen und Weihnachtsmännern, und uns unterhielten. Und auch wenn auf dem Tisch alles andere als Gänsebraten und Buttercremetorte stand, wurde es mir richtig weihnachtlich zumute.

So gingen wir nun auf die Zielgerade der letzten Tage vor dem Fest, und ich freute mich auf gemütliche Stunden mit meiner Tochter. Weihnachten mit Kirsten ist nie einfach, aber trotzdem immer schön. Wir sind erfahren darin, das Beste daraus zu machen. Meine Erfahrung ist, dass der Zusammenhalt in der Familie auf die Entfernung am besten funktioniert, und das gilt nicht nur für das Verhältnis zwischen meiner Tochter und mir. Viele Ehen, die ich kenne, bestehen nur deshalb noch, weil einer von beiden die Woche über aus dem Haus ist und man sich nur am Wochenende sieht.

Und so ist es doch auch im Großen, wenn ich an unser Land denke: Früher haben se in Westberlin an Weihnachten Kerzen in die Fenster gestellt, die nach Osten zeigten, und man wurde ganz wehmütig. Als wir, die Ost-Verwandtschaft, hinter der Mauer saßen, nicht rüberkonnten und mit einem Fresspaket zum Fest abgefertigt wurden und zufrieden waren, verstanden sich alle am besten. Was meinen Se, was ich mir mit Thekla, der Schwester meines ersten Mannes Otto, für nette Karten geschrieben habe, solange die Grenze zu war! Als ich sie dann nach 89 das erste Mal besuchen wollte in Moabit, war ihr das gar nicht recht. Ich kriegte gleich vorgerechnet, was die Päckchen sie gekostet hatten im Laufe der Jahre. Dabei waren da nur die billigsten Büchsenmandarinen und Albrecht-Kaffee drin gewesen. Sogar die verschmorten Gardinen hat sie mir vorgehalten, weil sie für «euch arme Seelen da im Osten» am Heiligen Abend eine Kerze ins Fenster gestellt hat, denken Se sich das mal! Was kann ich dafür, dass sie nicht aufpasst und die gute Stube in Flammen setzt?

Um Ottos Grab im Westen hatte sie sich auch nie gekümmert. Da war schon fast die Liegezeit rum, als ich endlich wieder rüberkonnte, und ich musste mit der Heckenschere an das Gestrüpp, jawoll, mit der Heckenschere, so verwildert war das! Und von so einer muss man sich dann so was vorhalten lassen?

Na, nun lebt sie auch nicht mehr. Einfach so, kurz vor ihrem 90., hat Thekla die Augen geschlossen. Solche Leute sterben immer friedlich im Schlaf. Sie starb allerdings zum denkbar ungünstigsten Zeitpunkt, ohne Rücksicht auf die Hinterbliebenen. Dabei war der Saal schon angemietet, die Enkelin hatte die Schicht getauscht, der Chor hatte geprobt und extra ein Lied umgeschrieben … und dann das! Aber am Geburtstag konnten sie sie nun auch nicht begraben, obwohl das mit dem Festsaal, dem bestellten Buffet und der getauschten Schicht der Enkelin am besten gepasst hätte.

Na, mich ging es nichts an. Ich bin natürlich trotzdem hin zur Beerdigung – zwei Tage nach dem Geburtstag, die kalten Platten hatten sich gut gehalten –, mit einem kleinen Trauergesteck für zwanzig Euro. Man will sich ja nichts nachsagen lassen. Sie war schließlich Verwandtschaft. Soll sie in Frieden ruhen, jedenfalls bis ich da oben erscheine. DANN SPRECHEN WIR UNS ABER NOCH MAL!

Aber zurück zur lebenden Verwandtschaft. Natürlich hatte ich Kirsten am Telefon davon erzählt, was hier im Haus los war. Regelmäßig hatte ich sie auf dem Laufenden gehalten. Wir sprechen ja jede Woche, meist sogar mehrmals. Dann fragt sie immer ab, ob ich genug trinke, ob ich wohl auch nicht auf die Leiter gestiegen bin zum Fensterputzen, ob ich nichts an der Haustür unterschrieben habe und lauter solche Dinge.

Seit sie wusste, dass hier gebaut wurde, lag sie mir auch jede Woche in den Ohren, dass ich wegen der Wasseradern und dem Scheng-Pfui aufpassen muss, und schickte mir Zeichnungen, an die sich die Bauarbeiter halten sollten. Ich schmiss den Plunder natürlich weg und versicherte ihr, dass die Handwerker sich selbstverständlich an ihre Anweisungen hielten. So weit kommt's noch, dass ich mich lächerlich machte und den Männern Knüppel in den eh schon stotternden Arbeitsfortgang warf. Wenn ich denen mit «Meine Tochter hat mit ihrer Wünschelrute rausgefunden …» gekommen wäre, na, die hätten sich eins gefeixt!

Aber natürlich geht es in unseren Gesprächen nicht nur um mich. Ich erfahre beim Telefonieren mit Kirsten auch immer, was bei ihr aktuell so los ist: Welches Tier sie wieder zur Atemtherapie hat oder dass beim Waldbaden im Laub eine Frau mit Doppelnamen von einem Biber gebissen wurde.

Dieses Jahr wollte sie zu Weihnachten nicht mit dem Auto anreisen, sondern mit der Bahn. Das war mutig, aber da sie eine Perserkatze in Pflege hatte, der beim Autofahren schlecht wird, blieb ihr keine andere Wahl.

«Das ist auch viel bequemer, Mama. Und bei dir ist es mit dem Parken auch immer so schwer!»

Und das sagt Kirsten, die rückwärts fahren kann! Was meinen Se, wie Kurt immer schimpft. Beim Koyota ist ja der Rückwärtsgang verklemmt, und da Kurts Augen nach vorne schon nicht … aber lassen wir das.

Kirsten wollte also mit der Eisenbahn kommen, und ich schlug vor, dass sie da aber spätestens am 22. reist. Sie lachte nur. «Vom Sauerland bis Berlin bin ich doch ruck, zuck da!», meinte sie. Ja, wenn man Mittelschicht ist und ein Privatflugzeug fliegt, vielleicht. Aber doch nicht mit der Bahn! Ich hatte da meine eigene, nicht so schöne Erfahrung gemacht im Sommer, und das konnte ich jetzt vor Weihnachten wirklich nicht gebrauchen.

Wissen Se, mit meiner Tochter und mir ist das so eine Sache. Ich bin einerseits stolz auf sie. Sie steht ihre Frau und schlägt sich mit beachtlichem Erfolg durchs Leben. Kirsten macht Lebensberatung und Wellness für Kätzchen und Hamster, und ihre Praxis läuft prima und wirft gutes Geld ab – so viel, dass sie letztes Jahr sogar anbauen und die Meerschweinchenphüsio eröffnen konnte. Das ist doch was!

Nur, womit sie da ihr Geld verdient, damit habe ich so meine Schwierigkeiten. Sie hat sich den Tieren verschrieben und kümmert sich um deren mentale Gesundheit, und zwar mit fragwürdigen oder, um mit ihren Worten zu reden, alternativen Methoden. Da findet aller möglicher Klimbim bei Mondschein statt, und Globulis werden halbiert, damit sie nicht zu stark sind. Für mich ist das Humbug, aber was weiß ich schon.

Nach Kirstens Verständnis liegt die Lösung jedes Problems der Welt in der Mitte, und ebendiese Mitte muss jeder, der zu ihr kommt, unter fachkundiger Anleitung und natürlich gegen Bezahlung suchen. Wobei sie es nicht «Gebühr» oder «Kosten» nennt, sondern «Wertschätzungsbeitrag». Pfiffig isse, meine Kirsten. Das hat sie von mir! Jedenfalls schätzen viele die Hilfe beim Finden der inneren Mitte, des Gleichgewichts und der Ruhe großzügig wert. Also, Herrchen und Frauchen, die Viecher machen das nur in Grenzen mit. Nicht jedes Zwergkaninchen lässt sich die Suche der Mitte bieten, und das ein oder andere beißt schon mal zu. Tiere sind doch auch kitzelig!

Kirsten wird dann aber nicht böse, sondern vermutet den Grund für solche Aggressionen meist in einer schweren Kindheit. An der Stelle höre ich nicht mehr richtig zu und singe innerlich Lieder vor mich hin, damit ich nicht lachen muss, denn ich möchte mir nicht vorstellen, dass Vater Lampe im Kaninchenbau so streng mit den Flauschknäueln geschimpft hat, dass sie nun Trauma haben … Nee, da muss ich mir die Lachtränen wegtupfen!

Aber vielleicht bin ich für so was einfach zu alt. Kirsten jedenfalls findet immer wieder neue Anhänger und Leute, die wirklich viel Geld dafür bezahlen, dass ihre Hundewelpen klassische Musik auf der Kuscheldecke vorgespielt bekommen, getragen von Kirstens Versprechen, dass dadurch ihr Wesen friedlicher wird. Wir haben das auch mal versucht, so ist es nicht – aber offenbar hat Gertruds Doberdogge Norbert entweder bei Mozart geschwänzt oder ist eingeschlafen, denn bei ihm ist nach wie vor nichts von friedlichem Wesen zu merken. Wenn der eine Katze sieht, gehen se durch mit ihm, er zieht die Leine stramm und kläfft.

Wie auch immer, jedenfalls komme ich auf die Entfernung Berlin–Sauerland gut mit meiner Tochter zurecht. Wenn wir uns sehen, ist es früher oft zu Reibungen gekommen, aber nun haben wir einen Weg gefunden, uns zu vertragen. Kirsten hat gelernt, dass ich noch gut beieinander bin und sie mich ernst nehmen und respektieren muss, und ich habe eingesehen, dass sie eben aus einer anderen Generation stammt und ihr eigenes Leben mit Kristallen und Engeln lebt, in das ich ihr nicht reinrede, solange ich nichts pendeln muss. Auf dieser Basis kommen wir recht gut miteinander aus, und meist bleibt sie ja auch nur ein paar Tage.

Zu Weihnachten raufen wir uns in der Regel zusammen und verbringen die hohen Feiertage gemeinsam. Wissen Se, da hat ja jeder seine Rituale und Gewohnheiten, und ich lege Wert auf Tradition. Deshalb gibt es jedes Jahr Buttercremetorte, und ich brate eine Gans. Wenn Kirsten lieber Kosmonautennahrung aus dem Smufie-Mixer essen will, dann soll se, aber ich mache den Blödsinn nicht mit.

Vor ein paar Jahren war meine Tochter der Meinung, ich müsste nicht zur Kirche, und ich hätte «Sissi» schon so oft gesehen, dass es ruhig mal ausfallen könnte, und außerdem wäre Gänsebraten jedes Jahr auch langweilig. Na, da hat es tüchtig geraucht im Gebälk, da musste ich als Mutti aber mal deutlich werden und habe sie ausgeschimpft und auf ihr Zimmer geschickt. Also, ins Gästezimmer. Sie hat zurückgeschimpft und redete von «wertvoller Ich-Zeit», die sie dringend bräuchte – dann knallte die Tür. Wenig später kam ein seltsamer Geruch unter dem Schlitz durch. Da bin ich aber rein ins Zimmer, ohne Anklopfen, und sah, dass Kirsten tatsächlich Räucherstäbchen abflammte, deren Geruch gerade in meine besten Gardinen zog. Na, da habe ich dem Fräulein die Leviten gelesen, das können Se mir glauben. Da stand sie stramm vor mir, die Hände an der Hosennaht, wie früher als kleines Mädchen.

Kirstens Räucherstäbchen riechen ungefähr so, wie wenn die Berber Plätzchen backt. Das ist so eine, die nicht viel Wert auf den Haushalt legt, davon habe ich ja bereits berichtet. Die hat immer Bier im Kühlschrank und eine Tube Senf, aber sonst nicht viel. Bei der laufen sich die

Mäuse Blasen auf der Suche nach einem Stückchen Speck. Sie kocht eben nur selten, und wenn, dann ist das ein Abenteuer für das ganze Haus.

Einmal hat sie selbst tiefgefrorene Pizza heiß gemacht und dabei nicht mal die Plastikfolie abgemacht. Sie können sich nicht vorstellen, wie das gestunken hat! Ich habe ihr daraufhin ein ganz, ganz einfaches Kochbuch geschenkt, eins, das für Studenten gedacht ist, die gar nichts können. Das komplizierteste Rezept in dem Buch ist Rührei.

Trotzdem schrieb ich vorne als Mahnung auf die erste Seite: «Egal, welches Rezept Sie zubereiten, liebe Frau Berber, bevor Sie den Herd einschalten, knipsen Sie bitte zuallererst den Rauchmelder aus. Den hört man durch das ganze Haus, bis hoch zu mir in die Wohnstube. Auf gutes Gelingen, Ihre Nachbarin Renate Bergmann.»

Und dabei ist ihr Essen so wichtig! Überlegen Se mal, die hat kürzlich beim Radio angerufen und angeregt, dass die nicht nur durchsagen, wo ein Blitzer steht, sondern auch, wo der mobile Wagen mit dem Dönner gerade haltmacht. So eine ist das! Es ist wirklich ein Ärgernis, dass sie nicht kochen kann, aber darüber habe ich mich schon genug aufgeregt, und darum soll es jetzt auch gar nicht gehen.

Jedenfalls ist Weihnachten mit meiner Tochter wirklich immer eine heikle Angelegenheit. Wir geben uns beide viel Mühe, aber irgendwas geht dann doch jedes Jahr schief, und wir kriegen einen Streit. Zum Glück haben wir gelernt, damit umzugehen und uns zusammenzuraufen. Kirsten geht dann eine Stunde zu anderen komischen Frauen, die mit Tüchern tanzen und Kräuter rauchen, oder ich gehe meine Männer harken. Wir entspannen eben beide unterschiedlich, sie harkt ihren Zen-Garten und ich auf dem Friedhof. Bei der nächsten Mahlzeit ist dann meist schon wieder Frieden.

Trotzdem versuche ich immer, alle Unwägbarkeiten und Ärgernisse möglichst zu vermeiden. Als Kirsten also schon Wochen vor Weihnachten angekündigte, dass sie mit dem Zug anreist, zog ich gleich die Stirn kraus – also noch krauser, als meine Runzeln sie eh schon aussehen lassen – und überlegte, ob das wohl eine gute Idee war. Wissen Se, ich war selber bei der Eisenbahn gewesen, bis ich in Rente ging, und ich weiß, was Weihnachten in den Zügen los ist. Vor den Feiertagen sind die Bahnen voll wie in Indien am Ende des Ramadan, nur mit dem Unterschied, dass sie bei uns nicht so zuverlässig und regelmäßig fahren. Bei den Kollegen geht es in dieser Zeit einfach drunter und drüber. Ich bilde mir nicht ein, dass das daran liegt, dass ich nicht mehr da bin, aber ein bisschen auf Ordnung geguckt habe ich schon. Ich war ja nicht nur eine Kartenknipse, sondern hatte immer einen Blick «aufs Janze»! Und wer weiß, ob das da jetzt noch jemand von sich sagen kann? Es sieht mir nicht danach aus.

Mit der Bahn zu reisen, ist immer ein Risiko. Mir fällt es wirklich nicht leicht, mich negativ zu äußern. Wir haben früher auch so manche Panne und die eine oder andere Verspätung gehabt.

Ach, die Reichsbahnzeiten. Das glaubt ja heute auch keiner mehr, dass die Eisenbahn in der DDR bis zur Wende hin Reichsbahn hieß, aber es war so. Es waren keine goldenen Zeiten, die DDR-Jahre, jedoch haben wir das Beste draus gemacht. Und als Reichsbahnerin hatte ich einen guten Posten.

Damals gab es ja nicht alles überall zu kaufen, und gerade wenn wir zu den Feiertagen was Leckeres auf den Teller bringen wollten, mussten wir improvisieren und tauschen. Je mehr man rumkam, desto besser ging das. An Weihnachten hatten wir den Tisch immer mit leckeren Delikatessen gedeckt, allen Versorgungsengpässen zum Trotz. Ich bin lange Jahre mit Mechthild Gruner gefahren, auf der Strecke von Berlin nach Erfurt, und da kamen wir immer in Naumburg vorbei. Dort wohnte Mechthilds Schwiegermutter, und die kannte eine Frau, deren Cousin war Kraftfahrer beim Obstgroßhandel. Der kam immer an echte Apfelsinen ran und hat die für ein schönes Tauschgeschäft Mechthilds Schwiegermutter überlassen – und da wir oft was besonders Schönes im Gepäck hatten, gerne auch uns.

Ich hatte nämlich eine Nachbarin in Karlshorst, die war Näherin, und die konnte Handtücher besorgen. Die ganz weichen aus MALIMO, kennen Se die noch? Die waren eigentlich nur für den Export bestimmt. So was Feines weiß ja heute keiner mehr zu schätzen, aber damals waren alle scharf darauf wie ein Schäferhund aufs Gehackte. Meine Nachbarin jedenfalls – wie hieß sie bloß … Bechert … Becker … Beckstein, nee, warten Se … Hummel! Elsbeth Hummel, meine Nachbarin in Karlshorst, die hat immer den Zippel zum Aufhängen ein bisschen schief an das Handtuch genäht. Dadurch wurde es zweite Wahl und konnte nicht mehr in den Westen exportiert werden, sondern wurde günstig an die Arbeiterinnen abgegeben. Sie hat zwar die Prämie gestrichen bekommen am Ende des Jahres, weil sie zu viel Ausschuss genäht hatte, aber das war ihr egal. Wissen Se, das, was sie durch den Weiterverkauf der Zweite-Wahl-Handtücher verdiente, war viel mehr als ihre Prämie.

Ach, das waren feine weiche Handtücher, und allerbeste Qualität! Ich habe heute noch welche davon.

Jedenfalls habe ich Mechthild dann mit den Handtüchern in Naumburg aussteigen lassen, ich fuhr allein mit dem Lokführer und dem Zug nach Erfurt. Die Fahrgäste störte es wenig, dass da nun nur noch eine junge Dame ein Loch in ihre Fahrkarten knipste, denen war das egal. Wenn wir nachmittags zurückkamen, dann stand Mechthild schon auf dem Bahnsteig mit ein, zwei großen Kisten Apfelsinen. Mit denen fuhren wir wieder zurück nach Berlin.

Ja, so war das. Wir sicherten die Versorgung der Bevölkerung in der Hauptstadt mit Fittaminen, da wussten wir uns zu helfen. Und wir hatten immer eine besinnliche Weihnachtszeit mit duftenden, orangen Apfelsinen. Sie können sich das ja gar nicht vorstellen heutzutage, aber frei zu kaufen kriegte man als Ersatz für die prächtigen Orangen bei uns nur Kuba-Apfelsinen, giftgrün und voller Kerne. Süß und saftig waren sie, da gibt es keinen Zweifel. Aber konnte man sie nur ganz schwer abpellen, und sie waren strohig. Zum Auspressen taten sie's prima, aber ich frage Sie, wer will denn an Weihnachten schon Apfelsinensaft? Da gehören schöne, ganze Früchte auf den bunten Teller. Damit konnte man jedem eine Freude machen, so eine Apfelsine war was Besonderes.

Fast wie eine Büchse Ananas! Die kostete im Delikatladen 13 Mark und war der Inbegriff von Luxus. Wenn ich Obsttorten gebacken habe zum Geburtstag, zu einer Beerdigung oder zu einer sonstigen Feier – die Ananastorte war immer einer der Höhepunkte auf der Festtafel und auch ruck, zuck weggegessen. Ananastorte mit Sahnerand, das ist ja was Leichtes, was man nach zwei Stück Buttercremetorte oder Biskuitrolle noch gut vertragen kann, ohne dass es zu schwer im Magen liegt.

Ja, da hat sich vieles verändert, früher war die Weihnachtsfreude über kleine Dinge viel größer. Stellen Se den Kindern heute mal einen bunten Teller mit einer Apfelsine hin. Na, auf die Gesichter freuen Se sich! Schließlich gibt es Apfelsinen im Winter jeden Tag, und nicht nur im Winter, sondern das ganze Jahr hindurch. Aber wenn man die Dinge quasi «erjagen» muss und nicht einfach kaufen kann, dann haben sie doch einen ganz anderen Wert für einen.

So ändern sich die Zeiten, und auch ich musste einsehen, dass man die Jugend seit dem Mauerfall nicht mehr mit Apfelsinen beeindrucken kann. Es war ja auch für mich eine große Umstellung, und es dauerte, bis ich verstanden hatte, dass es nun immer alles gab. Ich weiß noch, die ersten zwei oder drei Jahre, als man die schönsten Süßigkeiten stets und überall kaufen konnte, konnte ich mich gar nicht bremsen vor Weihnachten. «Tante Renate macht keine bunten Teller, die macht bunte Waschkörbe», haben se über mich gesagt. Ich war sehr böse damals und fand das nicht nett, aber im Grunde hatten sie recht. Gott sei Dank gewöhnt der Mensch sich ja an alles, und auch eine Renate Bergmann gewöhnte sich an das Leben voller Möglichkeiten – deshalb gab es schon bald keine «bunten Waschkörbe» mehr, sondern für jeden nur noch ein Kästchen Mongscherrie. Die Kinder sind ja auch größer geworden, und Stefan möchte schon lange keinen Lutscher mehr.

Ja, ich kenne die Bahn vor und hinter den Kulissen, ich bin sowohl als Kartenknipse als auch als Reisende oft mit ihr unterwegs gewesen. Und so, wie eine Krähe der andern kein Auge aushackt, so fällt eine alte Bahnerin den jungen Kollegen nicht in den Rücken. Außerdem hacke ich nicht gern auf Leuten rum, die eh schon am Boden sind. Das gehört sich einfach nicht. Und ich sage ausdrücklich, dass das Problem bei der Eisenbahn nicht die Leute sind, die im Zug Dienst tun. Die bemühen sich über ihre Grenzen hinaus, das können Se mir glauben. Die sind selber fix und fertig mit den Nerven und geben sich trotzdem Mühe, zu lächeln und höflich Auskunft zu geben. Aber alle Freundlichkeit ist nur Garnitur im Chaos, wenn die Rädchen irgendwie nicht so recht ineinandergreifen wollen. Mir scheint es, als wären da Mänädscher am «Optimieren», die nicht die rechte Ahnung haben. Bestimmt die gleichen, die die unsinnigen Warteschleifen bei der Wohnungsverwaltung eingeführt haben.

Als ich das letzte Mal verreist war, habe ich auch wieder eine Räuberpistole erlebt, das muss ich Ihnen ja auch noch erzählen. Meine Güte!

Ich wollte nach Hannover zu Ulrike und Thomas. Das sind … das ist Verwandtschaft. Ich könnte Ihnen das jetzt aufdröseln mit Neffen und angeheirateten Schwägerinnen, aber glauben Se mir, bei vier verstorbenen Gatten mit entsprechendem Anhang kommen Se durcheinander. Ilse ist die Einzige, die meinen Familienstammbaum noch im Kopf hat, und selbst sie, die die Cousinen vierten Grades des englischen Königs aufsagen kann, kommt bei mir an ihre Grenzen. Es ist auch nicht wichtig für die Geschichte, es reicht, wenn ich sage, dass ich nach Hannover wollte.

Es gibt prima Verbindungen ab Berlin – auf dem Papier. Man ist fix da, kommt bequem an und kann im Zug noch ein Buch lesen, jedenfalls in den Werbefilmchen, die immer im Fernsehen laufen. Und ich selten naive Person glaube das tatsächlich immer wieder! Da bin ich nun alt geworden wie eine Kuh und lerne immer noch dazu, denn ich wurde eines Besseren, oder genauer gesagt Schlechteren belehrt.

Zunächst habe ich mir eine Verbindung rausgesucht in dieser Äppse auf dem Händi. Hin- und Rückfahrt, Bahnkarte, Sitzplatz, möchten Sie Treuepunkte sammeln, soll das abgebucht oder in Raten bezahlt werden – tausend Sachen musste ich klicken, wegdrücken und wählen. Ich habe einen Platz reserviert und mich noch über den Preis gewundert, denn irgendwie kam mir das sehr günstig vor für so eine Reise, aber nun. Warum soll man nicht auch mal positiv überrascht werden, zur Abwechslung? Nach hundertmal Klick und Wisch schickten die mir dann einen I-Mehl mit drei Seiten PDS, das war mein Fahrschein.

Im sehr, sehr Kleingedruckten – das konnte eine alte Frau ohne Brille wirklich fast nicht lesen, und ich musste es ganz genau studieren, um es zu erkennen! – fand ich heraus, dass ich von Berlin bis nach Wolfsburg mit irgendeinem Fixzug fahre, den ich aber noch extra buchen müsste. Das war nicht die Bundesbahn, sondern eine Privatbahn, und die war nicht im Preis mit drin.

A-ha.

Daher wehte also der Hase!

Nee. Der lag im Pfeffer. Also, der Hase.

Ich meine, nun wurde mir klar, warum das so billich gewesen war. So ein Ärger, und ich hatte doch so gut aufgepasst! Irgendwie muss ich beim Klicken und Wischen wohl doch auf ein falsches Feld gekommen sein. Es ist aber auch ärgerlich, dass man nicht mehr einfach an den Schalter gehen und da eine Fahrkarte kaufen kann. Man könnte schon, aber diese langen Schlangen … ich rege mich immer wieder auf. Die setzen doch da nur als Alibi drei olle Tanten hin, die nicht mehr lange bis zur Rente und die Füße dick haben, damit sie bei Beschwerden pro forma sagen können: «Es gibt doch auch Schalter!»

Das ist wie mit den Beschwerde-Telefonnummern: Es gibt sie. Aber im Grunde nur, damit der Pflicht Genüge getan wird, nicht etwa, damit der Kunde bedient und ihm geholfen wird.

Erst vermutete ich, dass das mit diesem Fixzug so ähnlich ist wie mit den Fernbussen, nur auf Schienen. Ist es aber nicht, denn im Gegensatz zu den modernen und gut ausgestatteten fixen Bussen, die sogar Onlein können, verkehren bei der Zugfirma ausrangierte alte Bundesbahnwaggons aus den 1970er-Jahren. Ich kenne die Dinger aus der «Schwarzwaldklinik»! Darin ist der Professor Brinkmann der Schwester Christa nach Sylt nachgefahren, gleich in einer der ersten Folgen, noch bevor er ihr den Heiratsantrag gemacht hat. Da sieht man mal, wie lang das her ist. Ich schaue jedes Jahr im Advent immer wieder gerne die Wiederholungen dieser schönen Serie an. So was Gutes kriegen die vom Fernsehen doch heute gar nicht mehr zustande!

Die Fahrt war trotz aller Nostalgie alles andere als komfortabel. Auf jeden Fall muss das Baujahr der Waggons vor Erfindung der Klimaanlage liegen. Bei der richtigen Bahn ist die ja meist kaputt, und alle ärgern sich. Dieser Ärger wurde uns Reisenden hier einfach dadurch erspart, dass es gar keine Klimapusten gab. Das wurde bei 33 Grad recht schnell unangenehm, zumal man nicht nur den Schweiß der Reisenden roch, sondern auch den Mief, der aus den jahrzehntealten Polstern stieg. Also wurden die Fenster aufgerissen, es zog wie Hechtsuppe, und ich wusste sofort, dass ich mich bei Ulrike und Thomas gleich gründlich waschen müsste und am nächsten Tag ein steifes Genick haben würde. Der Fahrtwind bollerte in das Abteil, es dröhnte wie die Bumsmusik in den schnittigen Sportwagen, mit denen die jungschen Schnösel nachts immer Balzfahrten machen, wenn anständige Leute schlafen wollen. Die haben so große Bassboxen im Kofferraum, dass da nicht mal mehr ein Kasten Bier beim Einkauf reinpasst, schimpft Kurt immer. Ich zählte die Minuten, bis wir endlich in Wolfsburg ankommen würden und ich in die richtige Bahn umsteigen dürfte.

Ein paar Kilometer vor dem Ziel hielten wir jedoch ohne ersichtlichen Grund auf freiem Feld. Keiner wusste, warum, und es konnte auch niemand im Telefon nachgucken, denn es war Milchkannengebiet ohne Interweb. Alle guckten neidisch auf meine fast volle Flasche Sprudel. Ha! Und ich hatte sogar noch eine zweite in der Handtasche. Wenn wir hier noch lange stehen, verkaufe ich die meistbietend, überlegte ich mir. Ich hatte ein junges Mädchen mit einem Handventilator gesehen. Vielleicht könnte man ja auch heute noch tauschen, wenn die Not nur groß genug wäre.

Aber es kam nicht zu Verhandlungen, denn nach etwa zwanzig Minuten fuhren wir weiter. Dass sich da mal jemand meldet, um zu erklären, was los war, kann man wohl nicht erwarten heutzutage, und deshalb wunderte es mich auch nicht.

In Wolfsburg war mein Zug der Bundesbahn mit Reservierung natürlich längst weg. Laut Reiseplan hätte ich sieben Minuten Zeit zum Umsteigen gehabt, was für eine alte Dame mit operierter Hüfte eh schon knapp bemessen war. Es war aber nun egal, denn jetzt hatte ich erst mal reichlich Zeit, mir einen neuen Fahrschein zu kaufen. Ich hatte mit Zugbindung gebucht, weil es günstiger gewesen war, und natürlich interessierte es die Bahn nun einen Husten, warum mich der billige Fixzug auf dem Feld geparkt hatte. Ich hätte es ihnen ohnehin nicht beantworten können, selbst wenn sie gefragt hätten.

Ich warf einen Blick auf die Schlange am Schalter und auf das Personal. Der Herr sah, wie nicht anders zu erwarten war, nach «noch zwei Jahre, dann werde ich endlich pensioniert, und bis dahin reiße ich mir hier kein Bein mehr aus» aus.

Mutig, wie ich bin, ging ich deshalb zu einem Automaten und kam überraschend gut zurecht. Schwierig wurde es erst, als ich JA geklickt hatte bei der Frage, ob ich Bonuspunkte sammle. Ich musste nicht nur die 376-stellige Bahnkartennummer eintippen, sondern sollte auch sagen, wann ich geboren wurde, wie meine PLZ lautet und ob ich die neue mikroplastikfreie Handseife auf der Toilette schon probiert hatte. Mit den Nerven schon ziemlich am Ende brach ich ab und verzichtete auf meine Punkte. Ich war sehr stolz, dass die Maschine nach nicht mal zehn Minuten ein Reisebillett ausspuckte.

Ich hätte mich gar nicht so sehr beeilen müssen, denn der Zug, der mich nun nach Hannover fahren sollte, kam an dem Tag zwanzig Minuten später, und zwar von Gleis neun statt Gleis zehn. Nach wenigen Minuten wurde die Verspätung auf dreißig Minuten erhöht, und sie verlegten die Abfahrt auf Gleis eins. Die Wagenreihung ist ja immer eine Sonderausschüttung, genau wie Spiel 77 beim Lotto. Heute befand sich die erste Klasse in den Bereichen B, C, F oder G. Dass die Reservierungen nicht angezeigt wurden, muss ich nicht extra erwähnen, denke ich.

Plötzlich rollte ein Irrläufer ein, ein Zug, der nach Bremen wollte, und blockierte unser Gleis. Niemand durfte ein- oder aussteigen, ganz viele Bahnmenschen waren auf einmal da und sprachen aufgeregt in Funkgeräte. Die Passagiere guckten traurig aus den Fenstern. Sie sahen mitgenommen aus. Ich wollte gar nicht wissen, was die schon für eine Odyssee hinter sich hatten. Ich lächelte freundlich und winkte ihnen zu – als ehemalige Eisenbahnerin habe ich das immer noch so drin, wenn was schiefläuft, wissen Se –, aber die meisten sahen mich nur sehr verständnislos an.

Mein Zug verschob sich dann noch mal um eine halbe Stunde, mit der Begründung, dass das Gleis blockiert ist. Wenig später wurde die Ausrede auf «der Triebwagen wurde zu spät bereitgestellt» geändert, und die Verspätung erhöhte sich auf eine Stunde und vierzig Minuten. Selbstverständlich änderten sich dann auch noch mal das Gleis und die Wagenreihung.

Als der Zug einfuhr, wurde er von zwei Triebwagen geschoben. Ich fragte nicht, sondern suchte meinen Wagen 27, der heute in Bereich B, C, D oder E halten sollten, dann aber in F stand, stieg ein und fand meinen Platz.

Nach ein paar Minuten fuhren wir ab, und zwar vorbei

an den Bremern, die noch immer nicht aussteigen durften und neidisch auf unsere beiden Triebwagen guckten.

In Hannover kam ich gegen zwanzig Uhr statt wie geplant um 16.30 Uhr an. Gott sei Dank haben wir ja heutzutage diese modernen Händitelefone, und ich konnte Ulrike und Thomas auf dem Laufenden halten, jedenfalls nachdem wir aus dem Funkloch raus waren und solange die Händibatterie durchhielt. Die beiden hätten ja sonst was für Ängste ausgestanden um mich, sie hätten Stunden auf dem Bahnhof verbracht und für die Parkuhr noch mal so viel bezahlt wie ich für die Fahrkarte. Was für ein Irrsinn!

Und an dieses ganze Theater dachte ich, als Kirsten mir von ihren Plänen erzählte, mit der Bahn zu kommen. Mir war das im Sommer passiert, als die Ferien schon vorbei waren und ich nur einmal umsteigen musste. Kirsten wollte mit einer inkontinenten Katze am Heiligen Abend von Brunsköngl nach Berlin reisen, mit fünfmal umsteigen bei Schneefall, der mittlerweile im halben Land eingesetzt hatte! Das konnte gar nicht gut gehen.

Am Ende blieb sie trotz all meiner Mahnungen dabei, es war nichts zu machen: Sie wollte unbedingt am Heiligmorgen die Perserkatze schnappen und in den Zug steigen. Na, mir sollte es recht sein. Wir Alten können nur warnen, verbieten können wir nichts. Die Jungen müssen ihre eigenen Erfahrungen machen, sonst lernen sie es nicht. Irgendwie, irgendwo und irgendwann würde sie schon ankommen. Das Gästezimmer war jedenfalls bereit.

Heiliger Abend

Und dann war der Heilige Abend da. Zum Glück fiel er nicht wieder mit dem vierten Advent auf den gleichen Tag. Das hatten wir vor ein paar Jahren, nee, war das eine Hektik! Man kommt ja gar nicht dazu, alles wegzufeiern, was im Advent ansteht, und vor allem einzukaufen. Die Händler jammern, weil eine Woche zum Verkaufen fehlt, na, und die, die knapp vorm heiligen Fest erst loslaufen, um Parföng oder Socken zu kaufen, die kriegen auch Terminstress.

Der 24. Dezember war gekommen, und wie er sich präsentierte! Es war wie im Märchen: Nicht nur, dass unser Haus gewienert und geputzt im vollen Glanz erstrahlte, nein, Petrus hatte offenbar pünktlich am Morgen der Frau Holle einen I-Mehl geschickt, dass sie auch über Berlin die Betten schütteln soll. Schneeweiße Flöckchen tanzten vom Himmel und deckten die ganze Stadt mit einem winterwunderschönen Teppich zu. Und auch drinnen sah alles aus wie geleckt: Wir hatten, was die Renovierung betrifft, das Gröbste überstanden und konnten die Festtage in unseren sauberen, warmen Stuben verbringen. Und selbst wenn irgendwo noch mal die Heizung ausfallen sollte, wir würden schon zusammenrücken und das durchstehen.

Aber so schön das mit dem Schnee auch war, damit hatte sich jeder Funken Hoffnung zerschlagen, dass Kirsten pünktlich hier sein würde. Denn was eine Handvoll Schneeflocken für die Bahn bedeutet, das muss ich wohl nicht groß ausführen.

Kirsten schrieb mir immer mal wieder mit dem Händi, wo sie gerade war. Ich gab mir Mühe, meine Antworten nicht mit «Ich habe es dir doch gesagt!» und «Warum bist du auch nicht schon vor zwei Tagen gefahren?» zu beginnen und mich auf mein Tun zu konzentrieren. Damit war ich gut beschäftigt. Ich hatte zwar vieles vorbereitet, aber trotzdem geht es an so einem Tag doch meist drunter und drüber. Das ist immer so, man kann es noch so gut planen, letztlich geht immer was schief, und man muss improvisieren. Aber da zeigt sich, wer das Leben beherrscht!

Man hat tausend Sachen zu regeln, und auch, wenn fast alles nur Kleinigkeiten sind, wird es zur Zielgeraden hin immer hektisch. Ich habe am Heiligen Abend gern gegen Mittag wirklich alles fix und fertig, damit ich mich noch ein halbes Stündchen aufs Ohr legen und ruhen kann, aber das klappt in den seltensten Jahren. Dieses Mal war ich guter Dinge: Ich hatte alle Speisen vorbereitet, prüfte gerade, ob auch genügend kleine Gästehandtücher in der Badestube drapiert lagen, und dachte noch, ob das Silber, das ich und Ilse vor ein paar Tagen geputzt hatten, auch wirklich nicht schon wieder angelaufen war – da fiel mir auf einmal die Bettwäsche von Herrn Bogdan in den Blick.

Ach du lieber Himmel! Die hatte ich ja völlig vergessen!

Natürlich war sie gemangelt und schrankfertig zusammengelegt, nicht etwa knüddelig auf Halde im Wäschekorb versteckt, wie bei anderen Personen. Aber ich hatte es in all der Weihnachtsvorbereitungshektik glatt versäumt, sie ihm in seine Pension mitzugeben. Das musste ich unbedingt in Ordnung bringen. Was sollten denn die Leute denken? Wer wusste schon, ob da zwischen den Jahren jemand war, und wenn ich die Bettwäsche erst im neuen Jahr … nee! Was machte das für einen Eindruck? Und ich wollte die hier auch nicht liegen haben. Das wäre ja wie mit Schulden ins neue Jahr zu gehen! So was kommt für anständige Menschen nicht infrage.

Ich sah auf die Uhr. Es war gegen zehn am Vormittag, und der Heilige Abend ist ja bis Mittag Geschäftstag. Da kann man ruhig noch letzte Besorgungen machen, andere taten das schließlich auch. Ich wollte jedoch mit der frischen Bettwäsche nicht in den Bus, und da Stefan immer zu mir sagt: «Tante Renate, melde dich, wenn du irgendwohin willst, ich fahre dich!», dachte ich, das könne der nun ruhig mal machen. Also bimmelte ich ihn an.

«Tante Renate?»

«Hier ist Tante Rena… woher weißt du das?»

Ich kann mich einfach nicht daran gewöhnen, dass das immer auf dem Glasscheibchen steht, wer anruft!

«Stefan, mein Junge. Mein Guter.»

Er lachte. «Was willst du?»

Ein pfiffiger Bursche ist er ja, der Stefan. Der hört genau, wenn was los ist.

«Ob du mich vielleicht kurz zur Pension von Herrn Bogdan fahren könntest? Ich habe hier noch die Bettwäsche liegen, und das macht doch keinen guten Eindruck. Die Wirtin hält mich am Ende noch für ein loses Ding, das sich fremde Bettwäsche unter den Nagel reißen will. Die muss heute noch dahin, und der Bus ...»

«Das ist jetzt nicht dein Ernst», sagte Stefan trocken.

Ich sagte erst mal gar nichts und ließ die Pause wirken. Nach ein paar Sekunden fuhr ich dann mit viel Enttäuschung in der Stimme fort: «Es war ja nur eine Frage. Ich wusste nicht, dass das eine so große Mühe für dich ist. Nein, dann will ich dich nicht in Anspruch nehmen. Ich kann auch Onkel Kurt fragen. Er hatte gestern zwar noch 39 Fieber, aber bestimmt fährt er mich trotzdem. Oder ich nehme den Bus. Dann muss ich eben vorlaufen bis zur Haltestelle mit der schmerzenden Hüfte, aber das wird schon gehen. Mach dir keine Mühe!»

«Tante Renate ...»

«... es war ja nur eine Frage. Nein, lass nur, Stefan. Entschuldige die Störung. Wir sehen uns ja später. Seid bitte pünktlich!»

Dann legte ich auf und zog mir den Mantel an. Ich wusste genau, dass Stefan in nicht mal einer halben Stunde hupen würde, da wollte ich den Jungen nicht warten lassen. Ich kenne doch meinen Stefan!

Und genauso war es, wenig später bog er mit dem Auto um die Ecke, hielt direkt vorm Haus und sah mich mit hochgezogenen Brauen an.

Der Junge versuchte mir auf der kurzen Fahrt dann noch ein schlechtes Gewissen zu machen, indem er mehrfach erwähnte, dass die Kinder nun warten müssten, bis der Baum geschmückt werden konnte. Da konnte ich nur schmunzeln.

«Stefan, Junge, du hast in deinem ganzen Leben noch nie geholfen, den Baum zu schmücken. Du hattest als Kind schon Angst vor den kratzenden Nadeln, und seit ein paar Jahren kümmert sich Ariane darum. Versuch nicht, deine alte Tante hinter die Fichte zu führen!»

Darauf sagte er nichts. Alte Frau mit operierter Hüfte sticht fürsorgenden Papa, so sind die Regeln!

Stefan mahnte mich unterwegs noch ein paarmal, ich sollte nicht «mitbremsen» und auch nicht die Finger in die Polster krallen, außerdem verbat er es sich, dass ich rote Ampeln ansagte. Na, der Junge fährt eben anders als Kurt. Er hatte auch keinen Rosenkranz im Handschuhfach, an dem sich ängstliche Mitfahrer beruhigen können – da lagen nur feuchte Reinigungstücher.

Als wir an der Pension ankamen, war da Licht im Zimmer von Herrn Bogdan. Na, da hatte das schon sein Gutes, dass wir gekommen waren! Wenn das nun tage- oder gar wochenlang brannte, während er bei seiner Familie Weihnachten feierte, wäre die Stromrechnung aber happig gewesen.

Stefan wartete im Auto, ich ging rein. Ich wollte ja nur schnell die Bettwäsche aufs Bett legen. Der Höflichkeit halber klopfte ich trotzdem an der Zimmertür. So macht man das als wohlerzogene Person, auch wenn man nicht damit rechnet, dass jemand zu Hause ist.

Zu meiner Überraschung kam von drinnen ein leises und überraschtes «Herein!».

Ich war baff. Vorsichtig öffnete ich die Tür und traute meinen Augen nicht, wen ich da sitzen sah.

«Was machen Sie denn hier, Herr Bogdan? Sind Sie gar nicht zu Hause?»

«Ach, Frau Bergmann», setzte er seufzend zu reden an

und wies auf einen Stuhl, auf den ich mich setzte, die Bettwäsche auf dem Schoß.

Dann präsentierte er mir eine ewig lange Geschichte, die viel mit kaputten Autos, unzuverlässigen Kollegen und verpassten Mitfahrgelegenheiten zu tun hatte. So im Detail habe ich mir das nicht gemerkt, wissen Se, es ist ja auch gar nicht wichtig, ob nun der Motor von diesem oder die Kurbelwelle von jenem Wagen gebrochen war und ob der Ladislaus um acht oder der Wjatscheslaw um zehn nicht gekommen war. Und dann noch der Schnee …

Jedenfalls hatte Herr Bogdan wohl für morgen in aller Frühe eine Zugfahrkarte buchen können, damit er wenigstens zum Mittagessen am ersten Feiertag zu Hause bei der Familie sein konnte, aber heute, am Heiligen Abend, führte kein Weg und kein Zug mehr nach Posen.

«Und da sitzen Sie hier in dieser tristen Stube und melden sich nicht?», fragte ich empört. «Los, jetzt holen Se sich mal ein frisches Hemd und Ihre gute Hose – die blaue, die Sie immer anziehen, wenn der Architekt sich auf der Baustelle blicken lässt –, und dann kommen Sie mit. Sie feiern bei uns!»

«Aber ich kann doch nicht …»

«Papperlapp. Am Weihnachtsabend sitzt niemand allein, das kommt gar nicht infrage!»

«Frau Bergmann …»

«Jetzt hopp, keine Widerrede! Draußen im Auto wartet mein Neffe, der macht schon Zicken. Er hat angeblich noch viel zu tun und will zu seinen Kindern. Die kommen nicht mit dem Lametta voran ohne ihn. Hopp, jetzt rein in die Büx!»

Er holte noch mal Luft, schluckte seinen Widerspruch

dann aber herunter. Bei so was muss man kurzen Prozess machen und darf sich nicht auf lange Diskussionen einlassen. Männer winden und zieren sich gern, besonders wenn sie gute Sachen anziehen sollen. Ich sah, wie er rüber zu seinem Nachtschränkchen schielte, auf dem zwei Flaschen Bier, gekaufter Kartoffelsalat und kalte Wiener Würstchen standen.

«Das kriegen Se bei mir auch, aber in lecker!»

Ich reichte ihm die Hose, damit wir hier mal ein bisschen Tempo in die Geschichte bekamen, und drehte mich des Anstands wegen mit dem Gesicht zur Wand. Nicht nur Stefan hatte es eilig, ich hatte schließlich auch noch viel zu tun! Wir waren jetzt ein Esser mehr, und zwar ein guter Esser. Da würde ich noch zwei Pfund Kartoffeln in den Salat nachschnippeln müssen.

Ich sah aus dem Fenster. Stefan hupte da draußen in seinem Auto vor sich hin und trommelte mit den Fingern auf das Lenkrad. Der Bengel ist so nervös! Diese jungen Leute, nee. Kein bisschen Geduld. Immer haben se's eilig und hetzen durch die Gegend, den Kaffeebecher in der einen und das Wischtelefon in der anderen Hand.

Ich ließ mich aber nicht scheuchen, denn in der Ruhe liegt die Kraft. Außerdem heißt es ständig: «Tante Renate, wenn du Hilfe brauchst, melde dich. Wir fahren dich, wir packen mit an beim Fensterputzen, wir holen für dich deine Pillen aus der Apotheke oder was auch immer.» Aber wehe, man sagt mal ja und nimmt die Hilfe in Anspruch! Dann müssen erst Termine geprüft und was abgesagt werden, und dann wird auch noch gehupt.

Na, irgendwann war der Bolleck drin in der Hose, und wir konnten los. Stefan hatte schon ganz rote Fingerspitzen vom vielen Trommeln und guckte irritiert, als er mich mit Herrn Bogdan aus der Tür kommen sah. Ich stieg vorne ein, Herr Bogdan hinten.

«Frag nicht lange, fahr!», sagte ich, merkte aber gleich, dass das ein bisschen so klang, als hätte ich eine Bank überfallen. Deshalb erklärte ich die Situation.

«Stefan, was soll ich viele Worte machen. Das Auto ist kaputt, und was mit der Bahn los ist, weißt du selber. Man kommt nicht aus Berlin weg, und Tante Kirsten sitzt irgendwo in Köln bei der Bahnhofsmission und legt denen das Tarot. Der Herr Bogdan feiert mit uns und fährt erst morgen früh nach Hause. Es kommt gar nicht infrage, dass er am Heiligen Abend alleine in dieser … in diesem Etablissement hier vor der Glotze hängt!»

Dagegen konnte Stefan nichts sagen, und er wollte es auch gar nicht. Er steuerte uns sicher nach Hause. Schließlich ist er gut erzogen, der Junge.

Wissen Se, geplant war das nicht.

Es kam alles so und ergab sich. Unsere Wohnungen waren schick hergerichtet, alle hatten Strom, Wasser und funktionierende Heizungen, zumindest bei mir waren die Stores und Übergardinen frisch gewaschen, wie es sich gehört, und wir konnten das Weihnachtsfest im Kreise unserer Freunde und Familien feiern. Aber dann nahm alles so seinen Lauf.

Stefan setzte mich und Herrn Bogdan zu Hause ab und fuhr wieder zu Ariane und den Mädchen. «Wir kommen dann gegen fünf, Tante Renate!», rief er mir noch zu, aber das war eigentlich überflüssig. Wir hatten das so oft besprochen, und wir treffen uns auch jedes Jahr um fünf.

Jetzt hatten wir es gegen zwei. Eigentlich hätte ich gern noch ein halbes Stündchen die Beine hochgelegt und ein bisschen geruht, aber nun, mit Herrenbesuch im Haus … also, das ging nun wirklich nicht. Außerdem mussten wir Herrn Bogdan noch ein bisschen vorzeigbar herrichten. Wir hatten schließlich Weihnachten, und da macht man sich schick und zieht die guten Sachen an.

Er war ja auf Arbeit eingerichtet gewesen und hatte kein Sonntagsornat dabei, von der Hose, die allerdings bestimmt schon ein paar Dutzend Hochzeiten und Beerdigungen miterlebt hatte, mal abgesehen. Da kann man ihm gar keinen Vorwurf machen. Ich dachte fieberhaft nach, wie das Problem zu lösen wäre.

Herr Bogdan ging mir ganz knapp bis über den Kopf, er kam wohl auf eins siebzig, wie mein verstorbener Mann Walter. Dessen gute Sachen hatte ich noch im Schrank hängen. Natürlich nicht den allerbesten Anzug, in dem habe ich ihn begraben lassen seinerzeit. Aber wohl doch den Dreiteiler mit Weste, den wir damals für seinen Siebzigsten gekauft hatten … ach, wenn ich an ihn denke, schießt mir gleich wieder das salzige Nass in die Augen. Viel zu früh hat er gehen müssen! Aber dass der nette Herr Bogdan mit seinen guten Sachen an der Weihnachtstafel sitzt, das hätte meinem Walter sicher gefallen.

Ich legte Herrn Bogdan die Sachen in die Badestube, denn, wissen Se, dass er sich in meinem Schlafzimmer umzieht, das wollte ich nun doch nicht. Denken Se sich nur, wie eventueller Besuch geguckt hätte! Nicht auszudenken, es läutet an der Wohnungstür, die Berber fragt nach einem Ei – wobei, wozu sollte sie das brauchen, aber das ist ja auch unwichtig, jedenfalls linst sie in den Flur, und in dem

Moment steht Herr Bogdan ohne Beinkleider vor ihr, nur in Unterhosen! Die Frau hätte doch der Schlag getroffen.

Ich hörte Schritte hinter mir und wandte mich um. Herr Bogdan war schon fertig angezogen und stand im Flur. Schick sah er aus. Wirklich schnieke! Walters Anzug saß ein bisschen knapp, besonders die Weste spannte über dem Bauch, aber nach dem Essen würde er sie eh aufknöpfen. Das muss jeder, der bei mir an der Tafel sitzt.

Ich zuppelte ein bisschen hier und da, strich die Ärmel glatt, ging sogar noch mal mit der Kleiderbürste drüber und griff letztendlich, um die Montur zu krönen, nach dem Bügel mit Walters Krawatten. Doch Herr Bogdan wand sich und wollte beim Henker keinen Schlips umbinden. Da sind die Männer doch alle gleich! Die tun immer gerade so, als würden sie ersticken, selbst wenn der Binder nur ganz lose um den Hals hängt.

Aber ich kenne das schon und habe dazugelernt im Laufe meines Lebens. Man macht sich keine Freunde, wenn man lange mit den Herren diskutiert. Deshalb schlug ich eine Fliege vor. Die sitzt zwar genauso stramm, aber nach meiner Erfahrung stellen sie sich bei dem Ding nicht so an, die Männer. Tatsächlich traf das auch hier zu.

Ich stellte Herrn Bogdan den Fernseher an und brühte uns erst mal einen Kaffee. Kaum hatte ich den Pfeifkessel auf den Herd gestellt, läutete es an der Tür. Frau Meiser war da und wollte nicht stören, sondern nur rasch ihr übliches Gläschen Schattnie bringen. Na, bei mir wird niemand an der Türe abgewimmelt, erst recht nicht, wenn er ein Geschenk überreichen will! Also lotste ich die Meiser rein und setzte sie neben Herrn Bogdan auf die Küchenbank. Gott sei Dank war er vollständig bekleidet. Das war ja gerade noch mal gut gegangen! Ich gab noch zwei Messlöffel Kaffeepulver mehr in die Filtertüte. Selbstverständlich brühe ich den Kaffee von Hand, erst recht an Weihnachten. Man hat doch viel mehr vom Aroma, als wenn man ihn so von der plätschernden, dampfenden Maschine gebraut serviert. Bei mir gibt es ehrlichen Filterkaffee statt Mackenlatte oder Kaputt-Schino. Das ist alles nur neumodisches Getue, im Grunde ist überall dasselbe drin, nur mal ist die Milch oben und mal unten in der Tasse.

Ich machte auch einen Teller mit Stollen und Plätzchen zurecht und trug gerade auf, da klingelt es wieder. Herr Alex war da und wollte eine Überraschung überbringen und schöne Feiertage wünschen. Na, selbstredend ließ ich auch den seine frohe Botschaft nicht an der Türe verkünden, sondern holte noch einen Stuhl vom Esstisch in der Wohnstube, sodass er mit in der Küche sitzen konnte. Platz ist ja in der kleinsten Hütte, und für nette Menschen rückt man besonders gern zusammen.

Doch Herr Alex kam gar nicht zu Wort mit seiner Überraschung, denn kaum hatte ich ihn platziert, schellte die Türglocke schon wieder, und Frau Berber mit Jemie-Dieter stand im Flur. Nun wurde es aber doch höchste Zeit, in die Wohnstube zu wechseln.

Ich brühte die zweite Kanne Bohnenkaffee – immer einen Löffel fein gemahlenes Pulver pro Tasse plus einen für die Kanne – und schnitt Kuchen auf. Jetzt musste ich die eigentlich für morgen gedachten Torten aus dem Kühlschrank holen, sonst bekam ich die hungrigen Gäste nicht zufrieden. Die Berber hat ja immer Appetit, die hat in ihrem ganzen Leben noch nie Nein gesagt, jedenfalls nicht, wenn es um … um diese Dinge ging, und auch beim

Essen nicht. Die hatte den Teller mit den Plätzchen schon leer, als ich noch Wasser aus dem Pfeifkessel auf meinen Kaffee goss. Kurz überlegte ich, ob das mit den Torten eine gute Idee war. Aber wir würden morgen schon zurechtkommen. Ilse hatte ja auch gebacken, und ich hatte im Froster noch Streuselkuchen, der neulich auf der Beerdigung von … ich weiß gar nicht mehr, von wem, übrig geblieben war. Es war eine große Trauerfeier gewesen, der Männerchor hatte schön gesungen, und es gab hinterher ein wunderbares Kuchenbuffet. Ich hatte ordentlich eingetuppert. Aber ich weiß beim besten Willen nicht mehr, wer gestorben war.

Ich schnitt also die Torten an und streute Puderzucker über den Googlehupf. Nee, warten Se: Guglhupf. Sehen Se, was ich immer sage, man verhunzt sich die schöne Sprache mit dem ständigen Englisch! Derweil hatten sie in der Wohnstube meinen Plattenspieler gefunden. So was kennen die jungen Leute ja alle gar nicht mehr, die haben heutzutage nicht mal mehr die neumodernen Silberscheibchen, sondern nur noch Musik auf dem Telefon. Aber gibt es was Schöneres als das leise Knistern des Plattenspielers vor dem ersten Lied? Erst hört man ein geheimnisvolles Rascheln, als würde ein Geschenk geöffnet, und dann erklingen die Instrumente. Jedenfalls auf meinen Platten, ich höre schließlich schöne Musik und nicht so Bumsmusik zum Rumzappeln. Da hört man nur Bum-Bum-Bum. Bei mir spielen Ilse Werner und Marika Rökk auf, die Polkamusikanten, und natürlich gibt es jetzt zum Weihnachtsfest adventliche Festmusik.

So füllte sich meine gute Stube mit Gästen und festlicher Stimmung. Ich trug Kaffee und Kuchen auf und hatte noch alles gut alleine im Griff, aber ich kenne das. Bald würden die Ersten anfangen wollen zu helfen.

«Kann ich dir in der Küche zur Hand gehen, Tante Renate?», fragt Ariane immer. Wenn ich das schon höre!

Nee, nee, ich kann es nicht gut leiden, wenn mir da jemand vor den Füßen rumwuselt. Wissen Se, ich habe meine Eigenarten, und eine fremde Frau in der eigenen Küche … gut, Ariane ist keine Fremde. Aber trotzdem! Die Küche einer guten Hausfrau ist wie der geölte Motor eines Rennfahrers. Da darf auch nicht jeder dran rumfummeln.

Die meinen es alle nur gut, das weiß ich, aber schon wenn sie mir die Zuckerdose falsch wegräumen, stockt der Motor. Wissen Se, wenn die Butterschwitze noch einen Hauch mehr Mehl braucht, muss ich auch mit verschmierten Händen blind hingreifen können. Und wenn das Mehl dann nicht an seinem Platz steht, weil da jetzt die Zuckerdose ist, dann ruckelt es im Betrieb. Das meint Ariane oder Kirsten oder wer auch immer wirklich nicht böse, sie wissen es eben nicht besser. Aber wenn man seit nun – ach, ich darf gar nicht nachrechnen! – seit nun schon über sechzig Jahren seinen eigenen Haushalt führt, dann ist eben jeder Griff eine Routine, und jungsche Dinger in der Küche bringen einem nur alles durcheinander.

Andererseits, wenn sie nicht fragen, ob sie helfen können, ist es auch nicht richtig, das gebe ich zu. Wenn die Jugend einfach sitzen bleibt und mich das Tablett mit dem schmutzigen Geschirr alleine in die Küche tragen lässt … Ja, ich gebe zu, ich bin da nicht einfach. Man kann es mir schwer recht machen.

Am liebsten wäre es mir, sie räumten mit ab, aber nur bis zur Türschwelle der Küche. Dort nehme ich ihnen das

Geschirr aus der Hand und räume es selbst weg. Sonst haben wir wieder so einen Fall wie damals, als Kirsten die guten Gläser in die Geschirrduschmaschine geräumt hat und das goldrandene Meissener von Oma Strelemann noch dazu! Da konnte ich gerade noch eingreifen und eine Katastrophe verhindern. Das gute Geschirr in den Automatischwascher, ich bitte Sie! Das darf nur mit handwarmem Wasser ohne scharfes Spülmittel abgewaschen werden, und das weiß Kirsten auch ganz genau! Böse Worte hat es damals gegeben, sehr böse Worte. Seither zuckt sie nur noch mit den Schultern, wenn es ans Abräumen geht.

Ilse und Gertrud dürfen als Einzige meine guten Gläser, das Silber und das Meissen anfassen und beim Abwasch helfen. Ich sehe immer zu, dass ich Kirsten, Stefans Familie und die Männer zu einem Spaziergang rausschicke, derweil stellen wir drei alten Schachteln uns in die Küche und spülen. Ach, das sind oft die schönsten Momente! Beim Abwasch redet es sich leicht und locker von der Leber weg. Apropos Leber, natürlich stoßen wir immer auch mit einem Eierlikörchen an, und dann wird schon mal die eine oder andere Geschichte aus der guten alten Zeit ausgeplaudert. «Friede, Freude, Eierlikör» ist ja Gertruds liebster Trinkspruch, da bleibt sie sich treu.

Meist spült Ilse, Gertrud trocknet ab, und ich räume alles in die Kredenz an seinen Platz. Ich lege dann auch gleich ein frisches Tafeltuch für die nächste Runde auf – einer kleckert ja immer! –, und wenn die Mischpoke vom Flanieren zurück ist, haben Gertrud, Ilse und ich alles bereit für die nächste Mahlzeit. Oft hat man ja zwischen Mittagbrot und Kaffeetafel so ein kleines Hungerloch, gerade wenn ein Winterspaziergang gemacht wurde. Das überbrücke ich gern, indem ich eine große Konfektschale auf den Tisch stelle. Da kann jeder zugreifen. Nugat, Marzipan und Mandelschaum sättigen ganz gut, und so knurrt kein Magen, wenn ich gegen drei anfange, den Bohnenkaffee zu brühen.

Mit das Ärgerlichste an Weihnachten ist ja, dass direkt darauf die Raunächte folgen und man keine Wäsche waschen soll. Dabei sind gerade da doch aber die ganzen Tafeltücher dreckig! Das lässt mich ganz verrückt werden, zu wissen, dass Kaffee- und Soßenflecken eintrocknen, während ich nicht waschen darf. Bestimmt hatte die Berber auch schon gekrümelt.

Mit den Raunächten ist das so eine Sache. Wissen Se, ich bin keine, die abergläubisch ist. Ob eine schwarze Katze von links nach rechts oder umgekehrt über die Straße läuft, ist mir ganz egal, ich gucke lediglich, dass kein Auto kommt und sie überfährt, wenn ich so was sehe. Und unter einer Leiter gehe ich nicht durch, weil ich keinen Dachstein auf den Kopf kriegen will, und nicht, weil es angeblich Unglück bringt. Beim Lotto habe ich die 13 oft mit im Tipp, schon deshalb, weil es der Geburtstag von Wilhelm, meinem dritten Mann, war. Und als damals der Spiegel im Flur einen Sprung gekriegt hat, hatte ich auch nicht sieben Jahre Pech, sondern eine Woche später beim Rommé-Turnier im Nachbarschaftstreff das große Blatt mit drei Jokern und habe den Hauptpreis gewonnen: die große Jagdausrüstung. Gut, es war nur eine Mausefalle und eine Fliegenklatsche, aber immerhin. Die machen da immer einen kleinen Spaß mit den Preisen, wissen Se. Gertrud hatte mal leuchtende Augen, als sie einen BMW gewann, der sich dann jedoch als «Brot Mit Wurst» entpuppte. Da leuchtete sie nur noch gedämpft.

Jedenfalls bin ich keine, von der man sagen kann, dass sie abergläubisch ist, aber in der Zeit der Raunächte vermeide ich es, Wäsche auf der Leine zu haben. Man weiß schließlich nie! Mein Opa Strelemann hat mir darüber berichtet, als ich noch ein kleines Mädchen war, ich erinnere mich genau: Die Raunächte dauern zwölf Nächte, beginnend in der Weihnachtsnacht. In diesen Nächten sind die bösen Dämonen unterwegs. Man nennt das auch die «wilde Jagd», und man kann die Dämonen in dieser Zeit nachts am Himmel sehen. Bis die Raunächte vorüber sind, sollte man keine Wäsche waschen, weil sich die «wilde Jagd» darin verfangen kann. Besonders soll man achtgeben, dass nichts Weißes auf der Wäscheleine hängt, denn verfangen sich die Dämonen darin, wird das Tischtuch oder das Laken im nächsten Jahr das Leichentuch. Da kriegt man schon einen Schreck als kleines Kind, wenn man so was hört, das können Se mir wohl glauben!

Am meisten stört mich das mit der Weißwäsche. Mit der Leibwäsche kann man sich ja einrichten und vor den Feiertagen noch mal alles durchkochen, aber wenn man nach Weihnachten was zu waschen hat, dann ja wohl die großen Tafeltücher! Wie schnell wird gekleckert, gerade wenn Kinder oder Frau Berber mit am Tisch sitzen. Da kann man noch so vorsichtig sein, irgendwas passiert immer. Und das Geklecker muss ja ganz schnell eingeweicht werden, damit die Flecken rausgehen – allerdings darf man es dann nicht zu lange feucht liegen lassen, sonst stockt es.

Ich sage Ihnen ganz ehrlich – wir sind ja unter uns – ich habe schon hin und wieder «zwischen den Jahren» Kochwäsche gemacht und die Tafeltücher in der Wohnstube zum Trocknen aufgehängt. Natürlich nur bei runtergelassenen Jalousien, man will schließlich nicht bei den Nachbarn ins Gerede kommen. Die alten Frauen tratschen doch! Und nicht nur vor den neugierigen Blicken der Nachbarn will man sicher sein – auch die «wilde Jagd» soll auf keinen Fall sehen, dass man Tafeltücher auf der Leine hat. Man weiß schließlich nie!

Die Silvesternacht ist Halbzeit der Raunächte. Das Feuerwerk soll mit seinen lauten Böllern die bösen Dämonen vertreiben und mit dem hellen Licht die guten Geister anlocken. In der Silvesternacht, so berichtet es die Sage, können die Tiere im Stall sprechen, aber man darf ihnen nicht zuhören. Wenn man es doch tut, stirbt man im neuen Jahr. Da kommt dann auch wieder das Leichentuch ins Spiel.

Ich muss gestehen, dass ich deshalb immer ein bisschen hin- und hergerissen bin, ob ich die Knallerei zu Silvester nun schlimm finden oder sie tapfer ertragen soll: wegen der bösen Geister, wissen Se. Aber eigentlich glaube ich an solches Zeug nicht. Opa Strelemann hatte immer einen Flachmann mit Selbstgebranntem in der Hosentasche, und der hatte gute 60 Prozent. Da darf man nicht alles für bare Münze nehmen, was er erzählt hat.

Aber ein bisschen komisch ist das alles doch, und es kann auch nicht schaden, wenn man die Wäsche im alten Jahr schrankfertig hat und nicht mit ungebügeltem Tuch ins neue Jahr geht! Es ist ein Glaube, der zur Ordnung erzieht, und das ist ja gar nicht schlecht. Andererseits müssen die Dämonen eben mal ein Auge zudrücken, wenn ich das bekleckerte Tafeltuch in der guten Stube zum Trocknen aufhänge. Die sollten lieber auf die gucken, die zwischen den Jahren schamlos ihre Strippenschlüpper auf dem Wäscheplatz präsentieren, und zwar ganz vorn auf der ersten Leine, wo sogar Minderjährige es sehen können!

Aber alle Sorgen, wie ich es wohl mit der Wäsche handhaben würde, schob ich erst mal beiseite. Jetzt war Weihnachten. Ich sah mich um an meiner Tafel. Herr Bogdan unterhielt sich mit Frau Meiser über Kanupaddeln in Polen, und Jemie-Dieter zeigte dem Herrn Alex Videos auf seinem Händi, bei denen selbst dem Herrn Studenten die Worte wegblieben. Das waren bestimmt wieder Schießfilme oder was mit Nackten, ich wollte es gar nicht wissen. Draußen dämmerte es, und je schummeriger es wurde, desto gemütlicher war es in meiner Wohnstube, wo der Weihnachtsbaum leuchtete und die Seele beim Betrachten wärmte. Schön war der Baum, wirklich prächtig! Ich war froh, dass ich nichts auf das neumodische Gerede, dass man heutzutage kein Lametta mehr auf die Zweige tut, gegeben hatte. Ohne reichlich Lametta wäre es doch gar kein richtiger Weihnachtsbaum!

Zur Ruhe kam ich trotzdem nicht, es läutete immer wieder an der Tür. Nachbarn und Bekannte brachten gute Wünsche und kleine Geschenke. Sogar meine Gertrud schaute rein! Das allerdings eher ungeplant: Sie war noch nie eine gute Hausfrau, und so war es mal wieder typisch, dass ausgerechnet sie vergessen hatte, Schlagsahne zu kaufen. Was hatte ich gepredigt und ihr sogar angeboten, sie zum Einkaufen mitzunehmen. Wir wären doch zusammengerückt im Koyota! Aber nein, mein Trudchen wollte nicht. Na, sie weiß eben, wo es im Notfall welche gibt, und so schob ich sie zu den anderen Gästen auf die Couch. Das war auch eine gute Gelegenheit, ihr mein Geschenk, den hübschen, selbst gestrickten Weihnachtspullover, zu überreichen. Sie freute sich sehr, und wir zogen uns beide gleich die Pullis über. Sie passten prima. Auf mein Augenmaß ist eben Verlass!

Eigentlich hatte Gertrud vor über einer Stunde schon angerufen und gesagt, dass sie rasch rumkommt, aber mit der Pünktlichkeit hat sie es nicht so. Meist schiebt sie Norbert vor, dass der entwischt ist und sie ihn einfangen musste oder so. Aber da sie den Hund gar nicht mithatte, meinte sie, dass die Straßenbahn einen Platten hatte. Das war so spaßig, dass ihr keiner böse sein konnte und alle lachten. Wir saßen fröhlich beisammen, die Berber goss Sekt nach – fragen Se mich nicht, wo sie die Flasche gefunden hatte, aber solche Getränke wittert die Frau wie ein geschulter Polizeihund, der noch nach Monaten die Spur von Banditen aufnehmen kann – und drückte auch Gertrud gleich ein Gläschen in die Hand. Und Gertrud ist so eine, wenn die erst mal sitzt, dann sitzt die.

Ach, gemütlich war es! Wissen Se, wir hatten die Umbauten gemeinsam durchgestanden und uns gegenseitig geholfen, so gut es ging. Wir waren als Hausgemeinschaft ein Stück enger zusammengerückt. So manches Mal hatten meine Nachbarinnen einen halben Tag Urlaub gespart, weil ich den Schlüssel genommen und die Handwerker reingelassen hatte, und so einige Male hatten sie bei mir mit angepackt, wenn es darum ging, die Möbel wegzurücken, um dahinter richtig sauber zu machen. Da konnten se auch gleich noch was lernen.

Und Herr Alex erst! Was hat der uns an Bürokratie und Schreibkrams abgenommen, indem er sich mit der Hausverwaltung auseinandergesetzt hat. Was die alles an Schreiben geschickt hatten, die teilweise gar nicht, teilweise mit ganz viel Verspätung und ganz oft völlig sinnfrei und sich selbst widersprechend hier angekommen waren, ging auf keine Kuhhaut. Aber Herr Alex heizte denen ordentlich ein mit seinem Anwaltsdeutsch, die bekamen richtig Respekt und merkten gleich, dass sie bei uns mit Mieterhöhung und solchem Blödsinn nicht kommen brauchten. Herr Alex haute denen alles um die Ohren, was sie verzapft hatten, und teilte mit, dass wir für nassgeregneten Zement sicher nicht aufkommen würden. Wir waren gut gerüstet: Ich hatte alles notiert in meinem Bautagebuch, und Herr Alex hat auch immer Bilder von dem Desaster gemacht. Er schickte denen regelmäßig Schriftsätze, mit denen er schon mal üben konnte, wie ein richtiger Rechtsanwalt zu schreiben, und die sie sich offenbar von einem Schreibtisch auf den andern schoben. Zwischendurch meinte er immer mal wieder, wir sollen alle ganz ruhig bleiben und uns keine Gedanken machen.

«Die Zeit arbeitet für uns», habe ich ihn ein paarmal sagen hören. Er war zwar noch kein fertig studierter Rechtsanwalt, kannte sich aber trotzdem prima aus mit Fristen und solchem Zeug, deshalb habe ich da vollstes Vertrauen – und bis heute ist weder eine Mieterhöhung noch sonst etwas Böses nachgekommen von der Hausverwaltung, was bei deren Gründlichkeit in Sachen Briefpostversand allerdings gar nichts sagte.

Als wir alle so zusammensaßen, setzte Herr Alex noch mal an, um seine Überraschung zu verkünden. Bei jungen Männern seines Alters … also, ich rechnete damit, dass er uns nun vielleicht eine junge Frau vorstellen würde, mit der er sich verlobt hatte. Mir wurde schon ganz wohlig ums Herz. Allerdings verkündete er, dass er auch in unserem Namen mit der Hausverwaltung einen «Diehl» gemacht hatte. Einen Deal, wie der Ami sagt: Als Entschädigung für das ganze Dilemma, bei dem so vieles schiefgelaufen war, an dessen Ende wir Mieter nun aber immerhin schick sanierte Wohnungen hatten, würden wir zwei Monate mietfrei wohnen ab Januar! Na, das war eine Freude, sage ich Ihnen. Wir konnten es alle kaum glauben.

Wir stießen noch mal an, und die Berber schenkte Sekt nach, als gäbe es kein Morgen mehr.

Ich grübelte immer noch, wo sie die ganzen Flaschen herhatte, da fiel es mir auf einmal wie Schuppen von den Augen: Die hatte meine Reservegeschenke entdeckt! Ich hatte dieses Jahr vorsorglich nicht nur Topflappen, sondern auch sechs Flaschen Sekt eingewickelt im Vertiko stehen, falls überraschend eine dieser «aber wir wollten uns doch nichts schenken»-Situationen entsteht, in der das Gegenüber dann doch etwas dabeihat und man nicht mit leeren Händen dastehen möchte. Diese Notfallgeschenke hatte Frau Berber gefunden und ohne mit der Wimper zu zucken ausgewickelt, geköpft und ausgeschenkt.

Ich wollte mich erst aufregen, aber noch während ich Luft holte, überkam mich der Gedanke, dass es doch eigentlich keinen schöneren und besseren Anlass gab, den Sekt zu trinken, als diesen. Alle saßen gemütlich, zwanglos und fröhlich beieinander. Ist das in diesen hektischen, überreizten Zeiten nicht fast schon ein kleines Weihnachtswunder? Wie sie da alle so auf meiner Couch hockten, so bunt und unterschiedlich, ein ganz zusammengewürfelter Haufen, und alle im heiteren Gespräch miteinander. Jeder hatte seine Macken und Fehler, aber als Hausgemeinschaft kamen wir miteinander aus und waren füreinander da, wenn es darauf ankam.

Wir stießen miteinander an auf unsere überstandenen Bauarbeiten, dankten uns gegenseitig, dass jeder jedem irgendwann mal irgendwie geholfen hatte, und wünschten fröhliche Weihnachten im Kreise unserer Familien. Gar nicht weihnachtlich stimmten wir «Hoch soll er leben!» auf Herrn Alex an, der uns so eine schöne Weihnachtsüberraschung mitgebracht hatte.

Das hatte er sich verdient. Und in dem Fall war ausnahmsweise nach drei Strophen noch lange nicht genug!

Weitere Titel

Besser als Bus fahren

Das bisschen Hüfte, meine Güte

Das Dach muss vor dem Winter drauf

Das kann man doch noch essen

Die Reste frieren wir ein

Ich bin nicht süß, ich hab bloß Zucker

Ich habe gar keine Enkel

Ich seh den Baum noch fallen

Kennense noch Blümchenkaffee?

Süßer die Böller nie klingen ...

Wer erbt, muss auch gießen

Wir brauchen viel mehr Schafe

Über Topflappen freut sich ja jeder

Renate Bergmann
Ich bin nicht süß, ich hab bloß Zucker

Eine Online-Omi sagt, wie's ist

224 Seiten

Deutschlands bekannteste Online-Omi hat Zucker und ‹Ossiporose›, schläft unter einer Heizdecke und hat den Krieg nicht überlebt, um Kunstfleisch aus Soja zu essen: Renate Bergmann, 82, aus Berlin-Spandau. Ihre Männer liegen in Berlin auf vier Friedhöfe verteilt, das Gießen dauert immer einen halben Tag. Und apropos tot, Renate und ihre beste Freundin Gertrud haben ein schönes Hobby: Die beiden suchen sich in der Zeitung eine nette Beerdigung raus, ziehen was kleines Schwarzes an, und dann geht es los. Zwei alte Damen mehr oder weniger am Buffet – da schaut keiner so genau hin.

Mit so viel Biss hat noch niemand über Zahnlosigkeit geschrieben: Renate Bergmanns großer Bestseller, ein herrlich komisches Spiel zwischen Altennachmittag und Cyberspace.

Renate Bergmann
Die Reste frieren wir ein
Weihnachten mit Renate Bergmann

«Weiße Weihnachten! Das hatten wir schon SO LANGE nicht mehr. Lassen Se sich von alten Leuten nicht einreden, dass es früher IMMER weiße Weihnachten gab. Das ist Quatsch! Einmal blühten sogar die Kirschbäume.
Andererseits: Ich kann mich noch an Winter erinnern, die waren so kalt, dass die Ziegen auf die Bäume geklettert sind und die Zweige abgefressen haben, weil sie nirgends mehr was fanden! Wie dem auch sei: Ich habe schon immer das Beste aus dem gemacht, was das Leben meinte, mir vor die Füße werfen zu müssen!»

176 Seiten

Renate Bergmann hat schon 82 Feste gefeiert, zu denen es mindestens genauso viele Geschichten gibt. Die schönsten erzählt sie in diesem Buch.

Renate Bergmann
Über Topflappen freut sich ja jeder

Weihnachten mit der Online-Omi

176 Seiten

«Als Kirsten wegen Schengpfui den Weihnachtsbaum aus der Wohnstube räumte, hat es mir gelangt. Seitdem geht es Weihnachten immer reihum, und letztes Jahr habe ich den Heiligen Abend mit Gertrud begangen. Ich sehe natürlich ein, dass Blut dicker als Wasser ist und das Fest bei Kirsten mal wieder fällig. Aber dorthin fahre ich nicht mit der Bahn! Letzthin habe ich da einem Mädel meinen Platz angeboten – und dann war das kein Blindenstock, sondern ein Stab für das Händi für Fotos! Die spinnen doch. Fliegen will ich!»

So beginnt das neue Abenteuer unserer Online-Omi: Renate gerät in das falsche Flugzeug – und landet in London. Aber Harrods hin, Herzogin Kät her, zu Hause ist es doch am schönsten, und so versucht sie alles Mögliche, um wenigstens zu den Feiertagen zurückzukommen. Wird sie es schaffen? Das erzählt sie am besten selbst.